이현정 장편소설

수수깡 궁전

국립중앙도서관 출판시도서목록(CIP)

수수깡 궁전 = (A)kaoliang stalk palace : 이현정 장편소설
/ 지은이: 이현정. -- 서울 : 한누리미디어, 2008
  p. ;   cm

ISBN 978-89-7969-318-8 03810 : ₩10000

813.6-KDC4
895.734-DDC21   CIP2008000036

이 현 정 장편소설

수수깡 궁전

A Kaoliang Stalk Palace

한누리 미디어

1

바위에 누워 온몸에 햇살을 칭칭 감았다. 행복에 겨운 나머지 공중에 뜬 것 같았다. 그로부터 몸의 크기도 무게도 문제가 되지 않았다. 마음 가는 곳이 곧 방향이었으니까.

신선한 속도는 쏜살같았다. 그러나 속도에 놀라 꿈을 깨고 말았다.

저 아래 펼쳐진 민둥산을 끼고 한 무리의 아이들이 놀고 있었다. 어울리고 싶다는 생각만으로 현기증이 나는 거리였다. 그러나 나는 눈을 꼭 감고 그들을 향해 뛰어내렸다. 고무풍선 같은 감촉이 몸에 닿은 이후 나는 그들과 함께였다. 그런데 그 누구도 나에게 호감을 보이지 않았다. 정말로 낯선 세상 경험이라는 생각이 들면서 나는 지금까지 갖고 있던 자신감을 잃었다. 그 동안 사람들이 보여준 호의는 나를 지탱해 준 힘이었음을 깨닫는 순간이기도 했다. 우중충한 빛이 간신히 어둠을 비켜 있긴 해도 사방이 분명치 않고 그 어느 것 하나 눈이 번쩍 뜨이게 살아 있는 빛깔이 없었다.

　그런가 하면 누가 나를 어쩌지 않았건만 자꾸만 뒤로 밀리는 기분이었다. 무언중에 저항하는 그들의 기운이 그렇게 강했던 것이다.

　한평생 다른 사람으로부터 위함만 받고 살았지, 남을 위해 봉사하며 살아 본 적이 없었던 결과였다. 뉘우침에 의해 가슴이 뭉근히 아파 왔다.

　'이제 와서 이 일을 어쩌면 좋아.'

　한탄해 마지않는 숨은 소리들이 나를 허물어뜨리는 중에 고개를 드니 그들은 하나같이 아이가 아니었다.

　내가 크게 잘못 본 것이었다.

　'이런 낭패가 있나!'

　문득 커 버린 그들의 키는 나의 눈앞을 가렸던 것이다. 그야말로 앞일이 캄캄했다. 당황해서 빠져 나갈 궁리를 하자니 온몸에 신경이 곤두섰다.

　그 때였다. 나의 에너지가 다시금 그들을 눌렀다.

　처음 상황으로 돌아간 것이다.

　정신 차리지 않으면 끝장이란 생각이 나를 무장시켰다.

　여유를 갖고 찬찬히 그들을 관찰하자니 아이들은 모두가 제 각각이었다. 그들의 이기심 때문인 듯했다. 부족함을 모르고 자란 아이들이 대개 그러하듯 그들 내면에 도사린 오만은 배타적인 의미로 다른 사람에게 받아들여졌던 것이다. 익숙한 외로움이 밀려왔다. 넓고도 자유로운 세상을 두고 더는 머뭇거릴 일이 아니었다. 나는 얼른 그들로부터 자유롭고 싶었다.

찾으면 곧 얻게 될 것이란 믿음이 나의 앞길을 밝혔다.

어딘가엔 분명 미소를 머금은 마음의 고향이 있을 것이었다.

멀리 숲이 바라보이는 시골길이 보였다. 그 길에 이끌려 한참을 걸었다.

사뭇 낯선 환경이었다. 너무 많은 무리들이 낯선 사람을 아랑곳하지 않고 맡은 일에만 열심이었다. 그들은 똑같이 반복되는 일에 생애를 걸고 있었다. 일이 어디에서 비롯되는지 또 어떤 결과에 이를 것인지 알 바 아닌 듯이 보였다.

'맹목적인 성실처럼 한심할까.'

나는 속으로 혀를 찼다.

'하루를 살아도 주인으로 살지 무엇에 이끌려 무더기 노예가 되었더냐.'

혼자만의 생각이었을 뿐인데 별안간 노여운 목소리가 들렸다.

'선동하지 말라.'

일이 이렇게 되고 보니 나도 담대히 맞서는 꼴이 되었다.

'생명의 존엄성을 유린하고 있어, 너무 많은 가능성을 낭비하지 않는가. 그 많은 시간과 노력을 기울여 좀 더 발전적인 미래로 나가야 한다.'

내 입을 통해 튀어나온 말에 스스로 얼떨떨한 지경인데? 의외로 숙연한 말이 상대방 입을 통해 흘러 나왔다.

'우리 모두의 아빠 엄마가 이렇게 살다가 이 길로 가셨고 할아버지의 할아버지와 그 할머니가 모두 그리 하셨거늘, 우리는 역대로

살아온 방식을 따라 사는 거야.'

'나는 나를 위해 말하지 않았소. 당신은 저들의 노역을 필요로 하는 인물 아니요. 당신은 지금 남을 속이고 자신마저 속이면서 말을 하고 있다는 뜻이요.'

그 한 목소리 말고는 허수아비들이었다. 내 말이 먹혀들 여지가 없다는 판단 아래 나는 돌아섰다. 아주 멀리 왔음에도 불구하고 나는 여전히 혼자라는 사실이 울적했다. 비록 있지도 않은 하늘에 빌고 있지도 않은 영원을 믿지만 왔던 길은 그리운 옛날이었다.

'사랑과 젊음은 시들기 마련이요, 부귀영화는 겉돌기 일쑤라 해도 사람들은 사는 일에 열심이었지! 거기서 철저히 사는 거야. 사는 게 너무 힘들다 하면서도 서로 위로하며 위로를 받았었지.'

나는 별안간 말도 많고 탈도 많다던 지난날의 인연이 그리워 어찌 할 바를 몰랐다. 그러자 왠지 모를 두려움이 밀려 왔다.

다소 어두워진 상황이 그랬다.

문득 산사태가 난 마을 입구에 서 있었던 것이다.

'여보시오.'

나를 부르는 소리를 쫓으니 땅에 사람이 묻혀 있는 것이다.

경황 중에 다시 말소리가 들려 왔다.

'내 처지를 좀 보오. 이 흙더미 속에 올망졸망한 내 자식들이 묻혀 있소. 나는 이 아이들 손을 절대로 놓을 수 없소. 제발 나를 죽여 주시요.'

그는 상반신만 드러난 채 묻혀 있건만 발이라도 구를 듯한 기세였다.

'저기 저 큰 돌로 어서 내 머리를 치란 말이요. 아니면 나중에 내가 당신을 해칠지도 모르오.'

'이렇게 참담할 수가! 당신의 손이 지금 자식들 손을 잡고 있단 말이오?'

'그렇소. 이 어린 것들을 버리고 어찌 나만 살 수 있겠소, 제발 나의 부탁 좀 들어주오.'

너무나 처참해서 정신을 잃을 지경이었으나 나는 간신히 말을 했다.

'당신의 아이들은 이미 이 세상 사람이 아니란 말이오. 흙 속에 묻힌 아이들은 더 이상 당신 손에 맡겨져 있지 않소. 그들을 살릴 방법은 없으니 부디 그 곳을 벗어나도록 해봐요. 내가 도와 드리리다. 오! 맙소사 내 몸이 왜 이래, 이렇게 무력할 수가!'

나는 도움이 될 무언가를 찾는 심정으로 허공에 손을 휘저었다. 그 손은 늘어나서 한동안 나를 떠난 듯했다. 그런데 무언가 손에 잡혔다. 새끼줄이었다. 아니, 아니 사람의 옷자락이었다.

'…엄마아!'

나는 불시에 내 엄마를 알아보았다.

'어디 갔다 이제 오우?'

너무나도 반가운 나머지 울음을 터뜨릴 지경이었다.

그러나 그 무엇보다 위급한 사람의 사정이 먼저였다. 나는 벅찬 감회를 누르며 방금 본 참상을 말했다. 뜻밖에도 엄마는 이미 그 내막을 알고 있었다. 고개를 저었던 것이다. 그리고 엄중히 말했다.

'헛것이야 헛것을 본 게야. 그 남자는 그렇게 될 수밖에 없는 양심의 독성을 지니고 있어. 네 마음의 심지를 굳건히 한다면 환영은 금방 사라질 거야. 끼리끼리 모이는 속성 때문에 여기서는 약간의 틈만 보여도 환란의 틈바구니에 들게 마련이니까, 엄마 말을 꼭 명심해야 돼.'

'그럼 그 손에 자식의 손이 있단 말도 거짓이란 말이유?'

'그 사람 나름의 진실일 뿐이야.'

'너무 이상해. 도대체 양심의 독성이 뭐유.'

'그는 어린이를 상대로 몹쓸 짓을 했나 봐. 그의 양심 속에 등록된 아이들이 독을 뿜는 형상이라고나 할까. 실지 그렇지는 않을 수도 있지만 그는 그런 믿음에 갇혀 있는 것이지.'

'그럼 그는 어떻게 되는 거유.'

'언젠가 그 스스로 깨달을 날 있을 테지.'

'깨닫지 못하면?'

'죄도 죄 나름의 수명이 있는 거야. 죄 값이 끝날 때까지 저 사람은 저 모양으로 애말라 가겠지, 그가 남에게 행한 이상으로.'

'나란 인간이 그래요, 엄마. 아무리 당해도 다듬어지질 않아. 선악을 가려 볼 안목조차 없으니 이런 못난이가 이 험한 세상을 어떻게 살아.'

'악은 다져지니까 뭉치고 죄가 되고 하지만 선은 그런 것이 아니거든. 없는 듯 있는 것이니까 걱정 마. 아무리 어설프게 있어도 선은 한없이 편한 거란다.'

엄마가 내 손을 잡고 어디론가 뛰어갔다.

흡사 모녀가 아니라 형제자매 사이 같은 분위기였다.

'내가 이다음에 네가 오면 있을 자리를 가르쳐 주려는 거야.'

우리가 쉽게 이른 곳은 대궐 같기도 하고 대규모 향교(鄕校) 시설 같기도 했다. 마당을 가로질러 건물 안으로 들어가서는 길고 넓은 회랑을 조심스럽게 지나갔다. 수많은 교실 복도를 지나는데 그 속에 흰옷 차림의 남자들이 학업에 열중하고 있는 듯했다.

드디어 제일 안쪽에 위치한 아주 큰 실내로 들어갔다.

더 먼 안쪽 벽을 등지고 큰 책상이 놓여 있었다.

'이게 네 자리, 이건 내 자리.'

엄마가 손으로 가리킨 책상머리에 팻말이 놓여 있었다. 직함과 이름을 확인했지만 그 때는 알았는데 잊은 것만 같다.

꿈이었다. 꿈속에 꿈을 꾸며 온 밤을 통해서 여러 시대를 설친 느낌이다.

낮에는 엄마가 세상을 떠나 음울한 시간을 보내다가 밤이면 엄마가 곁에 있어 명랑한 일상으로 돌아가다니! 멀쩡한 내가 어떻게 이런 혼돈 속에 살지?

아씨!

아저씨 왔어요. 나도 사랑하는 여인을 잃고 한동안 경험한 혼돈이었소.

엄마를 잃은 마음이나 결혼 상대를 잃은 마음이나 똑 같은 허무에 시달린 나머지 생사가 모호한 꿈을 꾸는구려.

사람의 정신은 우주를 머금는단 말이 옳은 것 같소.

그런데 아씨! 내가 왜 멋진 현대여성더러 고색창연한 호칭을 쓰는지 의아하지요? 그 말뜻을 풀어 쓰는 게 순서인 것 같구려.

아씨는 나의 아내가 될 뻔한 수정의 따님이시니 나의 딸이 될 수도 있었지요.

기회를 부여잡지 못했으니 지금은 망연자실 놓쳐 버린 나의 딸이라 여깁니다. 컴퓨터 시대가 열리고 엄마를 그리는 우리의 이야기는 수시로 이어져 눈물겨워요. 모니터 앞에 앉으면 때로는 같은 시간에 한 목소리를 내기도 하고 때로는 글을 남겨 서로의 일상을 이야기하지요.

시공을 초월해 한 방을 쓰는 현실이 어찌나 황송한지 아씨로 받드니 제격이어요.

아저씨!

그리고 보니 손님이 편하도록 주인이 자리를 비운 채 기다리는 방이 바로 모니터의 안방이네요. 혼자 골몰하던 빈 공간도 아저씨가 찾아주신 이래 혼이 담겨 있게 마련인 값진 공간이 되었습니다.

특히 아저씨가 아씨라고 불러주시니 고전 속에서 고귀한 자태로 다시 살아나온 기분이어요. 그렇게 이름 지어 주신 뜻을 기리 새기겠습니다.

아저씨가 편하실 즈음 말씀 낮추어 주세요.

아씨,

그래! 꿈에 본 엄마는 어떠하더이까. 행여 이 아저씨를 기억이나 하더이까.

아저씨,

그런 말씀하지 마셔요. 먹물 같은 그리움에 숨이 막힐 지경입니다. 엄마는 은밀한 저만의 하늘이이요. 어디선가 저를 보지만 저는 그 걸 알아차리지 못하는, 그런 저런 허공이지요.

2

아씨! 아저씨는 제주도에 닻을 내렸어요. 환갑을 바라보는 나이 탓인지 캐나다 이민생활 후유증인지, 한국의 겨울이 유달리 검고 길게 느껴졌거든요.

한동안은 관광객이 붐비는 코스를 따라 시내버스 노선을 갈아타 겠지만 섬 풍광에 익숙해지는 대로 걸어서 해안선을 돌아보고자 합니다.

장사꾼 보따리가 예사로 시내버스 출발시간을 늦추는가 하면 투 덜거리는 사람들의 사투리가 알아듣기 힘들수록 그 길은 정겹고 신기해요. 그런 속에 길들여지면서 머릿속이 투명해지거든요.

아저씨,

늘 어디 계신가? 궁금했는데 외국어 같은 모국어를 쓰는 섬, 제 주도에 계실 것이라니 기뻐요. 이젠 저도 아저씨를 통해 모든 시름 잊게 하는 파도 소릴 들을 수 있을 테니까요.

그런데 꿈에 본 엄마의 안부를 물으셨어요? 엄마가 얼마나 젊고 발랄한지 제가 말씀드렸지요. 엄마는 무풍지대에서 철모르고 사는데 아저씨는 풍상 속에 사철을 사시죠. 엄마랑 하늘나라에서 다시 만날 즈음엔 말입니다. 너무 젊고 너무 늙고 짝이 기울지 않겠어요? 분발하셔서 될 일이 아니지요.

차라리 저한테 뇌물을 쓰세요. 꿈속에서나마 허리 쿡쿡 찔러서 엄마로부터 아저씨의 안부를 끌어낼 터이니.

아씨,
뇌물은 재물이 아닙니다.
아저씨를 웃기면서 아씨가 먼저 웃었지요.
죽은 이를 생각하면 삶은 그 자체가 희망입니다.

아씨는 아저씨 숨결에서 다시금 엄마를 느꼈다. 그리고 근래의 작품세계를 엿보기 위해 아저씨의 문학서재 파일을 열었다.

—철 잃은 해수욕장에 접어들었을 때였다. 해송이 우거진 모래 둔덕을 돌아다니다가 파도가 적시는 모래사장을 걷고 있는데 그곳 바다 빛깔이 유달리 온화했다. 보랏빛이 감도는가 하면 분홍빛마저 스며 있는 것이다. 발 벗고 한참을 들어가도 무릎에 닿는 물은 바닥이 훤히 보였다.

나는 거기서 민박을 청했다. 짐을 풀고 밖으로 나오니 저물녘 노을빛이 검붉었다. 구름 때문이었다. 그 밤이 늦도록 나는 어스름 길을 거닐었다.

바람 소리 속에 색다른 긴장이 있고 시가지 불빛 속에 사람의 훈기가 별났다. 나는 왠지 앞만 보고 살 수 있을 것 같은 예감이 들었다.

그러던 중 앞뜰이 파란 한 집을 발견했다. 눈이 번쩍 뜨이는 순간이었다.

대문이 없는 곳이긴 해도 인기척이 있기를 기다리며 집안을 유심히 살펴보았다. 보리 싹이 파랬다. 놀라움 반, 호기심 반 나는 그 자리를 맴돌았다.

주변 지세(地勢)를 보아하니 해안선이 표주박 속처럼 패인 곳에 이 집이 위치해 있는 것이다. 얼핏 생각하기에 안전지대 같아도 바다가 거칠 때는 태평양 큰 물살이 안방에 들이칠 형국이다. 그 오랜 태풍 해일에 용케도 살아남은 집이 아닌가! 돌담도 허물어진 채 방치되어 있다. 잡초로 덮여 있어야 마땅한데 산뜻한 보리밭이 안마당이라니!

광활한 바다 앞에 진을 친 담력은 무모하다 못해 현실을 초월해 있다.

출입구 정면에서 수평선을 바라보니 이 집을 지탱하고 있는 힘의 가호가 느껴진다. 나도 할 수만 있다면 이런 곳에 한껏 몸을 낮추어 살고 싶다.

그런 생각을 거닐다가 문득 외부에서 돌아오는 주인 할머니를 만난 것이다.

첫눈에 친근한 인상을 받았다. 할머니는 의외로 나그네 눈길에 익숙한 모습이었다. 보리밭 뜰을 가진 이래 나처럼 기웃거리는 사람이 더러 있다 했다.

자신은 너무 늙어서 이제 농사일도 못하지만 보리는 손을 타지 않기 때문에 엿기름을 내기 위해 심는다는 것이다.

하필이면 보리를 심었는가, 힘들지는 않으신가, 등 나그네의 거듭된 질문이 할머니로 하여금 질문에 앞선 대답을 내어놓게 했음을 알만 했다.

가지런한 보리 수염이 바람을 타고 일렁이면 노랫가락이 없어도 절로 흥이 난다고도 했다. 누구에게서 들었음직한 이야기를 무리 없이 전하고 있었다.

할머니는 제철 만난 한해살이 형상이다.

죽은 영감도 자기도 식혜를 유달리 좋아한단다. 고기잡이 나갔다가 풍랑에 배가 뒤집힌 이야기도 했다. 영감을 잃은 암담한 순간도 그저 담담하게 말을 하는 것이다. 세월이 그만큼 흘렀기 때문이리라.

인근 해역 일대를 해경이 수색했으나 구조커녕 시신조차 찾지 못했다면서 할머니는 가슴을 치는 것으로 한 맺힌 말을 대신했다.

해경이 손을 뗀 후에도 동네가 편을 갈라 바다를 누볐지만 그 역시 허사였단다. 한 달이 못되어 세상은 등을 돌리더라 했다.

그 뒤로 할머니가 들려주는 이야기는 만날 때마다 새로운 세상 이야기였다.

―남편을 삼킨 바다가 싫어 어린 아들 딸 남매를 데리고 무작정

뭍을 향해 배를 탔다. 멀미 때문에 우선 선착장에 거적을 깔고 누웠다. 양편에 어린 것들을 앉혀둔 채였다.

부산 부두에 해는 져도 갈 곳이 없었다. 영도다리가 바라보이는 물길이어서 사람을 실어 나르는 배가 연달아 오가는 나루터였다.

사람들이 모여들었다. 아이들이 눈길을 끌었던 것이다. 배를 기다리던 한 무리의 남자들이 스스럼없이 다가왔다. 자기들이 잠자리를 마련해 주겠다고 같이 영도로 가자는 것이다. 보세(保稅)창고 하역작업 인부들이라고 자기들의 신분까지 밝히고 있었다. 그 온정에 이끌려 창고건물 귀퉁이 으슥한 곳에서 그날 밤을 묵었다. 창고는 운동장 담을 끼고 삼면에 자리 잡고 있었다. 얼마나 넓은 곳인지 남의 눈총 받지 않고 한동안 거기서 숙식을 해결할 수 있을 정도였다. 처음에는 죄인이 사람을 피하듯 눈치를 보았지만 가난한 사람들이 가난한 사람의 사정을 알았다.

검수원들이 차례로 주머니를 털고 당직사원들이 눈감아 준 덕에 먹고 잘 걱정 없이 날이 가고 달이 갔다.

한 가지 일을 도우면 열 가지 선심이 돌아왔다. 할머니는 닥치는 대로 몸을 아끼지 않았고 아이들도 잔심부름에 여념이 없었다.

드디어 사무실 창가에 구멍가게를 차리는 행운이 찾아들었다. 몇 달이 지나지 않아 큰 길가로 자리를 옮기고 새우잠을 잘 만한 자리도 마련했다.

어느새 아들이 커서 낮에는 사무실 심부름을 하고 밤에는 야간학교를 다니게 되었다. 한 살 아래 딸도 엄마를 도와 알뜰하게 가게를 지켜 나갔다. 오누이는 나이들수록 어린 시절 헤어진 고향의 친구들이랑 두고 온 섬집을 그리워했지만 그럴 때마다 남편 잃은 한을 하며 '그깐 집이 뭐가 좋냐'고 윽박질렀다. 하지만 엄마의 속 내 역시 그렇지가 않았다.

부부가 뼈를 깎아 기둥을 세우고 살을 저며 벽을 바른들 그보다 사무칠까. 정말이지 대궐 부럽지 않은 집이라 여겼던 것이다.

파도가 높은 날은 바닷물이 치달아도 바다가 잠잠하면 곧장 바위틈에 맛있는 샘물이 솟았다.

인근 숲에서 흘러내리는 물길이 바다에 이르는 지점이기 때문이다.

아들딸이 부쩍 자라서 고생도 끝이 보일 즈음이었다.

할머니는 날벼락을 맞았다 했다. 아들이 없어진 것이다.

그날도 엄마는 아침 밥상을 차리다 말고 아들을 깨우러 당직실로 갔다. 야간 학교를 다니다 보니 밤늦도록 공부하다 늦게 일어나는 것이 보통이었다.

아들은 있을 만한 장소 그 어디에도 없었다.

처음에는 당직 아저씨에게 꾸중을 듣고 친구 집에 가서 자는가 했다.

그날따라 당직 아저씨는 공중목욕탕엘 가고 없었다.

혹시 새벽 일찍 시내에 있는 본사에 심부름을 갔을 수도 있었다.

만약 그랬으면 아침 대접은 잘 받는 날이었다.

60년대 기름회사 경기가 한창 좋은 때여서 본사 주방엔 먹을거리가 넘친다는 말을 들은 터였다.

그날따라 가게 물건이 들어오고 담배를 찾는 손님도 많았다.

아침밥이나 제대로 먹는가 어쩌는가 할 뿐 착실한 아들의 행방에 엄마는 더 이상 신경 쓰지 않았다.

자리를 떠났던 당직사원이 돌아왔다.

그는 지난밤 늦게 아들이 잠깐 바람 쏘이러 나간다고 말한 이후 다시 보지 못했다는 것이었다. 비로소 엄마가 당황했다.

직원들은 그런 엄마를 안심시키기 바빴다.

이제 다 컸으니 어쩌다 그럴 수도 있다는 것이었다.

어디선가 아들이 금방 나타날 것 같은 시간이 자꾸만 흘러갔다.

야간학교 등교 시간이 가까워도 아들은 끝내 나타나지 않았다.

그때서야 친구 집에 가보라는 둥 사람들이 한 목소리로 떠들기 시작했다.

하지만 아들이 드나든 친구 집을 엄마도 동생도 알지 못했다.

친구 몇이 더 있긴 했으나 얼굴조차 분명히 떠오르지 않았다.

밤이 깊어갈수록 모녀가 안달했다. 밤새워 기다린들 무슨 소용이라고.

날이 밝자 걱정하는 사람들로 사무실 안이 어수선했다.

더는 참고 있을 수가 없었다. 관할 지서를 찾아가 담당 경찰관에게 실종신고를 할 것이었다.

그러나 어이없게도 기재할 사항을 묻는 대로 대답하고 돌아오는 수밖에 별다른 방법이 없었다.

돌아가서 기다리면 소식 온다더니 한 달이 지나도록 소식 감감이었다.

견디다 못해 찾아간 엄마더러 사건 담당형사가 사진첩을 보여주었다. 죽은 사람 명부요, 라고 말하는 바람에 엄마는 연신 도리질을 했건만 혹시 모르니까 보라면서 형사가 억지로 책장을 넘겼다.

엄마는 설마하면서도 곁눈질로 보는 수밖에 없었다.

그런데 몇 장 건너 거기에 글쎄 눈감은 아들의 사진이 나타났다.

그날의 젊은 엄마였던 할머니는 눈물도 말라 버린 듯이 담담하게 말을 했다.

사진 밑에 줄줄이 쓰여 있는 내막을 읽고 형사가 알려준 바에 의하면 선착장에서 처리된 사건의 인물이 바로 자신의 아들이었던 것이다.

밝혀진 사인이 실족사라 했다.

아들은 즐비한 창고 사이를 드나들기에도 바빠 직원 이외 사람들은 그의 얼굴을 알 턱이 없었다.

담배는 물론 술을 입에 대지도 않았는데 외상 하나 없이 다 큰 자식이 어찌하여 물에 빠져 죽었더란 말인가.

할머니는 말씀하셨다.

"아무리 허접 쓰레기 인생이기로서니 원인이나 알고자 하는 한이 왜 없었겠어. 한풀이할 길은 어디에도 없엉, 세월 참 무심하지."

3

컴퓨터를 켜면 거기 아저씨가 계시다.

아씨는 현실의 주부로서도 불만 없는 것으로 알고 있어요. 영식은 보기 드문 남편감이라고 가신 엄마가 말했었지요.

성공적인 결혼생활을 능가하는 예술은 없다 했어요. 참고 서로 배려하면서 헌신적으로 가정을 지킨 결과라 그러하겠지요.

아저씨,

다정다감한 성품이 남자에게는 허물이 되나 봐요. 다정도 병이라더니 영식 씨가 그래요. 과묵한 남자이기를 기대하긴 이른 나이이지만 말이 너무 많은 거예요. 제 입이 굳어질 지경이란 말입니다.

오늘도 그가 집 밖에서 보고 느낀 바를 장황하게 늘어놓은 보기 한 번 들어볼까요.

─한 무리의 여학생들이 풋풋한 체취를 풍기며 우르르 지하철에 들어섰다.

둘레둘레 돌아가며 무더기를 이룬 이들은 어찌된 영문인지 소란했다.

제 각각 목소리를 높여 웃고 떠들고 기고만장이다.

저들은 학교에서 무엇을 배우고 집에서는 무엇을 가르치기에 남의 이목을 아랑곳하지 않고 막무가내인가!

그들은 가뜩이나 거북한 사람들의 심기를 자극했다. 너그럽지 못한 자신을 나무라며 참고, 보고 듣자니 그렇게 큰소리치지 않아도 통할 수 있는 일상의 말이었다. 주변 사람에게 불쾌감을 주면서까지 해야 할 만큼 긴급을 요하는 이야기가 아니더란 말이다. 이렇듯 착잡하게 돌아가는 분위기를 살려주듯이 학생들은 앞을 다투어 지하철을 내렸다.

숨 돌릴 겨를 없이 맞은편 휴대전화 통화 음성이 분위기를 제압하기 시작한다. 그 소리가 싫어서인지 옆 좌석 여인이 자기 옆 사람에게 쉿소리를 닮은 목소리로 말을 한다. 흡사 자기네 안방에서처럼 끊임없이 지껄인다.

맞은 편 자리에 앉은 아가씨는 낯 두껍게 화장을 하고 출입구에 서 있는 아가씨는 연신 상대 남자 몸을 더듬는다.

전철 공간에는 말없는 다수의 불만이 무겁게 깔려 있다.

바야흐로 지구촌 시대가 아니던가. 국민 모두가 이 나라의 얼굴이란 말이다. 체면 없이 어찌 이 모양들인가.

사람의 인내심이 시험에 들 즈음 방송망을 타고 주의를 환기시키는 목소리가 들린다. 옆 사람에게 방해가 되지 않도록 휴대전화 받는 법을 일러주고 노약자를 위해 지정된 좌석을 비워 놓을 것도 당부한다.

그거야! 그렇게 하면서 고치는 거야. 비로소 가슴을 쓸어내릴 수가 있었다.

아씨, 귀여운 여준 아씨.

가정에 충실한 남편에 취하여 응석받이가 되었구려.

하루의 풍경이 고스란히 살아있어 공감이 가는 부분인데 어인 투정이지요? 각기 따로 있을 때의 느낌도 아내와 공유하고자 하는 남편, 얼마나 좋아요.

부부란 톱니바퀴에 윤기가 흘러, 보고 듣는 것만으로도 입가에 미소가 번질 지경이어요. 고래로 미련한 사람이 사람을 잡는다 했어요. 뒤집어 말하면 눈치 빠른 사람이 여러 사람을 구한다는 말도 되지요. 말 많고 미련한 이 없기에 하는 말입니다.

아저씨,

저는 눈치보다 재치가 더 좋아요. 너무 염치없는 소린가요? 남편이 착실한 만큼 저는 점점 부실해지는 느낌이에요. 화사한 백일몽을 꿀 정도로.

아저씨, 저에게는 왜 꿈이 생시 같고 이 땅에서 일어난 모든 일이 모조리 꿈만 같답니까. 어저께 저는 비에 젖은 우산을 말리고 있던 베란다에 나갔지요. 우산을 접다 말고 한 우산의 유혹에 빠져 든 이야기입니다.

겉과 속 빛깔이 서로 다른 우산은 믿음직한 것이었어요. 공연히 펼쳐 보고 싶은 거예요. 우산살이 튼튼한지 마디는 튼실한지 고루 확인했지요. 그런데 우산은 나를 감싼 우주만 같은 거예요.

어쩌나 아늑한지 눈을 감고 말았어요. 내가 줄어 우산 속에 꼬마가 되는 동안 우산은 아주 먼 옛날로 흘렀어요. 고향 마을 강둑에는 그네 줄도 보였어요. 명절 끝에 처녀들 모여 강물 위에 몸을 날리던 아슬아슬한 장면도 떠올랐고요. 가슴이 조이고 세상 무서워 제자리로 돌아오고 말았습니다.

우산은 기능적으로 망가지는 법이 없고 우리는 우산을 이동수단으로 쓰는 날이 오려나 봐요. 지팡이도 되고 보호 장비도 되었다가 필요시에 펼치면 우산이 되어요. 이 몸을 날리면 저공으로 날아가는 이동수단이 될 것이어요. 그 뿐인가요? 땅을 치면 낙하산이 실밥처럼 풀려 나오고 그걸 흔들면 부력이 생겨요. 가볍고 값싼 나노시대 우산이 쏟아져 나오는 미래가 보이지 않으세요? 과학의 발달이 우리를 언제까지 땅 위에 그냥 두지 않을 거라고요.

기술이 예술인 경지에 들면 삶과 꿈이 양손에 잡힌 그넷줄만 같을 거예요.

그네를 탄 사람은 요람 속에 흔들리며 과거와 미래 사이를 여행하고요.

여의치 않은 몸과 자유분방한 정신이 동거하는 동화의 집, 우산 속 유혹을 벗어나는데 고무줄 같은 시간이 먹혀들었다고요.

아씨,

백일몽이 미래의 현실이 되면 아저씨가 멋진 우산 선물할게요.
부부는 반대로 만난다더니 삶과 꿈이 엎치락뒤치락 재미있어요.
상대를 존중하며 조화를 이루려는 노력이 반드시 뒷받침되어야
하겠지요. 이해의 폭은 절로 넓어지게 마련입니다. 아들 중이 많
이 컸지요? 한 살이라도 젊을 때 잇달아 하나 더 낳지 그래요. 형제
이든 남매이든 둘은 되어야 할 테니까. 나이 먹기 전에는 모르는
법이오. 나도 젊었을 때 하나로 족하다면서 끝낸 것이 자못 섭섭
하기에 이르는 말이오. 그런데 나의 문학 서재에 숨은 글을 훔쳐
보는 흔적이 있어요. 아씨는 자수하고 광명 찾으시지요.

나는 장난꾸러기 못지않게 우쭐한 기분이 되어 읽다 만 청보리
집 할머니 이야기에 다시 빠져 들었다.

―안개가 유달리 짙은 새벽이었다.
그 언젠가 선착장에 사람이 죽었다면서 바깥이 웅성거리고 있었
다.
고깃배가 가지런히 정박한 틈에 사람의 시신이 떠 있다는 것이
다.
현장에 갔던 사람들이 아무것도 보이지 않는다고 말했다.
시신은 물속에 똑바로 서 있어서 머리 꼭대기 정수리 밖에 보이
는 것이 없다는 설명이었다.
얼른 경찰에 신고하라고 주문하는 사람, 바삐 제 갈길 가는 사람

들 틈에 시신을 건져 올리자는 제안이 있었다.

현장을 그대로 두지 않으면 사건에 휘말린다고 엄포를 놓는 목소리가 그 중 컸다. 그 말에 자리를 서성이던 무리 가운데 돌아가는 사람이 태반이었다.

날마다 배가 들고 나는 틈에 거의가 외지 사람이라 그런 분위기였다.

드디어 경찰차가 오고 사람들이 모여들었다. 한동안 길가에 흰 포장이 쳐져 있었다. 그 안에서 시신을 검사한다는 소리였다.

새벽빛이 걷히고 햇살이 투명한 아침나절이었다.

지금 같으면 시신은 즉각 부검실로 옮겨지고 법의학자의 소견에 의한 사인 규명이 있겠지만 한심하게도 그 때는 그런 지경이었다.

할머니는 험한 꼴을 보지도 말고 듣지도 말라면서 호기심이 동한 딸아이를 꼼짝 못하게 다그쳤다. 그리고 사건 현장이 어떻게 수습되었는지 그 후 말하는 사람도 더는 알려는 사람도 없었다. 그것이 아들의 실종 사건 전모였다.

—청보리집 할머니는 사람의 목숨처럼 모진 것이 없다 했다.

끼니를 잊은 채 못 먹는 술을 마시고 쓴 담배를 피웠지만 목울대를 태우고 애간장을 녹이는 세월에도 죽지 않고 이렇게 살아남았다는 말씀이었다.

이 좋은 세상을 살아보지도 못하고 고생만 하다가 간 아들이 불쌍해서 주야로 공을 들이다가 깨친 바가 있다고 했다.

'배를 타야 할 팔자인데 어미가 데리고 뭍으로 갔으니 배를 보면 타고 싶어 환장했겠지, 배 안은 어떻게 생겼나? 그 속에 뱃사람들은 어떻게 지내나? 구경을 할라치니 주인이 없는 밤에 남의 배에 올라간 거야. 이 배 저 배 기웃거리다가 발을 헛디딘 게지. 뱃전을 옮겨 다니다가 그만 뱃전에서 미끄러진 거라고’ 하는 것이었다.

할머니는 딸이 마음 맞는 사람을 만나자 뭍의 생활을 청산하고 버려두었던 고향집에 내려왔단다. 이웃에 변변한 말동무도 없다고 했다. 바다만 바라보고 살자니 저 바다 넋이 된 영감도 이곳을 떠도는 것 같고 물에 빠져 죽은 아들도 아버지와 같이 있는 것만 같단다.

‘이럴 줄 알았더라면 여기서 죽치고 살걸. 그랬더라면 아들이 수영을 배워 물에 빠져 죽는 일은 없었을 것을, 하지만 딸 하나는 평생 물질하지 않고 뭍에서 살게 되었으니 성공한 거라 쳐.’

할머니는 동네를 통틀어 몇 사람이나 바다 귀신이 되었는지 모를 노릇이라 했다. 바다를 찾은 낭만의 사람들이 뭍의 시름을 잊는 동안 바다를 삶의 터전으로 사는 사람들은 바다의 울먹임을 함께 하는 것이었다.

할머니의 슬픈 바다를 알고 나니 문득 육지생활이 온실처럼 느껴졌다.

그래서 나는 말했다.

“바다를 바라보며 처량하게 사느니 딸이 있는 육지로 가세요. 할머니!”

“아니야, 여기서 살래. 이곳에서 살다가 나중에 영감이 죽은 저 앞 바다로 돌아갈래. 어떻게든 죽어서는 영감 곁에 가는 거야. 다시는 헤어지는 일 없이 살아야 해.”

"할머니, 돌아가신 지 오래 되었는데 아직도 그렇게 할아버지를 사랑하세요?"

"사랑하다 말다? 나 때문에 갖은 고초를 다 겪었는데, 우리 영감은 섬사람이 아니야. 험한 바다에서 죽을 팔자가 아니라고, 고향에서 떵떵거리고 잘 살 사람인데 박복한 나를 만나 망한 거야. 저 세상 가서라도 다시 만나 이 세상보란 듯이 살아봐야지."

"할머니! 할아버지는 하늘나라에서도 참 행복하시겠어요. 한세상 다 살고 났는데 아직도 사랑이 그렇게 지극하니 말입니다."

"요새것들이 사랑을 알아? 옛날 사람들은 목숨 걸고 사랑했었지."

"그 옛날에 할머니도 그러셨군요."

"그럼, 그랬었지. 바람나면 집안을 망친다고 온 동네가 들끓던 시절이었지. 하지만 실지 내가 무얼 더 망해 먹을 것이나 있었게?"

"그나저나 할머니 혼자 손에 이 보리를 어떻게 거두실 거예요."

"왜, 그게 걱정이면 일손 보태줄 것인가?"

"도와 드릴 일이 있으면 기꺼이 팔 걷고 나설게요."

"그까짓 것 문제도 아니야. 보리가 다 익은 녘에 대가리만 따서 말려. 남은 보리대궁은 뿌리째 뽑아가며 말리고…. 그것들이 얼마나 좋은 땔감인데? 잘 마른 보리는 절구통에서 낟알로 까발리니 보리농사는 일도 아냐. 바람이 조용한 새벽녘에 나와 봐. 보리밭에서 사람 살 냄새가 나지."

"할머니이이~."

그제야 아이가 떼를 쓰듯 나는 졸랐다.

“할아버지와 사랑하던 젊은 시절 이야기 좀 해 주세요.”

“그건 섬 천지가 모르는 일인데? 아마도 소설 한 권은 될 거야.”

“저가 소설로 써서 후대에 남겨 드릴게요. 그럼 되겠어요?”

“오라, 내가 글쟁이를 만났구먼. 되다 말다! 영감도 영광이라 할 것이지.”

그러나 그날의 이야기는 그뿐이었다.

나는 심신을 쉴 필요가 있었고 할머니는 나에게 들려줄 과거를 통틀어 가다듬을 필요가 있을 것이었다.

나는 시장기를 느꼈다. 할머니도 다르지 않을 것이었다. 억지를 쓰듯 하여 큰 길 건너 골목 안에서 파란 실타래를 풀어 놓은 것 같은 국을 먹고 돌아섰다. 그 이름은 잊었지만 향내는 절대로 잊을 수 없는 토속 음식이었다.

나는 할머니를 집까지 모셔다 드렸다, 보리밭이 그득한 뜰을 밤에 가보고 싶다는 핑계로. 밤의 뜰은 적막했다. 왜 그런지 더 어둡고 더 슬픈 곡절이 속속들이 숨어있는 것만 같았다. 나는 별도 보이지 않는 밤하늘을 쳐다봤다. 날마다 남은 날이 줄어드는 것 같은 연세에도 할머니는 죽음에 초연하시다. 영감님의 혼이 서린 바닷가 삶은 끝이 시작과 맞물려 있다. 할머니야말로 시를 모르는 시인이시다. 보리밭을 뜰로 끌어들인, 내가 아는 유일한 분이시다. 마치 내가 글쓰기에 깃들어 갈등 없이 살아가듯이.

수정은 갔어도 더 이상 나의 슬픔일 수 없다. 수정이 크나 큰 둥지가 되어 남은 사람들을 불러들인 나머지 어제도 오늘도 외롭지 않기 때문이다.

'수정 씨 덕에 친척도 친구도 가족 하나 없는 고국에 돌아왔어도 호젓한 시간이면 주거니 받거니 이야깃거리가 많습니다. 그 어떤 가족이 당신의 딸 여준이와 나처럼 서로의 마음을 읽고 다독거린답디까. 우린 멀리 떨어져 있어도 모니터를 통해 서로가 서로에게 든직한 배경입니다. 말은 이따금 빗나가는 수가 있지요. 글은 의중을 빗나가면 몇 번을 다시 써도 지운 자국조차 없으니 글로 말을 하는 이 시간이 행복해서 하는 이야기입니다. 날씨는 어제와 내일이 다르고 계절은 돌아가며 우리네 삶을 새롭게 해요. 그 무엇도 오래 머물지 못하게 삶을 독려하는 환경의 변화가 우리를 열심히 살라 합니다.'

수수깡 궁전

4

아저씨! 왕창 울어버린 하늘에 무지개 뜨던 시절 그리워요. 연일 폭우 쏟아지고 이재민 줄이어 집 잃고 가족 잃은 사연들로 눈물겨워도 호우경보는 여전히 전국을 떠돕니다. 악착같이 거두어들인 혈세는 어디로 새는지 재원 부족 타령에 재해대책이 부실하네요. 현실이 이러하니 아기는 하나도 키우기 힘들어요. 날이 갈수록 자신이 없는 걸요.

살기 힘든 세상에 자식을 낳는 게 왠지 태어나는 아이에게 못할 짓 하는 것 같기도 하고……. 그런데 말입니다. 아저씨의 일상이 방랑삼천리인 줄만 알았는데 제주도 하루망(?)한테 너무 빠지신 것 아닌가요.

자수하라 하시니 배짱이 생기네요. 저는 절대로 남의 말을 엿듣고 싶지 않은데 아저씨의 글이 가진 흡인력이 문제입니다.

"이제 저는 무죄인가요?"

그런데 아저씨. 친정아버지 때문에 영식 씨가 노이로제에 걸린 것 같아요. 지난번에 마주친 친정 집안 분위기 때문인데요. 냉담한 저마저 한 번 찾아 갈 기회를 엿보게 만들었어요. 그렇건만 처가 말만 나오면 절레절레 고개를 흔드는 저를 연상했는지 영식 씨가 변명부터 늘어놓는 거예요.

'이번엔 무슨 일이 있어도 가야 해. 장인어른이 통화 끝에 다짐을 두었단 말이야. 어쩔 수 없이 간다고 약속 드렸어.'

그 말이 우습기도 하지만 한편 미안했어요. 저가 얼마나 못되게 굴었음 저 지경이 되었나 싶어서지요.

—수고 아줌마가 문을 열어 주었어요. 남동생이 발악을 하고 아버지가 분통을 터뜨리는 소리가 가구 부서지는 소리와 함께 바깥까지 들렸어요.

무슨 일인가 묻고 싶었지만 아줌마는 말없이 고개를 저었어요.

우리 부부는 더 이상 불편을 끼치고 싶지 않아 친정집을 나왔지요.

'사태가 이 지경으로 악화되었으면 오지 말라고 무슨 핑계를 댈 것이지, 아기 데리고 힘들여 온 길을 이렇게 망쳐?'

저는 분통을 터뜨렸지만 영식 씨는 분위기가 진정될 때까지 기다리자는 눈치였어요. 그래야 했지만 중이 겁에 질려 우는 바람에 우리는 되돌아 나오고 말았어요.

아줌마가 그 사실을 알렸을 터인데 그 후에 마땅히 있음직한 변명이나 위로의 말이 없었어요.

사태는 여전히 심각한가 보다 하고 내외가 이따금 걱정할 따름이었지요. 궂은일에는 모르는 척하는 것이 상책이라지만 잠자코 있는 마음이 편할 리 없었어요. 날이 갈수록 무시당한 느낌마저 들었고요.

그런대로 시간은 흘러갔어요.

이제 다 잊을 만하니 아버지가 불쑥 전화해서 오라고 하신 거예요.

수화기를 놓기 전에 재차 확인하는 바람에 간다고 확답을 드렸데요.

세상이 알다시피 아버지가 무슨 체면으로 저희를 오라마라 명령이어요?

새엄마는 언제나 외출중이어서 일하는 아줌마가 전화 받는 단골입니다.

그녀로부터 들리는 말에 의하면 이복 여동생은 건달을 사귄다고 했어요.

한 때는 옷가지를 숨기고 밤 나들이를 단속중이라 했지요. 저 혼자 가늠으로 돈은 많고 할 일은 없고 사치 아니면 방탕할 일만 남았구나, 했지요. 저의 그런 푸념을 좀 들어 주면 좋으련만 영식 씨는 발끈해요.

'구경꾼처럼 왜 그래!'

이쯤 되면 저 속에 반쯤 소화된 분노도 고개를 들지요.

"나는 가족이 아니야, 그렇다고 옳은 구경꾼도 못 돼. 영식 씨도 그런 줄이나 아셔. 아기 재롱도 볼 겸 명색이 딸이니까 사위라는

믿음직한 호위병 두었겄다. 이왕 마련한 음식에 그냥 한 끼 얻어
먹으러 오라는 들러리지. 자식치고는 관리비 싸게 들잖아.”

“듣기 거북해, 나는 여준 씨가 담담해졌으면 좋겠어.”

“아니요, 영식 씨. 우리는 자유로워야 할 권리가 있어요.”

신혼 초만 해도 장인은 새엄마에게 인사하러 안 오느냐고 조심
스럽게 말했데요. 엄마가 돌아가시고 백일 탈상을 한 뒤 쯤에요.

아버지에 대한 저의 원성이 극에 달한 시점이었기에 안사람이
몸이 안 좋다는 말로 적당히 얼버무릴 수가 있었다고 해요.

그럼에도 불구하고 일단 통화 사실을 알게 된 저는 신경이 곤두
섰어요.

“잘 먹고 잘 살라 그래, 왜 나를 끌어들인대? 내 나름대로 그냥
살겠다는데…….”

옛날 잘못을 가지고 이러는 게 아닙니다. 엄마의 투병기간에 시
종 냉담하여 이렇게 된 게지요. 그런데 영식 씨는 한 술 더 떠서 새
엄마를 염두에 두고 말해요. 신행인사가 늦어진 것도 다 돌아가신
장모님 때문인데 어찌 이럴 수가? 하는 거예요.

‘장인어른도 기다리다 못해 하신 말씀일 것이다. 후처에 대한
당신의 체면도 있으실 터이다’ 하면서 말을 덧붙였어요.

“여보, 우리도 부모가 될 거잖아. 뿌린 만큼 거둔다고 했어. 착하
게 숙이고 들자, 응?”

“당신은 뭘 몰라.”

그러나 영식 씨는 부녀 사이에 훈풍이라도 일어날 계기가 될세
라 말했어요.

“장인이 기다리실 거야. 내가 간다고 했으니 새엄마가 음식이라도 장만했으면 어떻게 해.”

“정말로 당신이 간다고 말했어?”

“그렇다니까.”

“만나서 상황이 악화되는 것보다 아예 등 돌리고 사는 게 나은데, 당신 입장이 그렇다니 도리 없게 되었네.”

말은 그렇게 했지만 당당한 저의 변신을 보여주고 싶은 속내 또한 숨길 수 없는 것이었어요. 다시 한 번 말씀 드리지만 엄마가 위독하다는 제 전화 한 마디에 만사 제치고 귀국하신 아저씨가 안 계셨다면 우리 엄마의 임종이 얼마나 쓸쓸하고 분통터지는 일이었겠어요.

결국 캐나다에서 아저씨가 오심으로 인해 엄마나 저에게 생사를 초월해 있을 최후의 여한이 사라지게 되었어요. 따라서 저의 신혼 생활도 무난했고요. 아저씨가 굳건히 지켜주신 엄마의 장례식에 생각이 미치면 언제나 없던 힘도 탄력을 받아요.

결혼 후 처가를 향한 첫 걸음도 실은 그렇게 시작되었더랍니다.

우리는 신혼부부 대접을 톡톡히 받고 돌아왔어요. 그런데 그 다음부터 장인은 한 주가 멀다 하고 전화를 한대요.

“주말에 집으로 오도록 하지.”

첫걸음이 힘들었지, 이젠 됐다, 하고 안도하는 빛이 역력하답니다.

그런데 새엄마는 저한테 잘해 주어도 탈이고 생부는 기분이 좋아 보여도 미워요. 이런 말할 정도로 옹졸하고 형편없는 인간은 아닌데 저는 저를 고발하고 체벌하는 정신으로 털어 놓는 거예요.

새엄마가 메이커 제품이라고 말하면서 옷을 주면 자기 딸들이 싫어한 것이로구나! 하는 생각이 먼저 들어요.

'새엄마 집에 가면 명품이 폼 잡고 메이커 옷이 펄럭일 뿐 사람은 뒷전이야. 화장만 진하게 하면 생기 있게 보이는 줄 아는지 눈썹, 입술 칠하다가 부드러운 본래의 인상을 송두리째 잃고 마는 인상파들이 많이도 웃기는 곳이지.'

이런 저의 선입견을 꼬집어 영식 씨가 말했어요.

"당신은 친정 말만 나오면 사람이 달라져."

"내가 비뚤어진 것 같지? 실은 제대로 된 평가야. 내 말 받아쓸 것까진 없지만, 당신 장인 말요, 어찌 되었건 기분 좋게 생겼어. 부담스럽던 조강지처 사라지고 경애하는 후처만 남았으니."

새엄마가 얼마나 호화롭고 거창하게 사는지 처음 찾아간 영식 씨가 저한테 죄 지은 사람처럼 말하지 뭐예요.

"괜히 내가 가자고 부추겼지? 이런 줄은 몰랐어."

우리와는 사뭇 다른 환경 속에서 황당해 하던 영식 씨에게 저는 새엄마 집에서 주고받은 이야기를 그대로 옮겼어요.

"여준아, 네가 어렸을 때 말이야. 그 때는 나도 너무 젊어서 세상살이를 잘 몰랐어. 잘 먹이고 잘 입히면 그만인 줄 알았었지, 여준아 미안해. 너도 이젠 어엿한 주부가 되었으니 새엄마를 좀 이해해 주기 바란다."

"그래서 당신은 무어라고 말했는데?"

"엄마는 잘 해 주셨어요. 저가 철이 없어서 문제를 일으켰죠. 저가 외려 미안한 걸요. 말은 그렇게 했지만 목소리가 떨리는 거야.
아무리 애를 써도 아픈 감정이 북받쳐 올랐어. 그러면 안 되는데
그렇게 되고 말았어.”

　저는 울었어요. 못난이처럼 자꾸만 흐느껴 울었어요.

　그런데 아저씨, 저가 그로부터 동조자를 구한 기분이 됐나 봐요.
걸핏하면 영식 씨에게 푸념을 늘어놓기 일쑤니까요.

　“아버지는 허수아비야. 나를 이 세상에 있게 한 허수아비지, 엄
마를 망치고 나를 망치고 모녀의 희생 위에 잔뜩 약이 오른 독초로
보이지만 기실 변함없는 허수아비야.”

　“정신 차려, 여준 씨. 당신은 이제 아버지의 딸이기보다 영식의
아내야. 친엄마도 새엄마도 더는 어쩌지 못하는 출가외인이라
고.”

　아저씨,
　제가 밉지요. 저도 이런 저가 미워요.

5

아씨,

아주 자연스런 진행과정입니다. 앞으로 좋아질 것이니 자책 말
으시구려.

아저씨도 한동안 숙고하던 그날이 왔거든요.

청보리집 할머니의 기억도 줄거리를 세웠을 것이니까요.

나를 보자 기다렸다는 듯이 할머니는 안으로 들라 하셨죠.

방바닥엔 황톳빛 돗자리가 깔려 있고 벽에 쳐진 이불보가 불룩
한 걸로 봐서 그 안에 옷이 걸려 있음 직했답니다.

"사는 게 이려. 그래도 바깥보다 나아."

"예, 할머니는 사람의 손길이 느껴지는 푸근한 돗자리를 깔고 사
시네요."

방문을 활짝 열어 두니 보리밭 푸른 기운이 방안까지 스머들어
요.

그래도 파도 소리가 한결 멀어 듣고 말하는 입장이 고루 편할 것이었죠.

할머니는 고개를 꼿꼿이 세웠어요. 말씀은 서두부터 단호했지요.

—지학도는 내 서방이다. 대물려 내 집안에 머슴살이하던 지서방의 맏아들인 것이다. 양반, 상놈을 따질 때가 아니라고 아무리 떠들어도 속사정이 그렇지 않은 곳이 내 고향 회동골이다. 거길 돌아 나와야 사람 사는 세상을 만난다하여 옛적에 붙여진 이름이다. 나로 말할 것 같으면 그 고을 대감댁 증손녀다. 사랑에 목숨을 건 당대의 여 전사 한귀녀란 말이다. 내 위로 두 딸을 둔 우리 엄마가 이번에는 꼭 아들을 낳아야 한다고 조석으로 칠성단에 빌었더란다. 그래서 딸인 내가 버리고 싶도록 서운했단다. 엄마는 젖을 물릴 생각을 않고 아버지는 며칠이 지나도 아는 체를 않았단다.

오랫동안 이름도 없이 섭섭이로 불렸는데 아버지가 첩을 두자 엄마가 홧김에 귀녀란 이름으로 출생신고를 했다는 것이다.

어려서 학도는 사랑채 나는 안채에서 살았어도 우리는 상당기간 서로를 알지 못했다. 그는 주인댁 안마당에 얼쩡거릴 수 없었고 나는 문밖을 모르는 아이였다. 학교를 오가는 길에도 나는 언니 뒤만 따라다녔다.

그런데 언젠가 면서기가 사랑채 지서방을 찾아왔다고 했다.

자식을 학교에 보내도록 종용하기 위해서였다.

그 뒤로 아주 이따금 등하교 길에 나는 학도와 마주쳤지만 그때는 그의 이름조차 알지 못했다. 그런데 학도는 월반을 계속했고 어언 나와 동급생이 되어 있었다. 학도는 그만큼 나이도 많았다.

내 언니가 졸업을 하면서 나는 나도 모르게 학도 뒤를 따랐다. 산을 끼고 들판을 걷자니 심심하고 무서워서다.

졸업과 동시에 우리는 읍내에 있는 상급학교로 똑 같이 진학을 했다.

중학생이 되면서 교복을 입은 그는 더 이상 베잠방이 촌놈이 아니었다.

뿐만 아니라 일동 차렷, 경례를 외치는 학도의 목소리는 아침 조회시간의 명물이었다. 그의 목소리는 학교 담장을 넘어 인근 주민에게 알려졌다.

이발소 주인도, 구멍가게 아저씨도 학도를 너무 너무 좋아했다.

나도 그런 학도를 따라 오가는 통학길이 즐거웠다.

새벽이슬 밟고 집을 떠나 어스름 저녁에나 돌아오지만 우리는 비가 잦은 봄날에도, 소나기가 심한 여름에도 20리 길을 걸어 다녔다. 학도는 나보다 키가 크고 발이 빨라 동시에 집을 나서도 들길을 걸을 때는 따라잡을 수가 없었다. 한데 소나기가 퍼붓는 날이었다.

산마루 고갯길에 큰 바위 지붕 밑으로 그가 뛰어든 것이다. 미리 비를 피한 나를 보자 그가 돌아섰다. 돌아 나가는 학도를 기어코 불러들인 건 바로 나였다. 비 맞지 않게 더 안으로 들어오라 거듭 말한 것도 날수밖에 없었다.

그 후 우리 서로 눈이 마주치면 허물없이 웃음 짓는 사이가 되었다.

학도는 공부만 잘하는 것이 아니라 운동도 잘하고 얼굴도 잘 생겼다.

날이 갈수록 학도는 여학생 모두의 우상이 되었다. 그러나 학도는 누구에게도 눈길 한 번 주지 않았다. 웬만해서는 말이 없지만 학도는 나만 보면 비시시 웃었다. 그러한 그가 좋아 나도 언제부턴가 남의 이목을 상관하지 않고 그만을 기다렸다. 학도와 함께 집으로 돌아올 때면 지루하고 심심할 겨를이 없었다. 학도는 언제 어디에 어떤 열매가 익어 가는지 산 속 사정을 훤히 꿰뚫고 있기 때문이다.

장마철 냇물이 불어나면 징검다리가 물에 잠기고 우리는 들길 대신 산길을 멀리 돌았다. 비탈길도 있고 오솔길도 있었다.

그런데 꼬리가 탐스런 여우 한 마리가 난데없이 우리 곁을 스쳐 갔다. 마치 고무줄을 벗어난 돌팔매같이 빠른 속도였다. 나는 정신을 잃고 그 자리에 부들부들 떨고 있었다. 학도가 달려와 발을 굴렀다.

"귀녀야 정신 차려. 네 얼굴이 백지장 같단 말이야. 어머! 무서워 죽겠네."

나는 물끄러미 그를 봤다. 학도의 얼굴도 하얗게 질려 있었던 것이다. 그런데 마을에 내려오니 동네 청년들이 그 여우를 잡겠다고 소란을 피웠다는 뒷말이 들렸다.

우리 집은 산비야에 옹기종기 붙어있는 집들을 지나 큰 동네 구석지에 자리 잡고 있었다. 제일 높은 담장 아래 널찍한 안마당을 거닐고 제일 높은 처마를 지닌 집이었다. 겉보기에만 그렇게 근사했다.

옛날 사람들은 먹고 살기 바빠 이웃끼리 무덤덤하게 지내는 사이였다.

일손을 모우고 품삯을 나누고 대감집 살림을 주관하는 지서방만이 이웃 동네를 널리 돌아다녔다. 나는 어느 일요일 저녁나절에 학도가 건네준 칡뿌리 맛을 절대로 잊을 수가 없다.

어디서 났느냐고 꼬치꼬치 묻는 나를 보고 학도가 알 수 없는 표정을 지었다.

'이걸 몰라? 처음 먹어? 너 바보로구나!' 하고 말했던 것이다.

학도가 없었더라면 나는 아무 것도 모르고 한세상 사는 무지렁이가 되었을 것이었다. 이후 오솔길을 조금만 벗어나면 학도는 열심히 칡뿌리를 캤다.

막대고 돌이고 간에 학도의 손에 잡히면 모조리 기구가 되고 연장이 되었다. 나는 속살이 뽀얀 칡뿌리가 그럴 수 없이 좋았다. 맛도 향기도 마음에 들었다. 얼마나 싱싱하고 물기가 많은지 내 손은 금세 검어지고 입은 시퍼렇게 변해 버렸다.

칡을 마치 닭고기 가슴살처럼 뜯어 먹던 날의 청초한 행복은 그후 그 무엇으로도 대신할 수 없었다.

가을 운동회가 끝나고 각종 기념품 뒷설거지 마치고 선생님께 보고하러 간 자리에서 나의 담임선생님은 학도에게 당부하셨다.

"귀녀 잘 데리고 가거라. 너 혼자 가면 안 돼."

그 말이 불씨가 되었든지, 짧은 가을 해가 산을 넘고 일찍 밤이 찾아온 절간 뒷산에 도깨비불이 흔들렸다.

내가 기겁을 하자 학도가 내 손을 잡고 뛰었다. 우리는 앞뒤 가리지 않고 죽을힘을 다해 달려야 했다. 산모롱이를 돌아 갈 즈음 난데없는 흙모래가 우리 위에 쏟아졌다. 늑대가 우리 위에 흙을 퍼붓는 것이었다. 아무리 달아나도 우리의 속도를 따라 잡는 흙 세례였다. 숨이 끊어질 것 같았다. 길은 점점 어두웠다. 나는 학도의 손을 놓치지 않고 있다가 정신없이 사랑채에 들고 말았다. 학도네 삽짝문은 열려 있고 안채 대문은 닫혀 있으니 말이다. 학도랑 나를 앞세운 지서방이 우리의 급박했던 상황을 알렸다.

"납닥발이(늑대의 속어)가 나온 기라요. 두 아이가 죽을 변을 당했구먼요."

어른들이 우리 주변에 몰려나오자 그제야 손으로 머리를 쓰다듬으니 온통 흙모래 범벅이었다. 어른들은 늑대가 다닌다는 소문을 듣고 있었다. 그래도 초저녁부터 그렇게 마을 인근까지 내려올 줄은 몰랐다는 것이다.

언니가 얼레빗을 들고 나와 내 머리를 빗겼다. 부스러기 떨어지는 소리가 들릴 지경이었다. 그 날 이후 학도는 명실 공히 나의 보호자가 되었다.

며칠 뒤에 다시 늑대 울음소리가 가까이 들리는 밤이었다.

마을 청년들이 저마다 횃불을 들고 늑대 쫓는 시위에 나섰다. 순식간에 온 마을이 법석이었다. 차제에 늑대를 멀리 쫓아 후환을 없애자는 것이었다. 그런데 어디선가 '노루 잡아라!' 는 함성이 터졌다.

꾀가 많은 늑대는 어디로 가고 겁먹은 노루가 사람 눈에 들킨 것이다.

캄캄한 산골이 불시에 들썩였다. 여기 저기 횃불이 오르고 인근 마을 청년들이 합세를 했다.

결국 막대를 휘두르고 그물을 든 청년들 손에 노루가 잡혔다.

솔가지 불을 지피고 도랑에 큰 솥이 내걸렸다. 한 쪽에서는 물을 끓이고 다른 한 쪽에서는 노루 해체작업이 한창이었다. 구경꾼이 웅성거리는 틈에 된장을 풀어야 잡맛이 없어진다는 목소리가 들렸다.

우리 집 장독대를 노리다가 지서방에 혼쭐이 나는 이웃을 보고 나는 잽싸게 한 양푼 가득 된장을 퍼 왔다. 학도는 신이 나서 그걸 들고 사람들 속으로 사라졌다. 뜻밖에 잔치가 푸짐해서 온 동네가 밤을 밝힌 경사로 기억된 일이었다. 고기도 생선도 읍내에 장이 서는 날이나 구경하는 외딴 고을 사정이 그러했다.

중학 3년 세월이 언제 지나갔는지, 어언 졸업이 눈앞에 다가왔다.

나는 어찌하라고 학도는 도시로 공부하러 간다 했다.

나는 혼자 이 세상 사는 법을 모를 지경인지라 그저 가슴이 답답했다.

'학도가 도회지로 간대요, 나도 상급학교에 보내줘요.'

나는 입안이 타들어 가도록 바둥거려 보았지만 허사였다.

여자는 중학만 나와도 충분하다는 것이다. 그런 중에 학도가 말했다.

"수산고는 남자들만 가는 곳인데 네가 어떻게 와?"

학도가 마을을 떠나면서 세상으로 통하는 나의 길도 끝이 났다.

학도가 없는 집은 빈집 같았다.

그래도 봄비는 사흘돌이 오고 들판엔 개나리, 진달래가 꽃을 피우기 시작했다. 목련 가지에 꽃망울이 부풀고 살구꽃 단단한 꽃망울도 연지를 물었다. 나는 밤마다 그들 꽃망울 속에 숨은 폭죽 소리를 가슴으로 들었다. 터질 듯한 그 무엇이 내 안에 도사리고 있기 때문이었다.

봄은 곧 정각을 알리고 봄방학은 정시에 올 것이었다.

그 누구도 알지 못하고 그 무엇도 방해하지 못하는 세상은 어디 없을까?

그것만을 궁리하다가 귀녀의 한숨소리처럼 꽃잎 떨어지고 그 자리에 푸른 잎이 돋아나도록 기다리는 학도는 소식이 없었다.

공부가 뭐야? 좀 더 좋은 세상 만나자고 하는 준비지?

머슴집 아들이면 어떻고 대감집 손녀면 대수냐? 나는 학도와 살리라! 나는 결심을 굳혔다. 그러나 첩 때문에 내 집이 당장 이 꼴이니 앞으로 학도네는 어떻게 살아가고 학도 공부는 어떻게 이어 갈건데?

장래가 암울한 생각에 하루 종일 마음 속에 구정물이 돌았다. 쑥대밭이 따로 없는 밤이었다.

먼동이 트자 나는 그만 미친 듯이 아무도 없는 새벽길을 달렸다. 절대로 더는 참을 일이 아니었다. 미쳐서 거리를 싸돌아다닐 지경이 되었으니 차라리 당일치기라도 나는 학도를 만나고 아무 일 없었던 것처럼 돌아 올 것이었다.

그러나 읍내에서 발길을 돌렸다. 가슴에 불길이 잦아들면서 겁이 났던 것이다. 집에 도착한 즉시 나는 엄마에게 불려갔다. 학교 다니던 길이 가보고 싶었다고 말을 하자 엄마가 소리쳤다.

"네가 미쳤냐?"

우리 엄마는 머리에 수건을 동여매고 날이면 날마다 두통을 앓는다. 언니는 시집도 못 가고 엄마의 병수발에 매달려 있다.

나는 개도 짖지 않는 그믐밤이 좋았다. 아무도 몰래 담장 밑을 걷고 있노라면 사랑채에서 새어 나오는 불빛은 학도의 눈빛이었다. 지서방이 떳떳한 내 집의 노예라면 나는 부끄러운 관습의 노예였다.

지나간 세월도 기억이란 창을 통해 얼마든지 재생이 가능하다는 확신이 섰을 때 행운이 오듯이 학도가 돌아왔다. 드디어 여름 방학이 시작된 것이다. 학도는 주인집이 무섭겠지만 나는 머슴집이 무섭지 않다. 내가 앞장서서 우리의 미래를 열어가야 할 이유가 거기 있다. 학도가 집에 온 첫날 밤은 무심히 밝았다. 나는 새벽 일찍 일어나 바깥을 지켰다. 행여 그가 전처럼 지서방을 따라 일터로 나갈까 해서였다. 그런데 학도는 보이지 않고 지서방 내외가 집을 나섰다. 나는 그들 앞에 나아가 당돌하게 학도 있는 곳을 물었다.

아낙이 왜 그러느냐고 말 물어 왔다. 학도가 배우는 책을 베끼기 위함이라고 나도 주저 않고 대답했다.

우리의 만남은 이렇게 해서 자연스럽게 이루어졌다.

6

갑작스런 나의 출현에 어색해 할 줄 알았는데 학도는 얼굴 가득 퍼지는 기쁨을 감추지 않았다. 우리는 바로 읍내에 나가 필기도구를 갖추었고 우정 산길을 멀리 돌았다.

맛있는 열매를 따고 주인 없는 목화밭에서 다래를 따먹었다. 어린 목화송이는 특이한 향과 맛을 지녔기 때문에 솜 농사를 망치는 나쁜 일인 줄 뻔히 알면서 닥치는 대로 서리해 먹었다.

어른들 눈엔 못다 한 공부에 목말라 하는 내 모습이 측은했던지 학도와 나 사이를 의심하는 기색이 별로 없었다. 마당에 멍석을 깔고 우리는 자나 깨나 책을 베끼기에 여념이 없는 듯이 보였다.

그러다 신이 나면 학도는 긴 영어 문장을 큰 소리로 읽었다.

그는 손색없는 선생님이 되고 나는 어이없는 학생이었다. 할머니는 그 대목에서 절레절레 고개를 흔들었다.

한참 뜸을 들인 뒤 방금 과거에서 회귀한 듯 자세를 고치고 눈빛을 밝히며 할머니는 박진감 있게 말을 이었다.

방학이 끝날 무렵 학도와 나는 그만 일을 저질렀어. 누가 먼저랄 것도 없어. 우리는 부부연을 맺었던 거야. 지서방네가 눈치를 챘어.

학도가 매를 맞고 그래도 안채에서는 알 길이 없었지

그 해 겨울 방학을 간신히 넘기자 귀녀 배가 불러왔어.

할머니는 수치심을 감추느니 아에 남말 하듯 웃어 넘겼다.

둘이 부산으로 달아난 거야. 학도는 공부를 접고 닥치는 대로 잡일을 했어.

나도 물불 가리지 않고 돈 벌러 나섰지.

"학도만 매를 맞고 할머니는 무사했어요?"

"아이고 남부끄러운께 그 말은 빼버려."

"할머니, 처녀가 애를 가졌는데 집안이 뒤집어지지 않으면 그건 외려 이상하지요."

"그래? 그럼 홀랑 털어 놓고 말아?"

할머니의 말씀에는 옛일이 따로 없었다. 찬물을 꿀꺽꿀꺽 마시고 나서 어제인 듯 생생한 이야기를 들려주었다.

일이 이렇게 되려고 그러는지, 근래 부쩍 철없던 시절 열병을 앓던 생각이 났어. 별별 고생을 다 했건만 내 마음에서 다 씻겨진가 했는데 사랑하고 애말라 하던 당시만은 새록새록 살아난단 이 말이야.

처음에는 엄마가 나를 죽이려고 했지, 엉겁결에 살려고 발버둥을 치니까 언니랑 합세를 해서 내 손발을 묶어놓고 머리칼을 싹둑

잘라 부렸어. 도망가지 못하게 하는 조치지. 때리고 맞는 것도 한 두 번이지, 서로 지쳐 떨어지는 판이었어. 그런데 결국 내가 이긴 꼴이 되었지. 죽을 작정하고 꼬박 굶었거든. 언니가 눈물 콧물 흘리면서 거꾸로 나에게 빌어 부쳐.

'도망가거라. 멀리 멀리 도망가서 학도랑 살아라. 너 죽는 꼴 보느니 차라리 내가 당하지, 내가 도와주마. 부디 기운차려라.'

가위로 쑹덩쑹덩 자른 머리를 대충 고르는데 내 머리가 예술인 거야. 깡총하게 묶었을 시는 몰랐는데 사내 같은 상고머리가 되고 보니 굽슬굽슬 넘어가는 게 멋쟁이더라 이거야. 언니가 처음에 그런 나를 보고 눈이 휘둥그런 거야. 어찌 되었냐기에 머리만 감았다 했지.

너 그냥 그러고 살아라. 안 할 말이다만 사내나 하는 상고모리가 어찌 그리 보기 좋으냐? 했어.

언니가 떠나라고 했지만 수중에 돈이 있는 것도 아니었다. 내가 예사로 자정을 밝히자 잠 없는 언니가 내 방을 찾아들었다.

"일기 쓰니? 공부하니?"

"일기도 쓰고 공부도 해."

"해서 무얼 하는데?"

"해서 집 떠날 거다."

"어디로 가는데?"

"나를 알지 못하는 넓은 세상 끝까지."

"무얼 해서 먹고 살 건데?"

"먹을 건 저마다 타고 난다 했어."

그날 밤 언니는 산등성이 외딴집에 초상이 났다는 말을 하러 온 것이었다. 언니를 따라 툇마루에 나가 보니 그 집 처마 끝에 호롱불이 켜져 있었다.

"나도 아는 아이야, 불쌍해 죽겠어. 오징어를 먹다가 숨이 넘어갔대. 다 큰 딸아이가 그처럼 허망하게 죽을 수 있어? 시집도 못 가고 몽당귀신이 되고 말았으니 저 노릇을 어쩌니?"

'어쭈! 남 말 하네.'

속으로 비아냥거리면서도 나는 굳게 입을 다물었다.

문제의 오막살이집은 밤에 보니 더 높은 데 위치해 있는 듯했다, 몇 발짝만 올라가면 곧장 하늘에 닿을 정도로.

불빛은 아물거렸다. 흡사 호롱불을 켜 둔 것이라 짐작되는 밝기였다. 서러운 밤이 마지막 하소연을 하는 성 싶었다.

그날 밤 나는 처음으로 나를 위해 울고 있었다.

아침에 눈을 뜨니 밤중에 눈여겨 본 오막살이 생각이 났다.

나는 얼른 툇마루로 나가 보았다. 그런데 거기서 못 볼 장면을 보고 말았다. 그녀의 아버지가 지게를 지고 산기슭을 오르더란 말이다. 나 혼자만의 짐작이긴 하지만 그가 진 멍석 두루마리는 딸의 시신임이 분명했다.

나의 어림짐작을 들은 언니 역시 얼굴빛이 파랗게 질렸다.

"나도 결국은 저렇게 되고 말 거야."

나는 그 자리에 풀썩 주저앉아 막무가내로 울었다. 예상보다 빠른 죽음의 그림자가 나를 엄습했던 것이다.

그 밤에 읍내까지 언니가 바래다주었다. 나는 낯 뜨거워 엄마 앞에 나타나지 못하고 집을 떠났다. 내 손에 두툼한 돈 봉투가 쥐어 졌던 것이다.

학도와 나는 부산 부두 뒷골목 여관방에서 문밖에 얼씬도 않고 하루 종일 숨어 있었다. 왠지 고향사람 눈에 들킬 것만 같아서였 다. 밤중에 경찰이 검문을 나왔다. 그 때는 간첩만 잡으면 팔자를 고치는 판이니까 누가 신고를 한 모양이었다. 경찰은 학도를 파출 소로 가자고 했다. 나는 얼른 보따리를 챙겨 학도를 따라 나섰다. 순경이 안 된다고 했지만 나를 막을 자가 없었다.

이젠 죽어도 같이 죽고 살아도 같이 살 것이라 말했더니 순경이 신경질을 부렸다.

"이것들이 미쳐도 고이 미쳤구나. 니들이 몇 살인데 이런 불장 난이야?"

"저는 당장 일할 수 있어요. 우리는 아기를 낳아서 잘 키울 수 있 어요. 우리를 떼어 놓지만 말아 주세요."

"너 몇 살이야?"

"스물입니다."

"너는?"

"열여덟입니다."

"앞으로 어떻게 할래?"

"먹고 살기 위해 무슨 일이든지 하겠습니다."

"그 참 골치 아프네."

경찰 아저씨는 시간이 갈수록 처음 인상과는 판이한 동정심을 보였다.

우리에게 국밥을 사주고 우리의 거처를 물색하느라 이곳저곳에 전화를 하는 모습이었다. 우리는 관할 고아원에서 모자라는 일손을 채우며 숙식을 해결하게 되었다. 경찰 아저씨의 온정으로 우선 살길을 찾은 듯했다.

어린이는 인류의 미래 라고 쓰인 현판 아래 보육원 출입구가 있었다.

헐거운 나무문을 밀치고 들어가자 신발이 가지런한 신발장이 한쪽 벽면을 이루고 있었다. 어린이 어른 구분 없이 쓰이는 신발장 앞에서 나는 낯선 세상을 들여다보듯이 유리창 안을 기웃거렸다. 얼핏 유치원생으로 보이는 여자 아이가 눈에 띄었다.

그 아이는 나를 보자 쪼르르 달려 나와 미닫이 유리문을 열며 말했다.

"누구 찾으세요?"

그 목소리는 흡사 노랫말처럼 들렸다.

"어른 계시니?"

"예에에……."

그 아이의 높은 음 목소리에 이어 젊은 언니가 나타났다.

"파출소에서 오시지요?"

"예."

우리는 원장실로 안내되었다. 낮은 목소리가 인상적인 중년여인이었다. 학도와 나는 벌 받으러 온 죄인마냥 고개를 떨어트렸다.

“사고는 왜 치노. 부모 속 썩이느라 그러지.”

“…….”

딱한 사정이라고 해서 며칠만 맡는다고 했다.

“있는 동안이라도 안팎에 밀린 일들 좀 도와주었으면 좋겠다.”

나는 부엌으로 학도는 바깥으로 안내를 받았다.

설거지고 빨래고 나는 닥치는 대로 일에만 열중했다.

떨어지기 싫어 마지막으로 내 눈을 뚫어지게 보던 학도의 얼굴이 자꾸만 떠올랐기 때문이다. 밤이 되어 나는 아래층에 학도는 위층에서 잠을 잤다. 여럿이 한 방에 기거하는 단체 생활이 시작된 것이다.

우리는 다행히 보육시설에서 안정을 찾아갔다. 다행하게도 원장님이 훌륭한 보호자 역할을 해 주셨다. 거기서 나는 순산을 했다. 아기 젖을 뗄 때까지 나는 그 곳에 머물고 학도는 돈벌이를 나갔다.

제일 손쉬운 게 공사판 막일이었다. 학도가 출신은 천해도 천한 일은 하지 않았는데 나 때문에 그리 되었건만 원망 한 번 하지 않았다. 어차피 길지 않은 공부라 했다. 멀지 않아 나도 낮에 파출부 일을 하고 밤에 음식점 허드레 일을 했다. 여자의 하루벌이로 막일은 밤 시간대에 손쉽게 걸렸다.

대학가에 위치한 대형 분식점이나 기차역 주변 대중음식점은 학생들의 방학 시기를 두고 서로 엇갈려가며 바쁜 일터였다. 밤 아홉시까지로 약속이 되었어도 자정을 넘기기 일쑤인가 하면 마감 시간이 밤 열한시라 했건만 새벽녘까지 몸을 뺄 수 없는 경우도 허

다했다.

물론 주인 측에서는 일당을 후히 계산해 주지만 다음날 일에 지장이 있었다.

그래서 그만큼 사람 구하기가 어려운 것이 밤 시간대 잡일이다.

귀가 시에 별도로 택시비를 주어도 그렇다. 궂은일에 치이고 피로가 쌓이면 돈도 싫다는 자포자기에 빠지는 것이다. 그렇지 않고서야 뼈 빠지게 번 돈을 택시비로 날리겠는가.

미지근한 불 위에서 하루 종일 음식을 덥히고 있던 대형 스테인리스 그릇들은 말끔히 닦고 손질하기가 여간 힘든 게 아니다. 지저분한 뒷일 처리도 힘든데 자정이 넘으면서 한둘씩 찾아드는 손님 또한 무시할 수 없는 단골들이다. 다시는 아니, 아니 하면서도 또 아우를 보는 부부처럼 나도 궁하면 몸 버리는 일인 줄 뻔히 알면서도 짬만 나면 그 일터로 내몰린다. 돈이 궁해서도 그렇고 마음이 궁해서도 그랬다.

토목공사 일터를 찾으면서 학도가 허리 병을 앓기 시작했다. 그 때문에 내가 너무 무리를 했든지 급작스레 숨을 몰아쉬었다. 폐렴이라고 했다. 그래도 나는 보모들 손에서 우리 아기를 받아 안았다. 세상을 다 얻은 기쁨이었다.

멀지 않아 고아원을 돕는 독지가가 우리 손을 잡아주었다. 원장님의 입김이 통한 것이다. 무얼 할 거냐고 묻기에 하숙을 치겠다고 했다. 그 분이 도와주고 변돈을 내고 좀 무리를 해서 우리는 집 한 칸을 통째로 얻게 되었다. 학생 하숙을 치면서 아무리 힘들어도 우리는 이름 있는 날이 되면 보육원을 찾았다. 남들이 친정 나들듯 그렇게 했다.

 날마다 찬거리를 사서 대문을 들어 설 때는 우리 집 철 대문이 통 큰 여자처럼 기분 좋았다. 그만하면 고향집에 편지 한 장 띄워도 될 성 부렸지. 그런데 시골 학생들 틈에 손님이 하나 둘 끼어들었어. 자식을 만나러 온 부모며 소문을 듣고 찾아 온 그들의 이웃들이었지. 그런데 하필이면 친정에서 언니들이 온 날 밤에 경찰이 무허가 하숙 단속을 나왔어. 무슨 큰 죄인을 잡겠다고 경찰 둘이 내 집에 자정이 되어 들이닥친 거야. 잠을 깨어 오들오들 떠는 촌사람들 때문에 우리는 그 밤을 뜬 눈으로 새웠어. 아침밥도 거른 채 파출소에 갔었지. 시말서를 쓰고 풀려났지만 언니들은 자기들 때문에 이런 일이 터졌다 하고 어찌 할 바를 모르는 거였어. 아무리 아니라고 달래 보았지만 경찰의 심문을 당했으니 어쩔 도리 없는 일이었지. 그들은 결국 우리 몰래 사라졌어. 우리 부부의 충격이 얼마나 컸든지 그 때 처음으로 나나 학도나 미련 없이 세상을 등지고 싶은 절망에 빠졌었어. 일 년이 못가서 하숙을 치는 일도 그만 두고 말았지.

 할머니가 뭍을 떠나 섬을 찾아 든 사연이었다.

7

아저씨!

저는 오늘 곡예에 버금가는 아슬아슬한 경험을 했답니다.

운동화를 신고 아파트 층계를 몇 번 오르내릴 작정이었어요. 영식이 한가하게 아기와 놀아주는 시간이면 부족한 운동량을 채우기 위해 이따금 그래요. 날렵하게 계단을 내려오는데 아래층에서 거친 목소리가 들리는 거예요. 귀를 쫑긋해서 그 자리에 서 있자니, 웅성거리는 남자들 소리에 이어 몸싸움이 난 듯했어요. 조심조심 내려가 계단 틈으로 살펴보니 중학생 몇이서 돌아가며 한 아이를 차고 때려요. 가슴이 철렁했어요. 절대로 모른 체하고 넘어갈 일이 아니었지요. 비록 젊지만 어른이니까. 매 맞는 아이를 구하는 일 못지않게 때리는 아이들도 타일러야 한다는 생각이었어요. 저는 얼른 뛰어 올라가 엘리베이터를 탔어요. 일층에 닿는 즉시 층계를 급히 뛰어 올라갔어요. 우연히 마주친 사람처럼 행세하기 위해서였지요. 저가 깜짝 놀란 눈으로 아이들을 둘러보았어요. 말이 중학생이지 키가 내 머리 꼭대기를 넘었어요. 그네들도 주춤하는 눈치를 틈타 곤궁에 몰려 있는 아이를 아는 체했어요.

"너, 중이 형 맞지? 이게 어찌된 일이니? 너 무얼 잘못했기에 이 모양이야?"

그러면서 다른 아이들을 휘익 둘러보며 말했어요.

"얘들아. 너희 모두 참 잘 생겼구나. 얘가 무얼 좀 잘못 했다 하더라도 용서해 주어라, 으응? 다들 집에서 부모가 걱정하는 귀한 자식들이야."

어리둥절한 아이들 가운데로 팔을 뻗어 나는 그 아이 손목을 잡아 당겼어요.

"너 이리 와. 내가 널 엄마한테 데리고 가야겠어."

다소 격앙된 내 목소리에 나도 흥분하며 말했지요.

"너희들은 얼른 집으로 가거라."

그들이 멀어져 가도 저는 마음을 놓지 못하고 그 아이 팔을 잡은 채였죠. 겉으로는 우격다짐으로 아이를 끌고 가는 형상이었지만 큰 길로 나오자 작은 소리로 그 아이에게 말했지요.

"내가 너를 구하려고 연극을 꾸민 거야. 그래, 얼마나 놀랐니? 저기 롯데리아로 가자. 한숨 돌리고 나서 집에 가야지, 응? 놈들이 네 엄마 친구에게 들킨 줄 알았을 터이니 달리 못되게 굴지 못할 거야."

시원한 팥빙수를 시켜 놓고 저는 어른 티를 내면서 말했어요.

학생들 사이에 예전에도 있었고 앞으로도 일어날 법한 문제들을 짚어 나갔어요. 수모를 당한 아이는 좀처럼 입을 열지 않았지만 억지로 숟가락을 들려주고 자신도 맛있게 먹는 체하며 아이의 기분이 풀리기를 기다렸어요.

당장은 괴롭고 힘들어도 시간은 가고 상황은 변하게 마련이란 말을 할 때 비로소 나를 쳐다보는 아이의 눈빛이 맑아졌어요.

남학생의 구겨진 마음을 바로 잡아 주려고 애쓴 보람을 찾는 순간이었지요.

그가 고마운 마음을 드러내며 머리 숙여 인사하자 돌아서는 발길이 가벼웠답니다. 영식 씨에게 자초지종을 털어놓으니 그는 놀라면서 말했어요.

"요즘 아이들이 얼마나 고약한데 당신이 겁 없이 덤비는 거야? 다행히 위기를 잘 넘겼지만 함부로 보면 큰 코 다쳐. 어른 노릇하기에는 불량한 놈들이 너무 많은 세상이야."

"요령이 있잖아요. 아무리 사소한 일이라도 우리 앞에 닥친 일은 그냥 넘기지 말아야 해요. 어른은 모든 아이들의 보호자가 되어 마땅하니까."

그러면서 말을 덧붙였어요.

"섣불리 약한 자를 편들다가 강자의 반발을 일으킬 수도 있으니 양측 모두 떳떳하게 돌아설 수 있는 지혜가 필요한 거라고요."

영식이 기다리던 그 동안의 불안이 가시자 비로소 한 마디 했어요.

"우리 중이 장래를 위해 한 일이었네, 남의 자식이 잘 되어야 내 자식을 안심하고 키울 수 있는 사회가 만들어지는 법이니까. 그렇지만 내가 얼마나 걱정한 줄 알아?"

아저씨,

놀랍게도 제 말을 들은 이웃이 한 목소리로 이야기해요.

그 아이들이 과히 나쁜 무리가 아니었다고.

'아줌마가 뭔데요' 하면서 조롱하는 수도 있다는 겁니다. 그런 경우 어른 꼴은 말이 아닐 뿐더러 그 분한 노릇을 어찌하느냐는 거예요.

사회 일각의 일이긴 해도 참으로 슬픈 현실이지요.

그런데 아저씨, 처음엔 모니터 앞에 앉으면 하려던 말도 막혔었는데 지금은 헝클어진 생각도 다듬어져서 글로 태어나요.

눈에서 멀면 마음에서도 멀어진단 말은 쓸모가 없는 세상이지요.

컴퓨터 덕분에 글 속에 담긴 마음은 식을 염려조차 없게 되었습니다.

부부 사이에 불협화음마저 평정해 주시는 아저씨가 이리 가까이 계시다니, 부정(父情)을 모르고 살아 온 저에게 이 무슨 행운일까요.

저는 좋은 딸이 못 되었음에도 불구하고 엄마는 저에게 이런 아버지를 점지해 주셨어요. 마주 보고 하기엔 거북한 말도 글로 태어나면 유연하지요.

영식 씨의 단정한 성품으로 보나 단란한 가정에 주부되기 소원이었던 저의 과거 보상심리에 비추어 볼 때 저희 부부가 왜 싸우며 살겠어요. 친정 일이 아니라면 말입니다. 이번에 생긴 불화의 불씨도 새엄마의 생일이 원인이었어요. 아버지가 전화해서 영식 씨에게 꼭 집어 그 날을 일러주었데요. 저도 속물임에는 틀림없는 건성을 드러냈지만 당시엔 정말 속이 뒤틀렸어요.

"내가 상속이란 딸의 권리를 잃었으니 자식된 의무도 자동 해제되는 것 아니야? 굳이 그 말은 하고 싶지 않지만 내가 엄마 병실을 찾아달라고 부탁했을 때 '그런 말 마라, 쓸데없이' 라고 아빠가 말했어. 그 게 딸에게 할 소리야? 우리 부녀 관계를 단적으로 표현하는 절대로 잊지 못할 명언이었어. 뚱딴지같이 새 엄마 생일이 다 뭐야. 아버지가 당신에게 어떤 사탕발림을 하는지 몰라도. 분명히 알아야 해요. 더는 볼일 없다고요."

"그래서 얻는 게 무언데? 부녀가 불화하면 그 사이에서 내가 힘들다는 사실을 몰라서 그래?"

"화목한 가정에서 자란 당신이 어떻게 소외된 약자의 울분을 알겠어. 당신 말대로 이젠 잊어야 하는데 왜들 이래, 나도 이러는 내가 싫다. 정말, 정말 싫다."

영식 씨가 이 무슨 봉변이지요. 그러나 그는 용케도 잘 참아 주었어요.

새엄마의 생일 선물을 사기 위해 나란히 백화점에 갔으니까요.

"엄마는 없는 것이 없을 터이니 두고 먹는 토종꿀 샀어요."

그러나 이복동생들은 웃이며 핸드백을 디밀었어요.

"엄마 이 색깔 어때? 이런 건 없지?"

"구두나 백은 있으면 있는 대로 좋으니까."

"이 모양은 어때?"

"야, 보던 중 멋지다. 많을수록 멋쟁이 되는 게지 뭐. 누가 골랐니?"

"누나가."

그런데 뒤를 잇는 이야기들이 가관이었어요. 3백만 원 정가 품을 반값 세일해서 샀다고 하면서 우리가 한 달 생활비에 쓸 돈을 핸드백 하나에 지불하고도 공짜로 얻은 것처럼 말하는 게 화근이었어요.

저는 아예 친정을 멀리하기로 작정했답니다.

앞뒤 사정을 뻔히 알면서 마음 약한 영식 씨는 아버지가 오라면 거절할 줄을 몰라요. 제 기분은 아랑곳없단 말인가요.

"당신 장인은 왜 근본적인 문제들을 묵살한 채 땜질식 관계 개선에만 힘쓰시는데? 왜 자꾸 오라고 안달이신데? 당신은 누구편인데?"

드디어 그가 한 마디 했어요.

"아내 편을 들어야 마땅하지만 장인도 너무 외롭단 말이야."

"좋아요. 생모가 왜 갓 태어난 나를 안고 살아갈 대책도 없이 집을 떠났는지, 아버지는 왜 끝내 그 모녀를 방치했는지, 나도 이젠 따질 때가 되어서 그래요. 일생 참고 살아온 허수아비 아버지를 엄마가 떠난 마당에 내가 무슨 미련이 있어 찾아가요. 왜 돌아보아야 하는데요, 쓸데없이."

"여보, 제발 미움을 거두어요. 미움은 사랑보다 더 많은 에너지를 소모해. 제발 부탁이니 이 세상 그 누구도 더는 미워하지 말라고요."

"알고 있어요. 진작 저도 그 생각을 하고 있단 말이에요. 그러니 영식 씨도 그 쪽일랑 잊어버려요. 처음에는 어렵겠지만 우리 모두를 위하는 일이라 생각하고 단단히 마음먹어요. 아시겠지요?"

"구체적으로 말해요. 어떻게 하라고?"

"아버지가 성서방! 성서방, 하지 않도록 냉정하게 대하란 말이에요."

"지난 잘못을 논하기엔 장인도 너무 늙었어. 새엄마와는 딴판인 그 분의 외로움을 당신은 모르겠어?"

아저씨,

부끄러워요. 저가 너무 형편없는 몰골이지요. 이 마음이 무엇의 조화이기에 한 달을 닦아도 순간에 흐립니까.

청보리집 한귀녀 할머니의 후회 없는 사랑에 빠져들 때는 화끈한 사랑 한 번 못해 본 한이 제 안에 미풍을 일으켜요. 그런가 하면 떡잎부터 져버린 울엄마의 인생이 너무도 애처롭고 억울한 거에요.

예나 지금이나 사랑은 열병이라 생각됩니다. 제주도 할머니의 옛 사랑도 바른 말을 하자면 사춘기 불장난이 집을 태워 먹은 경우에 비견되어요.

만약 처신을 잘했더라면 못 배운 언니들과는 딴판으로 좋은 혼처가 나타났을지도 모를 일인데…….

넓은 세상으로 향한 길을 외면하고 부모의 사랑을 저버린 결과 자신도 모진 고생 다 했네요.

풋사랑이 그러했지요. 무르익은 사랑의 순간도 이곳에 옮겨 봅니다. 내 엄마의 숭고한 정신세계가 고통 속에 빛을 발한답니다.

―초연한 마음은 어디로 갔나. 초월하려던 정신은 누굴 따라 갔나. 그를 귀히 알았었는데, 그이 계신 곳을 해바라기하며 해님을 사모하는 달님같이 살렸는데―.

아저씨, 짐작하시지요. 저가 첫사랑 부식이 오빠와 결말을 내려고 엄마 몰래 서울로 잠입했지요. 기다리다 못한 우리 엄마는 취업이나 할 생각에 도서관을 기웃거렸다지요. 거기서 아저씨를 만나 우물쭈물하다가 아저씨를 잃고 회한 가운데 남긴 애절한 사연이에요. 엄마의 글은 이어집니다.

―보아하니 나란 인간은 바로 서지도 못하는 주제에 천국과 지옥 사이를 기웃거리며 애써 무리하는 꼴이었구나.

이렇게 눈앞이 캄캄한 때 가출한 딸이라도 돌아온다면 서로의 잘 잘못을 다 접어두고 한 데 얼려 한없이 울고 말 터인데, 그러면 눈물은 허물을 씻어줄 텐데, 나는 혼자다. 처음부터 철저히 혼자였기에 그가 나타나기 전까지의 고독은 얼마나 쾌청했던가. 그러나 미미했었지. 혼미한 존재를 흔들어 행복을 일깨워준 그 사람! 진정 고마웠어요. 명중을 만나 사랑을 알고 세상맛을 알도록 기회를 만들어준 딸도 고마워. 돌아보면 집을 떠나 바깥으로 떠돈 건 딸이 아니라 엄마만 같다.

입이 쓰고 어지러운 것이 몸은 분명 도둑맞은 빈 집이다.

　행여! 하는 전화벨은 울리지 않고 기다림은 가슴에 호미질을 한
다. 절망은 그렇게도 낯선 얼굴이다. 창고 옆에 쌓아 둔 흙 포대를
풀자. 설마! 하던 그의 침묵을 갈아엎듯이 내 집의 꽃밭을 살찌우
자. 겨우살이 준비를 하는 것이다. 이토록 힘겨운 마음은 그토록
힘 드는 일로 달래야 한다.

　엄마가 너무너무 자랑스러워요.
　"아저씨, 이 못난 딸도 언제쯤이면 엄마에게 부끄럽지 않은 인간
이 될 수 있을까요. 아저씨의 유랑생활이 끝나는 날에나요?"

　"유랑이라니, 애초에 내게는 없는 말이야. 나는 그런 힘과 배짱
이 없는 인물이거든. 나처럼 나약한 존재가 무슨 자신이 있어 유
랑을 하겠어. 마냥 떠도는 하루살이지. 어차피 한정된 사람의 한
세상을 한 곳에 정착하기 아쉬운 거야. 이곳저곳을 누비다 보면
새롭게 사귀고 그러면서 새로운 천지를 열어가게 되지. 엄마가 남
긴 글을 읽고 나서 칠흑 같은 밤도 밝힐 만큼 벅찬 추모의 밤을 가
졌어. 이제 우리 가신 이를 놓아드리고 우리의 미래를 열어 가자
구. 처음엔 말을 놓기 어색했는데 이젠 말을 높이기가 외려 어색
해."

8

아저씨, 남자의 세계엔 수시로 계절풍이 불고 싱그러운 자연이 함께 하네요. 여자의 일생이 비단 옷 입고 밤길 가듯 한데 반해서 말입니다. 걸출한 여성의 경우 남자 못지않은 영향력을 행사하지만 대부분은 아니거든요.

붙박이 주부 노릇이란 영일이 없건만 칭찬이 없고 졸업이 없어요.

배우고 졸업하고 다시 배우는 학창시절을 철저히 살며 아꼈어야 했는데 이런 날이 올 줄을 알았겠어요.

아씨,

제주도의 잦은 비바람 속에서 나처럼 즐거이 나부끼는 사람도 드물었을 거야. 비가 오면 하던 일도 멈추고 남들은 집안에서 편히 쉬는데 나는 아니거든. 바람과 섞이기도 하고 바람에 쫓기기도 하면서 이곳저곳 싸돌다가 흠뻑 젖어 후회도 하지만 그 버릇이 되풀이 되는 거야.

섬에 내리는 비는 시시 때때 그 형태가 다르고 성질이 다르고 소리가 달라. 그 덕에 공기오염은 얼씬도 못하는지. 햇빛은 물빛을 짙게 하고 밤을 밝히는 불빛은 땅에서나 바다에서나 방문객을 설레게 해.

어느 날인가 이곳을 훌쩍 떠나 산막 깊은 곳으로 들어갈까 하는데 우리의 컴퓨터 밀실도 폐쇄될 것 같아서 하는 말이야. 그새 무지 정이 들었나봐.

아씨 ; "할머니들은 어떻게 하고요."
아저씨 ; "만났으니 이제 헤어질 일만 남았지."
아씨 ; "그런 거예요?"
아저씨 ; "그렇지 않고? 우리 아씨 언제 철이 들꼬!"
아씨 ; "저는 철들기 싫어요."

아저씨, 정신분석학에서는 꿈을 어떻게 정의하는지 몰라도 저는 꿈을 의식과 무의식의 합성어쯤으로 여겨요. 더러는 수양이 부족하거나 의지가 약한 사람이 꿈을 많이 꾼다고 해요.

그 어느 편에도 들고 싶지 않기에 간밤에 신기한 꿈을 꾼 뒤 이래저래 심란했어요. 가벼이 넘길 일도 아닌 것 같아 글방에 장황설을 늘어놓습니다.

바다로 통하는 길인가 싶었다. 거대한 대리석들이 겹겹이 쌓여 별천지였다. 그 꼭대기 위에 높이 서 있노라니 내가 떠나온 세상이 아득하게만 느껴졌다. 왜 그 곳에 있는지, 거기서 무얼 할 것인지 나는 알지 못했다. 참 오랜 시간이 흐른 듯했지만 아무런 의심도 일지 않았다.

거기 있다는 사실 그 자체가 만족스러웠으니까.

이러한 때 잠을 자 두는 것도 내일을 위한 힘의 비축이란 생각이 들었다.

나는 팔베개를 하고 누울 참이었다. 그런데 무엇이 손에 잡혔다.

사금파리였다.

하늘보다 짙고 바다보다 푸르고 부드러우면서 뿌듯한 신비의 색체였다.

이것이 도대체 어디서 났을까. 어떻게 이처럼 티 없이, 또 모나지 않게 다듬어졌을까. 실로 야릇한 느낌에 이끌려 한없이 깊어지고 있었다. 그런데 고개를 들었을 때였다. 우리의 태양 크기 수백 배는 됨직한 둥근 빛이 세상 배경으로 떠올랐다. 붉은 노을빛에 가깝지만 이글거리지도 않고 눈도 부시지 않는 기적의 빛이었다. 다른 생각을 할 겨를이 없었다.

그로부터 동떨어져 공중에 무어라고 쓰인 현판이 보인 것이다. 뚫어지게 볼수록 너무 높고 거창해서 거기 쓰인 글씨를 읽을 엄두가 나지 않았다. 망설임 끝의 일이었다. 투명한 세상이 열린 것이다.

'건곤(乾坤)의 문(門)'

그랬다. 나는 방금 그 밑을 통과한 것이다.

막연하게나마 새로운 세상에 들어선 기분이었다.

한 점의 얼룩도 어둠도 없는 안식을 거느리고 나는 나의 길을 가고 있었다. 나는 분명 혼자였건만 혼자라는 사실조차 흐뭇한 경지였다. 그런데 무언가를 찾고 있었다. 그것이 나를 움직이는 에너지였다. 나는 절대로 가볍지 않은 존재로 흘러 꿈에나 그리던 빛의 세계에 들었던 것이다.

평지는 고르나 딱딱하지 않고 낯설지만 주변은 태평했다.

내가 여기 있는 이유가 있을 것이었다. 곰곰이 내가 할 바를 생각하자니 나와 나란히 움직이는 지인이 있음을 깨닫게 되었다. 성별과 나이는 물론 얼굴 생김새도 서로 알지 못했다. 그런 것이 전혀 문제되지 않는 인지의 세계에서 우리는 자연스럽게 통하는 것이었다. 그는 나를 크게 앞선 인물이었다. 나 보다 지혜로운 인물이란 판단이 나로 하여금 그를 무작정 따르게 했다.

앞서거니 뒤서거니 그런 현실이 아니었건만 그런 생각으로 나는 갔다.

높고 거룩한 쉼터에 이르렀다. 얼마나 엄청난 규모인지 멀리서 보이던 대궐문은 내 눈에 들어오지 않았다. 기대도 긴장도 고질적인 피로도 느낄 수 없고 보니 이 몸이 다름 아닌 천사였다. 그런데 원통 기둥들이 하나같이 무엇인가의 속살이란 생각을 떨칠 수가 없었다.

감을 잡지 못해 고민하느라고 나는 그만 지금까지의 허허로운 세상을 잃고 말았다. 나를 점검하는 의문이 꿈틀거린 것이다. 어

디로 가야 제대로 가는지, 누구에게 물어야 막힌 마음이 뚫릴지 난
감한 것이다.

　진주 빛도 아니고 우유 빛도 아니고 찬란하면서 속내 있어 뵈던
기둥의 흰빛은 어찌하여 나에게 낯설지 않단 말인가. 도대체 무엇
이란 말인가.

　'만져 봐야지.'

　기둥을 손으로 만져 볼 욕심이 생기자 그 엄청난 크기에 다시 기
가 질렸다. 여기까지 와서 더 이상 앞으로 나아가지 못 하다니 한
심하고 억울했다. 나는 분명 합당한 길을 왔는데 어쩌다 부당한
처지에 놓였는가, 그것이 문제였다. 그러나 덧없이 돌아갈 수는
없는 일이었다. 체면을 지키겠다는 결심이 서자 어쩜 내가 너무
일찍 왔을지도 모른다는 생각이 들었다. 당장 낌새가 이상했다.
일대가 붐비기 시작한 것이다. 화사한 행렬 가운데로 내가 흘렀
다. 아름드리 기둥 옆을 지나갈 때 나는 얼른 다가가 만져 보았다.
손에 닿는 느낌이 기쁨이었다. 절대로 보고 듣던 그런 건축골재는
아니었다. 광택도 감촉도 예사롭지 않은 것이다. 언제 어디에선가
이런 느낌을 받았던 것이다.

　나는 기억을 샅샅이 훑느라 정신이 혼미해질 지경에 이르렀다.

　'무엇에 급급한 거야?'

　어인 일로 사람은 없고 음성만 귓가에 남아 있었다. 그러나 영광
스러웠다. 나는 그 음성의 여운이나마 놓치고 싶지 않아 은밀히
속삭였다.

　'신천지를 열어 주어 감사합니다. 은혜를 갚을 길은 없지만 정

말, 정말 감사합니다.'

그뿐이었다. 뒤가 없었다. 왠지 허전해서 그로부터 하염없는 자책의 시간을 갖게 되었다.

'이 마음 하나에 맡겨진 것을! 부질없이 모진 세상 살았었구나!'

'바로 그거야.'

다시 들리는 스승의 음성이었다. 그러나 더는 놀라지 않았다. 나를 꿰뚫어보는 눈이 사방에 있다는 사실에 대해서.

'욕심이 화근이지.'

나는 이미 목소리의 비롯된 바를 알려 하지 않았다.

'대책 없이 친구는 왜 찾아.'

목소리는 꼬리를 물었다.

'혼자 살지 못하는 소인배들은 대체로 사람 좋은 겉모습을 갖추고 있다.

미심쩍어 하면서 당하지. 그런데 그런 사람이 왜 그리 많은 거야?'

나를 채근하는 목소리는 바로 내 안에 있었다. 그런 나를 못 견뎌 하면서도 빠져 나올 여력이 없었다. 마냥 고개를 끄덕일 뿐 달리 어찌 해볼 도리가 없는 것이다.

"여보 늦었어."

영식 씨의 음성이었다. 귀는 열려 있는데 움직일 수가 없었다.

"꿈꾸는 거야? 어디 아파?"

"이상하다. 나는 열심히 사는데 영식 씨가 꿈을 꾸는 것이었어. 나를 깨우는 목소리가 그랬단 말이야. 어머, 무서워. 깨우지 않았으면 절대로 돌아오지 못했을 거야."

영식 씨가 손을 잡고 나를 끌었다. 그래도 그 몸이 내 몸이 아니었다.

나는 균형감각을 되찾으려고 양쪽 손가락을 감았다 풀었다 하며 두 손바닥을 마주 비볐다. 그런데 아침상을 차리는 중에 놀라운 깨달음이 있었다.

맞아! 그거야! 수수깡 감촉! 수수가 익은 녘에 대궁이 껍질을 벗기면 하얀 속살이 나타났었지. 원두막도 만들고 뗏목도 엮던 그것이 그렇게도 대단한 몸체를 드러냈던 것이다.

이 한세상 사무친 정 가운데 의리를 기둥삼아 각자의 하늘을 날다가 때가 되면 돌아오는 연이 있었다. 믿음직한 부모는 얼레가 되고 자식들은 연이 되어 헤어지고 모이기를 되풀이 하는 정!

삶이 온통 서운한 때 그리운 정이 그랬다.

뗏목처럼 떠나는 것의 의미를 새기고 뒤돌아보지 않는 중심에 서라는 가르침이 왜 그리 쓰라렸는지, 내가 가지고 있는 문제들이 지적을 받았나 보다 할 뿐이다. 하지만 평화로운 빛의 신비에서 풀려날 길은 아주 없을 것 같다.

우리 아씨는 마치 임사(臨死)체험을 한 느낌인가 봐.

잠결에 저승길로 가 버릴 수도 있지만 어디까지나 노년의 이야기지.

아저씨도 섣불리 말을 할 수 없는 경지야.

아저씨,

친정일로 부부 사이에 불화가 잦아도 아저씨와 모니터 앞에 마주 앉으면서 모든 울분 떨치고 행복했었어요. 아저씨도 그러신 줄 알았는데 벌써 변하셨네요. 사람들은 암암리에 자기만의 세계에 그 누구도 들이기를 거부하지요. 저도 그런 경향이 다분히 있어요.

그래서 아저씨가 언제 이 창을 접고 어디로 떠나신다 해도 저는 이해할 수 있어요. 그렇지만 건강만은 꼬오오옥 챙기세요. 저는 이전처럼 특별한 날에나 들려 올 아저씨의 소식을 기다릴게요. 컴퓨터가 있는 곳이면 어디서나 홈 방문해 주시리라는 꿈을 꾸면서…….

아저씨 ; 채팅 사이트 호출에 성공했네?

　　　　글을 읽고 마음이 울적해서 시도해 봤지.

아씨 ; 어디로 가시려고요?

아저씨 ; 이곳을 떠나기 전에 서울을 다녀올까 해.

아씨 ; 별안간 왜요?

아저씨 ; 할머니들 때문이야.

아씨 ; 번개팅 아시죠? 우리 번개 같은 미팅해 봐요.

아저씨 ; 갑자기 젊은 피를 수혈 받는 기분이군.

　　　　두서없이 힘들 터인데……

아씨 ; 애기 있는 집은 어차피 그래요.

　　당장 비행기 좌석 예약할까요.

아저씨 ; 아니 기분 짱이야, 내가 바로 할게

　그러나 막상 짐을 챙기는 명중의 마음이 야릇하다. 수정을 잃은 아픔이 진을 친 현장에 뛰어들다니! 하지만 기꺼이 가족이 되는 기회다.

　막상 은신처를 벗어나고 보니 연둣빛 영롱한 5월은 연중 생명력이 돋보이는 달이다. 5월 중순이건만 낮에는 더위가 몰려오고 밤에는 추위가 밀려든다. 우리의 지구가 앓고 있다더니 그래서인가? 하고 명중은 하늘을 살핀다. 그래도 신록은 거뜬하다. 바야흐로 초록빛 비단결 계절로 가고 있는 것이다.

　공항에서 머뭇거릴 시간도 없이 곧장 비행기에 올랐다.

9

한 시간 후면 김포공항 대합실에서 여준의 가족을 만날 것이었다. 혼자 집을 찾아갈 수도 있는데 여준의 아들 중이 지하철을 타고 싶어 한단다. 그뿐 아니라, '아저씨 덕에 우리 아기 김포 구경 가요' 라고 말했던 것이다.

여준의 엄마 수정이 세상을 떠난 후 삼년만의 만남이다. 그 동안 어디에 있든지 명중은 수정의 기일이 되면 그의 딸 여준에게 안부 전화를 했다.

수정을 용케도 닮은 여준이지만 명중은 딸을 통해 엄마의 환상을 가질 인물이 아니다. 다만 수정에 대한 신의가 그랬다.

그러나 여준은 달랐다. 길 없는 곳을 잇는 다리가 되고자 두 팔 크게 벌린 형상이었다. 컴퓨터 미니 홈페이지 개설도 여준의 충고에 따랐던 것이다.

남들처럼 많은 시간을 할애할 수는 없지만 이따금 사랑방을 방문하면 홈지기의 숨소리가 들릴 지경이다. 어른 체면에 잠깐 인사 말을 남기고 마는 나의 입장과는 달리 여준은 집착한다. 한 손은 지상의 명중을 가리키고 다른 한 손은 하늘나라 수정을 향해서 말이다. 그렇게라도 두 사람이 맺지 못한 이 한 세상 인연의 끈을 지키려는 속셈으로 비쳤다. 명절이 돌아오면 여준은 어김없이 명중에게 문안전화를 했고 첫아기 출산 이후 그 횟수가 잦았다. 명중이 죽은 엄마의 빈자리를 메우기라도 하는 것처럼.

수정이 혼자 살기만 않았어도 직장암이 말기에 접어들도록 방치하지는 않았을 것이었다. 가족의 성화 때문에라도 일찍 병원을 찾았을 테니까.

배변시 출혈이 있는데도 치질일 것이라고 생각했다니 독신자의 비애를 통감한 명중이었다. 그러나 자신 또한 어쩔 수 없는 외톨이에 떠돌이다.

"할아버지 오세요."

여준의 세살박이 아들 중이었다. 엄마를 따라 읊는 말씨는 어눌해도 힘찬 목소리였다. 만남을 서두르는 기꺼운 순간에 아기의 웃음소리도 한몫했던 것이다.

비행기는 그 새 고도를 낮추고 있었다.

한눈에 보아도 여준은 홀쭉해졌고 영식은 옆으로 퍼져 있었다. 부부 사이에 두 손을 잡힌 아기가 그들의 아들 중이었다. 명중은 그들을 번갈아 보며 천천히 다가갔다. 영식이 두 손으로 명중이 내미는 손을 덥석 잡았다. 이어 여준이 고개를 숙였다. 말없이 서로 웃기만 하는 만남의 순간이었다.

명중의 시선이 아기에게 쏠리자 여준이 비로소 입을 열었다.

"할아버지에게 인사드려."

중이 어렵게 말했다.

"안능하세요."

명중이 아기 눈높이로 몸을 낮추어 그 말을 받았다.

"할아버지 오세요, 하고 중이 말했지요. 우리 아기 한 번 안아볼까요?"

한창 사랑받는 아기들이 그렇듯 중이 두 손을 번쩍 들었다.

"할아버지께 뽀뽀해 드려."

여준의 말이 떨어지는 즉시 명중이 즐거이 뺨을 디밀었다.

그러나 아기 중은 섣부른 뽀뽀에 그치지 않고 정식으로 입을 맞추려 하고 있었다. 앙증스런 두 손바닥을 할아버지 양쪽 볼에 가져간 것이다.

얼떨결에 당한 정식 뽀뽀에 명중이 감동해서 말했다.

"아이고, 황송해라. 아빠가 아기에게 아주 진한 뽀뽀를 가르쳤구나!"

아기는 그동안 소원했던 사람 사이의 온갖 허물을 가려주었다.

명중은 그 때까지 본 바도 들은 바도 없는 따끈한 영접을 받은 것이다.

발걸음을 옮길 때마다 사람의 풋풋한 정이 가슴에 스며들었다.

이후 중은 줄곧 아빠 차지였다. 영식의 아기 사랑이 주변의 시선을 몰고 다닐 지경이었다. 바야흐로 아기들 세상인 것이다.

지하철 역 입구에서 여준이 말했다.

"저희는 자가용이 없어요. 자가용이 없으면 움쩍도 할 수 없는 미국 생활에 비해 서울에서는 대중교통이 월등 편하고 편리하거든요."

영식에게서 중을 받아 안으며 여준이 다시 말했다.

"아저씨, 저는 이렇게 아저씨를 다시 뵈니 잃어버린 세상 한 쪽을 얻은 것 같아요."

그 말에 명중이 고개를 끄덕였다. '나도 그런 걸' 이라고 말하는 대신.

종점 부근이어서인지 지하철 내부는 한산했다. 중이 누구의 눈치도 보지 않고 마음대로 움직이는 활달한 공간이었다. 머지않아 승차 인원이 불어나고 있었다. 아기가 지루해서 칭얼거리기 전에 일행은 마을버스로 갈아탔다. 한동안 큰 길을 달리던 차가 골목에 접어들자 여준이 말했다.

"이렇게 편리한데 서울에 왜 자가용이 많은지, 참 이해가 안 되어요. 지하철역까지만 자가용 운행을 허락하면 좋겠어요."

"그 말이 옳아, 대중교통에만 의존한 이래 부쩍 는 느낌이 있어. 자가용을 타고 오랜 세월 지나쳐 버렸던 아기자기한 자연을 비로소 되찾은 기분인 거야. 경제적인 이점도 있지만 정서적인 안정이 더 커. 젊은이들이 무턱대고 자가용을 선호하는데 전체를 배려하는 주인의식 없이 너무들 이기적인 세상 이야."

"그러고 보니 아저씨나 저나 외국에서 살다 와서인지 느낌이 통하네요."

"그런가?"

외국살이 운운하니 그렇지 못한 영식이 빙긋 웃는다.

아파트는 아담했다. 작지만 손님 한둘은 편히 지낼 수 있는 규모다.

아기 씻어주랴, 뒤를 보살피랴, 영식이 번거로운 틈에 여준이 손수 마련한 식탁은 조촐하면서도 꽉 찬 느낌이다. 그러나 영식은 불평했다.

"접시 하나의 끼니를 아저씨에게까지 적용하다니 여준 씨 좀 심했다."

"영양에 충실한 접시 하나로 손님상 격식을 깡그리 몰아냈어요."

여준의 말을 명중이 마무리했다.

"정말 좋은 발상이야."

여준은 주관이 뚜렷해서 말 한 마디에도 믿음이 가는 인물이었다.

"아저씨, 이렇게 다시 뵈니 꿈만 같아요. 흡사 하늘에서 떨어지든 땅에서 솟구친 이를 대면하는 감회인 걸요. 저희는 너무 기뻐요."

"중이 엄마와는 이따금 통화를 했지만 성서방은 정말 오랜만이군. 그렇게 말해 주니 나도 큰 힘을 얻은 것 같네."

"아저씨, 제주도를 떠나실 작정이세요?"

"이 사람에게 정한 곳이 어디 있다고 그래? 되도록 널리 옮겨 다닐 생각이지만 내일 일은 내일 가서 이루어지지."

"아저씨, 청보리집 할머니에게 무슨 일 있으세요?"

"딸을 찾아드려야 해, 짐을 맡은 기분이었거든."

아저씨에게 잠자리를 내어드린 영식은 잠이 오지 않았다.

아기가 태어난 뒤 숙면을 취하지 못하면 다음날 직장 일에 지장이 있을까 봐, 부부가 각 방을 쓰다 보니 그랬다. 하루의 시작은 반드시 부부의 포옹으로부터 시작되는 습관은 그 길로 생겨났다.

별안간 방을 옮긴 원인도 있지만 오늘 영식이 아내에게 미처 말 못한 걱정이 있었다. 주말에 처가 방문 약속이 잡힌 것이다.

"기다렸는데 왜 안 왔어?"

그렇게 묻는 장인의 목소리가 사뭇 감정적으로 들려왔다. 지난 주말 약속을 지키지 못한 탓이다. 말을 해도 아내가 들은 체를 않았기 때문이다. 차라리 무어라고 불만을 터뜨리면 대처할 궁리라도 해 보련만 살짝 비껴가니 묘안이 없었다.

미리 사과 전화를 드렸어야 했는데 이번 주말 방문 예정이 잡히질 않아서 주춤한 사이 장인의 전화를 먼저 받고 꼼짝없이 그리된 것이다. 눈치껏 풀어나간다는 것이 그만 일방적인 결정이 되어 버렸다. 그 때만 해도 아저씨가 이리 쉽게 찾아주실 줄은 몰랐던 것이다.

하기야 아내 여준도 미리 계획한 바는 아니라 했다. 실상이 이렇게 심각한 줄 모르고 일방적으로 정을 쏟는 어른에게도 문제는 있다. 따지고 보면 장인은 딸에게 직접 전화를 못하는 죄인 같은 처지가 아닌가. 그 동안 유심히 관찰했지만 한 자리에 있어도 서로 눈길조차 스치지 않는데 무슨 미련이 그리도 많으신지 그 속을 알

수가 없다.

딸도 그렇다. 여준이 정말 자기 아버지를 미워한다면 아들 중을 안고 시간가는 줄 모르는 그 분을 용납할 리 없을 것이다. 그런데 그러한 순간에 의외로 차분하면서 은근히 행복한 모습이 아니었나. 세상 때가 묻기 전에 이루어진 본심 그대로 사는 사람이 있을까마는 작은 감정에 얽매여 큰 흐름을 벗어난 부녀 사이가 안타깝다.

우리의 결혼식장에 장인은 늦게 나타났다가 일찍 사라지셨다. 그래도 결혼기념사진엔 분명히 생모 옆에 생부가 앉아 계시다. 두 분이 나란히 앉아 있는 모습이 생경하다 하면서 아내가 사진을 자세히 보든 신혼시절 생각이 난다.

여준은 입덧을 하면서 처갓집 방문길을 차단했다.

병원에서 외출을 삼가고 안정을 취하라고 했다는 말로 장인과 사위 사이에 밀고 당기는 신경전이 없도록 조치했던 것이다. 무엇보다 아내 마음이 편하니 영식이 따라 편했다. 이따금 문안 전화를 드리는 걸로 그만이었으니까. 그런데 첫아들 중이 태어난 뒤 한 달이 안 되어 수화기를 타고 오는 장인의 목소리는 극성이다.

마땅히 아기를 안고 찾아뵈어야 할 시점이었다. 아들 중의 첫나들이 길은 흥분 일색이었다. 장인 장모는 물론 이복동생들도 차례로 아기를 안아보려 하고 낯을 익히느라 아기 옆에서 움직일 줄을 몰랐다. 아기가 울면 '집안에 아기 울음소리가 이 얼마만이야!' 하고 장인은 기쁨을 감추지 않았다. 상승 기류를 타는 만남은 이어졌다.

그런데 아기가 낯을 가리기 시작하면서 여준이 노골적으로 친정 가기 싫어했다. 나도 어쩔 수 없이 장인께 옹색한 변명을 늘어놓지만 그 주말을 피하면 다음 주말이 잡힌다.

"나는 장인이 불러주니 좋건만 당신은 왜 그래?"

"많이 좋아하슈, 나는 아니라 해도."

"그 이상 어떻게 더 잘해. 새엄마도 잘 할라고 결심한 모양이니 여준 씨도 단순하게 받아들여."

그런데 새엄마의 극성으로 중의 첫돌을 호텔 연회장에서 크게 떠벌린 뒤 아내의 심술이 심해지는 느낌이다.

'저네들 기분 좋게 먹고 마시는 동안 우리 아기 얼마나 힘들었는지 몰라. 돈 쓰는 재미로 사는 인간들 장단 맞추느라 우리가 왜 이래야 돼? 나는 동네 사진관에서 사진 한 장 남기면 그것으로 족한데.'

이러한 내 집 상황을 거꾸로 아시는지, 장인은 더욱 더 친밀감을 드러내신다. 오라는 장인과 말자는 아내 사이에서 이런 곤욕을 치루는 사위의 경우도 드물 것이었다. 하기야 신혼여행에서 돌아와 신방에 들지 못하고 바로 환자 간호에 임한 신부의 경우도 드물기는 마찬가지다. 장모님의 장례를 치르고 나서야 결혼 앨범을 손에 든 아내는 옆에서 보기에도 그 모습이 처량했다.

'꾸어다 놓은 보릿자루.'

여준은 생부의 얼굴을 손가락으로 가리키며 말했던 것이다. 그래도 그 때는 씁쓸하게나마 웃고 있었다.

여준이 생모의 일기장을 통해 억울한 이혼 사유를 깨달은 바까지 알 턱이 없는 영식의 한계는 거기까지였다.

생모는 얼떨결에 수술을 받은 뒤 퇴원해서 갈 곳이 마땅치 않았다.

병원에 그대로 눌러 있자니 병원비가 걱정이었다.

생모 혼자 속으로 은근히 기다렸지만 생부의 지원 소식은 끝내 들리지 않았다. 불쌍한 딸을 위해 막강한 재력가가 이렇게까지 인색할 수는 없는 것이다. 앞으로도 재산 분배에 있어 여준이 왕따 당할 것이 뻔했다. 딸도 이젠 어른이 되었겠다, 이제야말로 이혼 사유를 밝힐 때가 되었다고 수정이 판단했다. 서모의 성적 노리갯감이었던 남편과의 이혼 사유가 세상에 알려지면 남부끄러운 건 고사하고 딸의 혼인길이 막힐지도 모른다는 염려가 걷힌 것이다. 이제야말로 자신의 처지가 분명해지면서 딸의 권리가 살아날 일이었다. 은밀하게 구겨진 생부의 양심도 반듯해질 기회라 여긴 것이다. 결국 엄마는 딸에게 자초지종을 기록한 비밀의 열쇠를 넘겼고 여준은 엄마를 바라보던 그릇된 시각을 바로잡기에 이른 것이다.

10

영식은 여준의 부탁을 받고 외할머니 댁에 잠깐 다녀왔건만 그
건 이미 기억에서도 지워진 뒤다. 하물며 그 길에 여준이 생모의
일기장을 손에 넣은 줄은 까맣게 모르고 있는 것이다.

그날 밤 영식이 잠든 이후 여준이 일기를 읽고 밤 새워 골 깊은
울음을 울었건만 새벽 일찍 출근하는 영식이 그 사실을 알 리 없었
다.

영식은 신부가 집을 비운 불편을 감수하는 것으로 아내나 환자
의 부담을 덜어 준다는 생각이 고작이었다.

그렇게 정성을 다한 보람도 없이 막상 장모님의 병세가 악화되
자 아내의 위안은 오직 한 분 명중아저씨에 달려 있었다. 아저씨
는 캐나다에 살고 있었음에도 때맞추어 환자 앞에 나타났던 것이
다.

그 호의에 감격해 하고 감사하는 아내의 마음을 그냥 보아 넘길

수 없을 정도였다. 아저씨는 돌아가신 장모님이 세상에 태어나 처음으로 사랑하고 재혼하기로 마음먹은 상대다. 두 분이 가정을 이룰 시간이 없었기에 더욱 애끓는 사이다. 그런 명중아저씨가 오신 것이다. 처가 방문 약속은 약속대로 지키고 아저씨에게는 별안간 일이 생겼다고 이해를 구하면 사려 깊은 명중아저씨는 앞장서서 어리둥절한 여준을 다독거려 주실 것이었다.

일거리도 걱정거리도 몰려다니는 성 싶었다. 영식이 주말을 앞두고 궁리가 많았기 때문이다. 아내에게 귀띔해 두었던 자신의 진로 문제도 그중 하나였다. 명퇴 당한 선배 동료가 퇴직금을 상가에 투자한 경우다. 그가 성공을 거두면 그를 따라 영식이 미련 없이 직장을 그만 둘 작정이었다.

영식이 원래 상가 하나를 갖고 싶었다. 월세로 최소한의 생활은 보장되리라는 예상 때문이다. 그 분이 영식에게 각별했던 만큼 영식이 역시 그분을 따랐다. 상가는 외관상 언제나 붐볐다. 영식이 어렵게 투자의사를 밝혔더니 선배는 멀쩡하게 돈 잃고 병 얻을 위험에 처했다는 실정을 털어놓은 것이다.

'상가 운영 위원회' 라는 것이 상인을 앞세워 점포주의 피를 빨고 있다는 것이다. 관리비만 내고 공짜로 장사하는 약삭빠른 상인들은 아무리 장사가 잘 되어도 영세 상인으로 법의 보호를 받는가 하면 퇴직금을 털어 넣고 은행대출을 받아 이자에 허덕이는 점포주들은 운영비 명목에 갖은 수탈을 당하면서도 호소할 길이 없는 법의 맹점 때문이었다.

상가 활성화를 위해서라면서 점포주 위에 군림한 운영단 사기에 선배가 걸려든 것이다. 억울한 사정이라도 호소하는 날에는 점포를 비워두고 관리비와 수도 전기세에 체납금을 눈덩이처럼 불려 공매 순서를 밟는 것이었다.

점포주가 힘을 모아 운영단의 사기 및 공금횡령을 고발해 보았자 경찰수사관이 회계를 아는 것도 아니어서 말짱 헛일이라는 것이다. 이래저래 지친 영세 점포주들은 시간이 흐름에 따라 자연 도태되는 기이한 현상이었다. 영식이 점포 하나만 가지면 그 세를 받아 노후를 보장 받으려던 꿈이 악몽이었던 것이다.

복잡하고 불편하고 불안한 생각에 밤잠을 설친 영식이 지하철을 탔다. 여준이 아저씨를 따라 갈 것이라기에 먼저 집을 빠져 나오느라 서둔 것이 탈이었다. 처가 방문에 정해진 시간은 없지만 그래도 너무 이른 감이 들었다.

장인과의 약속에 충실한 나머지 전체의 분위기에 소홀했다는 느낌이다. 어디까지나 모자(母子)를 중심으로 하는 초대였을 것이다. 그런데 아기도 아내도 뒤에 두고 혼자 가다니! 이런 기분은 처음이었다. 왠지 자신을 기다리는 사람은 아무도 없을 것 같아 더욱 그랬다.

아니나 다를까, 영식이 혼자라는 사실에 처가 식구들이 황당해 하는 표정들이다. 장인어른도 역시 그렇다. 영식은 얼결에 외국에서 여준이 친구가 왔다고 둘러댔다.

그럼 오지 말 것이지, 하는 인상조차 풍긴다. 졸지에 응접실에는 장인어른과 영식이 두 사람만 남았다. 다들 어디에선가 따로 뭉쳐 있는 것 같았다.

　분명히 영식은 혼자가 아닌데 영감님과 같이 있건만 서로 외로워진다. 영식은 얼른 장인어른의 말상대가 되어 드리고 싶었다.
　"장인어른께서는 평소 무슨 일을 즐겨 하십니까?"
　"일 없어. 뒷산 약수터나 다니지."
　"친구 분들은 많이 계시지요?"
　"없어. 시골에는 더러 있지만 소식 없어."
　영식이 다음 말을 기다려 보지만 번번이 꽝이다. 장인은 영식이 혼자라도 찾아오지 않을 수 없도록 압력을 넣은 통화사실을 잊고 계신 것만 같다. 어떻게 보면 단순하기 그지없고 소심하기까지 한 어른이시다.
　"저는 장인어른께서 긴히 하실 말씀이 있는 걸로 알았습니다. 그래서 혼자라도 꼭 찾아뵈어야 하겠다는 생각이 들었어요."
　"무슨 말? 그 자꾸 장인어른이라고 부르지 말게. 아버지라고 불러, 그게 좋잖아."
　"예, 알겠습니다. 아버님."
　영식은 서먹서먹한 분위기를 부드럽게 하려고 노력하는 중이다.
　"저 번에 저희가 왔을 때 집안에 전쟁이 났었지요? 저희가 말없이 사라졌었잖아요. 무슨 일이었어요?"
　"어흥, 남매간에 싸움이 났어. 혼찌검을 내었지."
　맙소사. 그게 아니었다. 아버님이 처남과 벌인 난장판이었다. 이게 어찌 된 노릇인가? 아버님은 아주 먼 곳에 마음을 빼앗긴 사람 같다. 영식은 이럴 때 마땅히 해야 할 바를 몰랐다.

"아버님, 저랑 약수터에 물 길러 가시지요. 저가 힘을 덜어 드릴 게요."

"아, 그게 좋겠구먼, 물 길러 갈 때가 되었어."

영식은 장인어른이 날렵하게 산을 오르는데 놀랐다. 영식이 따라 가기 힘들 정도였다. 주변 경치 감상하기 바빠서도 그럴 것이었다.

약수터엔 물통이 길게 줄 서 있었다. 아버님은 맨 끝자리에 차례로 물통을 늘여놓고 산길을 올랐다. 영식이 따라 갔다. 몸을 단련하는 기구들이 배치되어 있었다.

장인어른은 익숙한 솜씨로 허리 돌리기를 했다. 영식은 그 맞은편 자리에서 다리굽혀펴기 운동을 했다.

"아버님, 우리 물통은 어떻게 해요?"

"걱정 없어. 거기 있는 사람들이 순서대로 옮겨 놓아."

장인어른은 약수터에 오실 때마다 언제나 그렇게 하시는 모양이었다.

그리고 시설을 점검하는 사람마냥 일일이 기구 위에 올라가서는 충실하게 몸을 풀고 계신다. 마치 혼자 온 사람 같다. 영식은 야릇한 감상에 빠져들면서도 아닌 체 운동에 전념하는 사람의 흉내를 낸다.

"자네는 내가 부를 때까지 몸 풀고 있어. 물통에 물을 다 채우려면 상당히 오래 걸리니까."

"저가 갈게요. 아버님이 여기 계세요."

해 보았지만 별 수 없는 일이었다. 혼자 남은 영식의 마음이 텅 비어갔다. 이러한 때 기억도 새로운 한 순간이 떠올랐다.

미국에 갔을 때의 일이었다.

친구 신중한은 한 칸 집에 살고 있었다. 흔히 말하는 원룸 시스템이었다.

방이라고 말하기엔 너무 크고 집이라고 하기에는 어울리지 않는 단칸 셋방에 이동식 가리개를 사이에 두고 함께 지낸 시절이었다.

그래도 시설은 고루 갖추고 있었다.

영식은 화장실에 들어가 변기를 찾지 못해 쩔쩔 매던 경험을 되짚어 보았다.

친구가 와서 거울 앞에 세면대를 180도 돌려놓으니 그 밑에 변기가 나타났던 것이다.

빨래하는 곳도 따로 있어 잔돈을 들고 일일이 빨래방을 찾아가야 했다.

막상 가보니 세탁기가 나란히 있는 그 방 옆에는 드라이 크리닝을 위주로 하는 세탁소가 있었다. 독신자를 위해 그럴 것이었다. 그뿐 아니라 신기하게도 건물 한가운데 풀장이 있었다. 키 큰 나무가 사방에 둘러 있어 물속에 있는 사람들 동태는 잘 보이지 않게 설계되어 있었다. 그래서 풀장 옆에 몸을 비튼 계단을 통해 이층에 오르고서도 영식은 ㅁ자 형태 이층집 구조를 알아보지 못했던 것이다.

다른 친구들은 처음으로 대하는 미국 생활에 기가 죽어 중한이 움직임을 뒤에서 졸졸 따라다녔다 건만 영식은 아니었다.

얼마나 별렀던 미국인가! 하고 다음 날 새벽 일찍 깨어난 것이다.

안락의자 등받이를 뒤로 젖힌 임시침대는 결코 편한 잠자리가 아니었다.

그래도 몸 따로 마음만은 가뿐했다.

다른 사람들과는 달리 시차 적응은 수면 유도제 알약으로 비행기 안에서 이미 해결한 뒤였다. 친구의 새벽잠을 방해하지 않으려고 영식은 발뒤꿈치를 들고 걸었다. 주변 일대를 돌아보기 위해 소리 없이 밖으로 나온 것이다.

건물 이곳저곳을 둘러보았지만 어디에도 인기척은 없었다. 집집마다 방문은 모두 굳게 잠긴 인상이었다. 풀장으로 뛰어들고 싶은 마음이 굴뚝같았다.

영식은 수영에 남다른 재능을 갖고 있었으니까. 남들이 하는 네 가지 기본형 외에 돌고래처럼 몸을 굽이쳐 한 바퀴 돌고 앞으로 나가기를 반복하는가 하면 두 손을 맞잡고 허리를 써서 발만 드러나는 꼬리치기 수영법도 개발한 터였다. 하여튼 영식은 물에 대한 갈증과 조바심을 떨치려 그 자리를 떠났다. 사뿐히 계단을 내려와 보니 이층에서는 안 보였는데 풀장 주변에는 사람이 걸터앉게끔 자연석이 편하게 놓여 있었다.

계단은 담장 옆으로 돌아나가게 되어 있었다. 영식은 그 길로 가 보았다. 곧장 출입구가 나타났다. 건물과 건물 사이를 가득 차게 들어선 양 갈래 대문은 사람의 통행을 위한 쪽문을 달고 있었다. 손잡이를 밀고 한 길에 나서니 낯설지만 친근한 환경이 폭넓게 다가왔다.

길은 곧고 깨끗했다. 영식은 길을 잃을까 봐 절대로 한 블럭을 벗어나지 않으리라 작정하고 있었다. 몇 번 왔다 갔다 하노라니 멀리 개를 끌고 산책하는 사람이 나타났다. 그 개가 어찌나 큰지 기가 질린 영식이었다. 얼른 돌아서서 방금 자신이 빠져 나온 곳으로 들어갈 판이었다.

그런데 막상 바깥에서 바라본 쪽문은 손잡이 없는 민판이었다. 손바닥으로 밀어 보았지만 끄떡도 않았다. 몇 발짝 뒤로 물러서서 건물을 올려다보니 그저 암담할 뿐이었다.

쉽게 나온 곳에 들어갈 방법이 없다니 참으로 난감한 일이었다.

그렇게 애쓰느라 개에 대한 무섬증은 이미 사라지고 없었다.

청소차가 다가오더니 맞은편 길에 섰다. 두 사람이 차에서 내려 집집마다 뒷마당에 내어 놓은 쓰레기봉투를 거두어 갔다. 그것을 가져가고 비우고 또 제자리에 갖다 놓느라 분주했던 것이다. 담장 없이 살아가는 마을에서 그들이 하는 행동을 유심히 지켜봤다. 모든 것이 새롭고 흥미로워서다.

그 중 한 사람이 영식에게 인사를 했다.

"헬로우!"

엉겁결에 영식이 그를 따라 웃으며 같은 인사말을 전했다.

낯선 사람을 낯설지 않게 하는 신기하면서도 부러운 광경이었다.

남은 한 사람도 말 대신 손을 들어 아는 체를 했다.

영식이 역시 고개를 끄덕이며 한 손을 들어 답례했다.

그들이 골목을 한 바퀴 돌아 나와 영식의 앞을 지나칠 때 다시 한 번 차창을 통해 유쾌하게 인사를 하는 것이었다.

"헬로우 어갠."

그러나 아직도 중한은 친구를 찾아 집 앞을 나오는 낌새가 없다.

지나가는 사람은 없지만 혹시 도둑으로 오인될까 봐 한 곳에 머무는 마음이 말이 아니었다.

지나가는 차가 늘어나는 걸 보면 해는 중천에 뜰 시간이었다. 빌딩 속에 갇힌 도심이 음울한 줄 그제야 알 것 같았다.

그 얼마만인가! 친구가 문을 열었다.

영식을 발견하고는 화들짝 놀라는 형상이다.

"아이고, 이런 공산명월이 있나!"

영식이 뛸 듯이 기뻐 소리쳤다.

그런데 중한이 울화통을 터뜨리는 것이었다.

"이렇게 황당한 인간을 보았나. 너 여기가 어디라고 함부로 나돌아? 멀쩡하게 생긴 사람이 지나가는 사람을 찌르고 달아나는 곳이란 말이야. 마약 중독자랑 정신 이상자가 얼마나 많은지 알기나 해?"

"설마! ……하여간 미안해. 나도 아주 혼쭐이 났다고."

친구는 얼마나 화가 났든지 문 여닫는 방법을 묻기도 전에 찬바람을 일으키며 앞장서 갔다.

11

방에 따라 들어간 영식이 내심 어찌할 바를 몰랐다.

"야, 미안하다. 기분 풀어. ……몰라서 그렇잖니."

"모르면 순진하기나 해야지."

중한은 발끈한 성미를 그대로 드러낸다.

"너 자꾸 그러면 나 가출한다?"

"얼씨구, 그 되게 웃기는 넘이네."

친구는 웃지도 않고 말을 했다.

"임마! 그렇게 큰 소리 칠 때가 좋은 기야, 오늘 말고 신중한이 언제 영식이한데 폼 잡을 기회 있겠냐. 내 너를 용서해 줄게, 그만 다 잊어버려. 으응?"

"식사나 해. 이 애물단지 촌놈아."

"허어! 친구를 그렇콤 존경하면 쓰나."

"이 집안 어디에 처박혀 있는 줄 알았지, 글쎄 촌놈이 감히 행길에 나갔을 줄 누가 상상이나 했게? 하마나, 하마나 하다가 이 시간이 되었단 말이야. 또 한 번만 그런 식으로 사고 쳐 봐, 아예 서울로 쫓아버릴 테니. 문여준이라 했나? 혼인길 막히게 내가 이 황당한 짓거리를 다 불어버려야지.”

“얼씨구! 그랬다 봐라. 그 날이 너 이마빡에 별 뜨는 날이지. 그나저나 내가 말이야, 아마 여준 씨를 만나려고 그렇게도 미국엘 오고 싶었던가 봐.”

비로소 중한의 눈가에 웃음이 번졌다.

“겨우 비행기 옆 자리에 앉아 왔다면서 그새 뽕! 간 거야? 멋있긴 하더라만 그 여자에 대해 네가 무얼 안다고……. 고집이 좀 세게 생기지 않았어?”

영식은 여준을 옹호하는 데 열심이었다.

“나는 말이야, 내 여동생처럼 쫀쫀한 가정용도 싫고 우리 형수처럼 들뜬 외출용도 싫어. 여준 씨는 처음부터 자기 확신에 차 있는 듯했어. 야! 첫눈에 개성미가 돋보이지 않았냐? 그처럼 주관이 뚜렷한 사람은 환경이나 조건에 크게 구애받지 않는다. 너.”

“어쭈! 살려주라. 나 저 여자 놓치면 안 돼, 하고 공항에서 다급하게 말할 때와는 영판 사람이 달라졌네.”

“맞아, 만일 내가 여준 씨와 결혼하게 되면 네가 여준 씨를 공항에서 집까지 데려다 준 공로는 내 일생 되새길 표창감이야. 네 덕에 단 번에 여준 씨 집을 알게 되었잖아! 아이고 죽어도 못 잊을 이 웬수야.”

“어쭈구리!”

영식은 중한의 머리를 헝클어뜨리며 손을 휘저었던 것이다.

"하룻밤 사이 만리장성을 쌓는다더니 하루아침에 아리랑 고개를 넘은 것 같다야. 얼른 민생고나 해결하자."

두 사람은 그제야 늦어버린 아침 식사를 시작했다.

후식으로 푸짐하게 수박이 나왔다.

"짜식, 밧데리가 나갔나. 음식 잘 먹고 왜 실실 웃는 거야?"

영식이를 보고 중한이 하는 말이다.

"제철도 아닌데 수박이 엄청 달다."

"아무리 좋아도 그렇지, 수박보고 웃는 놈을 처음 보겠네."

"자식아! 시파고 먹으레이."

"시파고? 씨파고? 아! 그 참 잡놈이네."

말은 그리 하면서도 친구는 웃고 또 웃었다.

어려운 고비를 넘기는 지혜는 장승도 곁눈질하게 생긴 영식이언만 장인어른에게는 통하지를 않았다.

처가를 나와 영식이 지하철 입구에서 자동판매기 커피 한 잔을 뽑아 들었다.

몇 번째 전동차가 지나가고 커피가 식도록 영식은 자리를 뜰 줄 몰랐다.

장인어른에게 다시는 휘둘리지 말아야 하겠다는 조금 전 생각이 깡그리 없어진 것이다. 아내 말대로 저 늙은이를 다시는 상대하지 말아야지 했었는데, 장인이 마음 속에서 떠나지 않는 것이다. 그저 가엽고 언짢은 생각에 김이 오르는 것이었다. 이제 와서 말이지만 그 분은 마치 가진 것이 아무것도 없는 사람 같았다. 처자식이 있고 재산이 있고 사회경험이 풍부한 노신사와는 아무런 연관성이 없는 어중이 같은가 하면 벌거벗고도 부끄러운 줄 모르는 철부지 같았다. 영식은 당분간 자기 감정을 숨기기로 했다. 장인어른이야말로 연구 대상이었다. 어쩌면 치매에 걸리신 게 아닌가 하는 의심도 났다.

반면에 여준은 아저씨가 할머니의 딸을 찾는 길에 따라 나섰다. 아저씨의 쑥스런 나들이길 완충제 역할을 할 수 있다는 판단에서였다.

간밤에 들어서 알게 된 사실이지만 딸을 직접 만나 동태를 똑똑히 보고 와야 한다는 청보리집 할머니 부탁은 혼자만의 것이 아니었다. 너무 흥분한 나머지 식당 주인 할머니에게까지 그 사실을 털어 놓고 말았던 것이다.

명중아저씨는 말씀하셨다.

서울로 떠나기 전 인사차 들린 나를 할머니는 한사코 식당으로 이끌었다.

식당 주인 할머니는 큰 잔에 막걸리를 부어놓고 신들린 사람처럼 나를 뒤흔들었다. 죽기 전에 자신의 딸도 찾아야 한다는 것이다.

이 기회에 자기 소원도 들어 줘야 한다면서 딸에 얽힌 이야기를 막무가내로 쏟아냈다.

"남정네가 키도 자그만 것이 술만 먹음 역발산 저리 가랑게."

결국 할머니가 딸을 포함한 네 자식을 버리고 가출한 내막을 말하고 있었다.

이야기는 뒤죽박죽 길었지만 결국은 한 마디로 요약되었다. 술 주정뱅이가 술을 끊으려고 술을 굶다가 술 없는 세상이 너무 싫어 술로 화풀이를 하는 이야기였다. 할머니 이야기는 거기서 그치지 않았다.

"술만 마셨다 하믄 사람을 때리자. 이유? 이유가 다 뭐여. 멀쩡하게 지나가는 사람 붙들고도 시빈다. 남만 때리간? 저놈도 맞지. 그 중 만만한 게 여편네여. 솔개가 병아리 채듯 끌고 들어가서는 방망이로 얼매나 모질게 때렸든지, 며칠 지나 정신을 차려 보니 온몸이 포도 빛 얼룩인겨. 보는 사람마다 몸서리를 쳤응게. 동네에서 그 우라질 넘을 당할 자가 없엉. 이웃이 살지 말라고 부추겼지만, 이 독한 년이, 글쎄, 저 혼자 살겠다고 도망쳤자. 새끼들은 어찌끔 살았는지."

"아저씨가 아이들은 때리지 않았어요?"

"안 때리긴. 눈이 뒤집어지믄 보이는 대로 페데기치는 걸. 큰 지집아는 몇 번 내다꽂았는데 목숨이 길었든지 워째 살아났어. 한 번은 눈이 돌아갔걸랑. 그래도 자식은 아는지, 그걸 델고 병원을 갔어. 그 뒤로 버릇이 잠잠하드만, 오래 가들 못해. 애들이 눈치가 들자 여차 하믄 어디로 숨는지, 떴다 봐라 했응게. 그 원수놈의 술만 안 먹음싸. 싹싹하고 인정 많기로 소문났지. 선상님, 서울 가걸랑 제발이지 이년 소원 좀 풀어 주소. 찾아만 주면 내 두고두고 그 은혜 갚을 것이요."

누렇게 바랜 편지 겉봉이 아저씨 손에 쥐어졌던 것이다.

전화번호가 없는 집 찾기는 인근 파출소에 의뢰하는 것이 상책이다.

그 점을 마음에 두고 아저씨가 내게 방향을 물었다는데 엉뚱하게도 내가 발 벗고 나선 것이다.

아기 데리고 힘들지 않겠냐고 아저씨가 브레이크를 걸었지만 나는 거리낌 없이 힘들면 택시 탄다고 대답했다.

"아저씨! 저희들이 가난해서 자가용을 못 가진 게 아니랍니다. 건방진 소린지 몰라도 분명히 안 가진 거예요. 제가 그동안 아기 키우느라 바깥 나들이 할 기회가 드물었는데 얼씨구! 아저씨 따라 강남을 못 가겠어요?"

그 결과 아저씨는 나에게 식당할머니의 부탁도 털어 놓게 되었다. 우리는 기꺼이 어디가 되었건 간에 함께 가기로 결정했다.

청보리집 할머니 딸 지윤자는 보육원 보모였다.

환경은 메말라 있고 어린이는 정에 주려 있을 터인즉 보육시설 방문 자체가 부담으로 다가왔다. 어른이 되어 한 힘 쓰지 못하는 마음이 그랬다.

그렇다고 실상을 알지 못하면서 섣불리 어떻게 해 볼 수도 없었다. 아저씨에 진배없이 나 또한 젊디젊은 지학도 한귀녀 내외가 처음으로 몸을 의탁했던 그 옛날 보육시설을 찾아보고 싶었다.

우리는 나란히 서울 근교 지도를 살펴보았다.

광명 보육원은 인가와 멀리 떨어진 으쓱한 곳에 자리 잡고 있었다.

출입구엔 초인종도 없었다.

우리는 아이들이 떠들고 있는 실내를 기웃거렸다.

방안엔 몸놀림이 날렵한 아이들과 아직 기저귀를 차고 어기적거리는 아기들이 섞여 있었다. 꽤 넓은 안방은 그들의 놀이터였다. 한 아이와 눈이 마주치자 두 팔을 번쩍 들고 아기가 말했다.

"안아!"

그 말소리가 바깥에까지 들렸는지 어떤지는 확실하지 않아도 그 뜻은 분명히 전해지는 상황이었다.

"어머, 아기가 말을 하네?"

나는 체면 불구, 방으로 들어가 아기를 안아 올렸다. 가슴에 안기는 순간 아기 몸이 움찔했다. 기쁨으로 요동치는 것이었다. 중이 엄마를 빼앗긴 눈치다. 아저씨가 중을 번쩍 안아 올리며 '엄마 가자' 하는데

"실례지만 어디서 오셨어요?"

서둘러 나타난 아가씨가 물었다.

"좀 멀리서 왔어요. 지윤자 님을 찾는데요."

"윤자 엄마는 없어요. 남편 기일이라고 다니러 갔어요."

"허락도 없이 이렇게 들어와서 미안해요. 어딘가 어른이 계실 것 같아 방안을 살피는데 글쎄 아기가 안아 달라고 팔을 들지 않겠어요. 생각 없이 불쑥 들어와서 아기를 안고 말았어요."

"괜찮아요. 개는 '언니' 하고 '안아' 밖에 말할 줄 몰라요."

엄마보다 언니를 먼저 알고 아빠 대신 안아, 라는 낱말을 먼저 익힌 아이 앞에 우리의 마음이 숙연해졌다. 아기 얼굴을 자세히 보고 싶은데 어찌나 가슴에 달라붙었는지 그 애 얼굴을 볼 수가 없

었다.

세상에는 비어 있는 손과 허전한 가슴이 얼마나 많은데 속으로 한숨짓지 않을 수가 없었다.

한가한 사람들과 외로운 아기들을 잠시라도 맺어 줄 길은 없는 것일까.

나는 우리 두 사람을 한 묶음으로 윤자 씨 모친의 심부름을 왔다고 말한 뒤, 떠나기 전에 다시 한 번 찾아올 것이란 말을 남기고 그곳을 나왔다.

하지만 돌아오는 길 내내 아쉬움도 같고 부끄러움도 같은 생소한 느낌이 찾아들었다. 아이들의 한결같은 무표정 속에서도 각자의 눈빛만은 호기심에 빛났다. 넓은 세상살이를 꿰뚫어 보는 그들에게 아무런 보탬도 주지 못하고 돌아오는 길 내내 무력감에 시달렸다. 아저씨나 나나 느낌이 서로 다르지 않았건만 마음의 준비가 안 되어 있었다.

하필이면 우리가 애써 찾아온 날이 할머니의 사위가 세상 떠난 날이란다.

할머니는 그 사실을 까맣게 모르고 있는 듯하다.

'왜 자식이 없는지 모르겠다' 고 걱정하셨다니 말이다.

세상이 이렇게 달라졌는데 어쩌면 그 옛날에 엄마가 막막한 삶을 의탁했던 곳에 딸이 또 다시 삶을 의지해 산단 말인가.

아저씨는 이 길을 기어이 다시 찾아올 것이었다. 할머니와의 약속도 약속이려니와 모친에게도 말 못하는 그녀의 사정이 무엇인지 우리 모두 궁금했기에 말이다. 일이 이렇게 되고 보니 식당집 할머니 딸을 먼저 찾는 것으로 순서가 바뀌었다.

파출소를 통해 모친의 소식을 전해 들은 반복자는 쾌히 파출소로 우리를 찾아 나왔다. 그녀의 첫인상은 흡사 마네킹이었다.

대기실 의자에 각자 자리를 잡자 자신은 오랜 병고 때문에 소식 없이 살았노라고 자기 엄마 심부름을 온 아저씨를 향해 말했다. 동생들도 각기 살기 바빠 그렇다는 것이다. 맏딸로서 한 때는 집 나간 엄마를 미워도 하고 원망도 많이 했지만 이제 다 끝난 일이라고 못 박았다. 앞으로도 찾을 뜻이 없음을 분명히 하려는 그녀의 의지를 읽을 수 있었다.

아버지의 폭력을 견디다 못해 살려고 집을 나갔는데 엄마가 불쌍하지도 않으냐고 아저씨가 딸의 아픈 곳을 찔렀다.

그럴수록 엄마는 자식을 보호해야 되는 것 아니냐고 그녀가 정색을 하며 아저씨에게 되묻는다. 이어 자기 말이 지나쳤다는 듯 그녀가 말을 계속했다.

오죽했으면 도망했을까 하는 생각이 들 때가 없는 것은 아니지만 절대로 용서할 수는 없다는 것이었다. 자기만 살고 자식은 죽어도 좋단 말이냐고 하는 대목에 이르러 우리는 할 말이 없었다.

12

복자 씨 아버지는 아직 살아있는지, 살아있다면 술병은 고쳤는지 물었지만 대답이 없다. 엄마가 그런 걸 알 자격이 없다는 말로 다음 말을 막았다.

남이지만 궁금해서 그런다고 내가 말하자 아저씨와 나를 번갈아 보다 말고 그녀가 말문을 열었다. 아빠는 술주정 때문에 자주 파출소에 끌려 다녔단다. 구류처분을 당하고 나면 다시 술을 먹고 경찰에 들어가 행패를 부렸더란다. 나중에는 고발을 해도 소용없다는 걸 알게 된 이웃이 단체로 몰려 와 멀리 이사 가라고 법석을 떨었다.

그 후 나이 들면서 몸이 쇠약해지고 술병도 줄어드는 꼴이었다. 그래도 주벽(酒癖)은 계속되었는데 남동생 둘이 훌쩍 자라서 아빠를 방에 가두는 일이 잦게 되자 술을 끊으니 화병으로 죽더라고 했다. 큰 동생은 동네가게를 하고 작은 동생은 떠돌이 장사를 하지만 서로 도와가며 지금은 괜찮게 산다고 했다. 자신은 겉보기에 멀쩡해도 실지로는 사람 구실을 못하는 환자라 했다.

장출혈이 심한데 양의도 한의도 10년 째 그 까닭을 모른다는 것이다. 수면제를 먹으면 창자가 끊어질 것 같은 통증이 없어지고 출혈도 멎기 때문에 신경안정제를 계속 썼더니 정신이 혼미해서 그렇다고 했다. 죽지도 않고 주위 사람만 골탕을 먹이는데 엄마는 찾아 무얼 하겠느냐는 말도 덧붙였다.

아니 의학이 이렇게 발달한 지금도 고치지 못하는 병이 있단 말인가! 진정 딱한 노릇이었다.

얼굴도 아픈 사람 같지가 않았다. 그녀와 이야기하는 동안 줄곧 말이나 행동이나 외양이 참 곱다는 생각만 들었다. 신병 의외 다른 걱정은 없느냐고 묻지 않을 수가 없었다. 그녀는 그렇다고 대답했다.

"어머니께 무어라고 전할까요?"

아저씨가 마지막 질문을 던졌다.

그녀는 대답 대신 나를 가리키며 딸이냐고 물었다.

아저씨는 말없이 고개만 끄덕였다. 자기 엄마를 어떻게 아는 사이냐고도 물었다. 아저씨는 캐나다에 집을 두고 한국에 와서 여러 곳을 돌아다니던 중 지금은 제주도에 머문다는 사실과 그녀의 모친이 경영하는 식당에 단골이라는 것, 그리고 서울 오기 직전에 딸을 찾아 달라는 부탁을 받았다는 말을 꾸밈없이 전했다.

따님은 어디 사느냐고 복자가 다시 물었다. 서울에 살기 때문에 손쉽게 연락이 닿을 것이라고 내가 아저씨 앞서 말하자 한참 동안 생각에 잠겼던 그녀가 할 말이 있다면서 아저씨에게 다시 한 번 만날 수 있느냐고 했다. 청보리집 할머니 딸 지윤자를 만난 뒤 곧장 그녀를 만나기로 작정하고 우리는 돌아섰다. 아저씨의 소설 소재가 또 한 건 생길 모양이었다.

우리는 택시를 타고 다시 가까운 지하철로 바꿔 탔다. 집에 오니 영식 씨가 먼저 와 있다. 왠지 울적한 인상이다.

아저씨가 볼일은 잘 보았냐고 물으시니 고개를 좌우로 흔들면서 '나중에' 라고만 말했다.

"말도 많고 탈도 많고 일도 많은 것 같군. 젊어서 그래. 그 때는 부러움도 많았었지."

"아저씨는 젊은 시절 무엇이 부러웠어요?"

"중이 아빠와 별로 다르지 않았어. 직장에 잡혀 있으면 월급봉투와 맞바꾸는 인생이 초라해서 사장 친구가 부러웠고 자영업을 하다 보니 사생활이 없는 거였어. 돈 걱정 끝나자 돈벌이에 희생된 자존심이 걱정이었지. 이제 와서 생각하면 그 이상의 보금자리가 없었는데 집을 떠나면 지혜의 문이 절로 열릴 것 같았지. 진지하게 살았어야 했는데……."

"살아 온 날을 후회하세요?"

"후회할 만큼 내가 순진한 나이야? 어리석은 짓거리를 되풀이하지 않으려는 의지에 기대 사는 게지."

잠자리로 돌아온 여준이 친정 집안 동태를 캐물었지만 영식은 말했다.

"장인어른이 몹시 외로운 거야. 그래도 당신에게 제일 믿음이

가는 눈치셔. 올해 장인 연세가 어떻게 되셨지?"

"엄마가 살아 계셨으면 올해가 환갑이니까. 아버지는 일흔이네. 아홉 살 차이였거든."

그런데 꼭 만나자고 한 이유가 뭐냐고 하도 따지고 들기에 실토를 했는데 여준은 말했던 것이다.

"아버지는 원래 그래. 젊어서도 머엉했어. 그래도 성질나 봐. 물불을 안 가리지, 당신도 저번에 봤잖아."

"당신 아버지에게 잘 해 드려. 부탁이야."

"새엄마가 뭐라고 했구나."

"차라리 그랬으면 좋게? 내 마음이 이상하게 돌아갈 만큼 그 분은 가족들로부터 소외되고 있어. 아주 멀리 겉돌고 있단 말이야. 내가 너무 지나친 생각을 하는지 모르지만 아버지가 기댈 곳은 우리뿐이야."

"아버지는 당해도 싸."

"오래 방치하면 치매가 오는 수도 있어."

"내가 무슨 상관인데?"

"여준 씨이!"

뜻밖의 큰 목소리에 놀라 여준이 말했다.

"당신 왜 이래, 아저씨가 들으실라."

영식은 막무가내였다.

"설혹 아버지가 젊은 날 모녀에게 못할 짓을 했다고 쳐. 부모가 잘나야 효자효녀가 나나? 여준 씨가 늙고 힘없는 아버지를 상대로 '당신도 당해 봐라' 하는 식이면 나도 당신을 다시 보게 되지. 실지로 아버지가 무슨 상관인데?"

"왜 아버지의 젊은 날이야. 당신도 보았잖아, 불쌍한 우리 엄마에게 돈 많은 아빠가 어떻게 했게?"

"돈이 많지 않아."

"그럼 죄가 많아도 한참 많아!"

"아저씨이이, 영식 씨 좀 혼내 주세요. 저 몰래 다른 장단에 춤을 추어요."

"아저씨 나오셨군요. 이 사람 말입니다. 자기 아버지를 미워하다 못해 저를 너무 힘들게 해요. 정말로 이 사람을 혼 내 주세요."

"나는 두 사람을 믿어. 과도기를 지나면 한 목소리를 낼 거야. 참고 넘어가면 의외로 그 시기가 빨리 오지."

"여준 씨이, 우리 서로 참견하지 말고 각자 맡은 일에만 충실하기로 하자. 내가 어느 장단에 춤을 추든지 요령껏 하라고만 그래. 엉뚱한 짓 하지 못하는 남편을 왜 두들겨?"

"내가 당신을 두들겨 팼어?"

"내가 뭐 장작인가 두들겨 패게, 남편 체면을 세워주지 않는 것도 간접 폭력인 거야. 제발 감시하는 눈길로 나를 보지 마, 의심하는 마음으로 내 말을 듣지도 마, 과거에 사로잡혀 미래를 보지 못하다니 그게 지혜로운 사람이 할 짓이야? 아저씨 앞에서 결말을 보자고. 나도 죄인취급은 질색이야. 장인이 당신 눈엔 타도(打倒) 대상인지 몰라도 내 눈엔 동정이 가는 노인일 뿐이야. 후처랑 그 자식들이 똘똘 뭉쳐서 알짜는 다 빼먹고 껍질만 남았어, 미우나 고우나 자기를 낳아 준 아버지인데 그 분이 불쌍하지도 않아?"

"왜 하필 아저씨가 와 계신 이 좋은 시간에 그 따위 말을 하는데?"

"우리 둘 사이엔 그런 여유가 없어. 당신은 친정일이라면 발끈하고, 아니면 한 맺힌 눈물부터 쏟아내지. 장인은 말이야, 나한테 초점을 맞추고 계셔. 만나면 할 말도 없으면서 눈도 마음도 둘 곳이 없어 그러신단 말이야. 이만하면 당신도 내가 아저씨 계신 시간에 호소하는 이유를 알 거야. 아저씨는 우리가 존경하는 어른이니 이제부터 그 말씀을 듣고 당신도 무조건 아저씨 의견을 따르는 거야. 나도 더는 불필요한 신경전 싫어."

여준이 고개를 떨어트렸다.

"아저씨, 여준 씨가 들으면 황당해서 웃을 일이지만 장인에게는 여준 씨가 유일해요. 그래서 만만한 저만 찾는단 말입니다. 아기도 대가족 분위기에 익숙해지고 사랑도 듬뿍 받고 좋잖아요. 간접적으로나마 장인을 보살피는 일거양득 효과를 거두는 일이란 말입니다. 그걸 다 부정하고 여준 씨가 아무리 등을 돌리라 하더라도 장인어른은 저를 놓아 주지 않으세요. 그 분은 어쩌면 알콜성 치매인지도 모를 증상을 보여요."

"영식 씨, 판단이 예리하네. 아마 그럴 거야. 젊은 날 언제나 술에 뒹굴었으니까. 자고나면 술 마시고 취하면 울고 그러다가 새엄마가 재산을 빼돌려 갓난쟁이는 물론 자기 형제 이름을 총동원해서까지 부동산 명의를 옮겼다 했어요. 재산관리 담당 아저씨가 일하는 아줌마 친척이었거든요. 어린 저의 귀가 아프도록 아줌마가 시시콜콜 알려 주었다고요."

"중이아빠 그 동안 수고 많았어. 그리고 속에 담아두었던 말 후련하게 참 잘 털어 놓았어. 여준이 앞으로는 성서방의 입장을 이해하리라 믿어. 그만큼 말했으니 잘 보필하겠지, 중이 엄마에게 말하는데 부모에게 물려받은 공짜돈은 사람의 능력을 앗아간다고 했어. 그 돈이 이 집을 비켜갔으니 이 가족은 살아가면서 능력을 마음껏 발휘하게 되었어. 능력을 펼쳐야 할 자리에 공돈이 들어앉아 그 자리를 메우면 사람의 활력이 없어지는 법이야. 병고가 생기든지, 환락에 빠지든지, 멀쩡해도 놈팡이 노릇하는 가치 없는 인간들이 다 그런 부류지, 두고 봐. 중이네랑 이복동생들 중에 누가 더 잘 사나? 잘 산다는 건 돈이 많고 적음에 달려 있지 않고 삶의 내용에 달린 문제거든. 뒤 돌아보는 사람에게 미래가 보일 턱이 있나. 웃음을 잃지 않고 앞만 보고 가는 거야. 아무튼 오늘 중이아빠 마음을 헤아리는 기회가 주어져서 두 사람과 함께 나도 흐뭇하다는 사실을 명심해야 해."

아저씨는 분위기를 바꾸어 보려고 다른 말을 하신다.

"사진 속에 이 할머니 누구신데?"

"영식 씨 할머니세요."

"성서방이 유달리 사랑을 많이 받은 게로군."

"아저씨, 시댁에서 제가 얻어 왔어요. 치매로 오랫동안 고생하시다가 저희 결혼을 앞두고 세상을 떠나셨으니 저는 한 번도 뵌 적이 없잖아요. 그런데 할머님이 저의 꿈에 나타나셨어요. 손자며느리 큰 절을 받으러 오신 거예요. 하얗게 성장을 한 백발노인이 큰 상 너머 좌정해 계시는 데서 꿈은 시작되었어요. 저가 다소곳이 예를 갖춘 그것이 전부였어요."

'어머! 할머니가 우리를 굽어보시나 보다 했지요.'

어떻게 무심할 수가 있겠어요. 그 후 사진을 걸어 놓고 마음속으로나마 감사드려요. 의지도 되고요.

"중이 엄마는 사랑받게 되어있어. 타고난 성품이 그래."

명중은 여준의 말을 들으며 영식의 할머니 자리에 죽은 수정을 대치해 놓고 있었다. 영혼이 있다면 우리네의 사랑도 감지할 분위기라 여겼던 것이다.

"엄마가 되면 엄마 생각이 많이 난다지?"

이 무슨 망발이야? 속으로 삭혀야 할 말이 입으로 줄줄 흘러나온 꼴이다.

"아저씨는 엄마가 세상 떠난 지 3년이 흘렀는데 아직도 엄마 생각만 하고 계시네요. 부디 서로 믿고 의지할 사람 찾아보세요. 이 세상은 살아있는 사람의 것이니까요. 생각하면 우리 모녀 같은 경우가 또 있을까요. 저는 철들기 전에 아버지에게 주어졌다가 사춘기에 다시 엄마에게 주어졌어요. 서로 불편했었지요. 너무 짧고 쓰라리고 기가 막혀요. 흠집 많은 세월이었기에 이 세상 그 누구보다 저도 엄마생각을 많이 하는 편이지만 달라지려고 노력하는 중입니다. 그것이 엄마 마음에 드는 자세라 여기니까요."

여준은 쉴 틈 없이 다시 말했다.

"혈연이란 인연이 이루어지는 상황을 생각해 보면 부모가 자식을 택할 수는 없을 것 같아요. 외람된 말이지만 자식이 부모를 찾아든 걸로 여겨집니다. 아저씨, 생각해 보세요. 육안(肉眼)이 아니라 영안(靈眼)으로 결정될 사항이 아닌가요? 따라서 저처럼 부모가 원하지도 않는 출생이고 보면 전생에서부터 현생에 이르는 죄책감이 따르게 마련이어요. 분명히 저가 책임 질 일이 아닌데도 그저 죄스럽고 염치없단 말입니다. 한 번도 떳떳하게 대우받고 살아보지 못해서인지 제 성품이 구겨져 있었어요. 엄마에게는 나 같은 애물단지가 없더란 말입니다. 황당한 이야기로 들릴지 몰라도 몸이 하늘에 있고 마음이 땅에 있는 경지를 맛보면서 엄마에게 빌고 또 빌어요. 죄송하다고. 심화(深化)되고 정화(淨化)되고 나아가서 승화(昇華)되는 길에 깊이는 깊이를 더하고 높이는 높이를 더하는 게 정신세계 같아요. 저는 세상에 대해서도 용서를 빌 일이 너무 많아요. 엄마가 된다는 사실은 기꺼이 자기를 버리는 일인데, 원하지 않는 아기를 가졌던 우리 엄마와는 달리 저는 축복 속에 있다는 사실에 임신기간 내내 감사하고 만족해 했지요. 아저씨로 인하여 꽃핀 사람은 비단 엄마뿐이 아니에요. 저희 모두 감동받고 존중할 줄 알게 되었지요. 하지만 아저씨는 더 이상 떠돌이로 살지 마셔요. 부탁입니다."

13

그러지 않아도 명중이 이 말을 하고 싶은 입장이었다. 그래서 말했다.

"나는 엄마를 못 잊어 혼자 사는 게 아니야. 혼자 살 수밖에 없는 나의 근성 때문이지."

"외롭고 불편하실 텐데."

"외로움도 무르익으면 주위가 쾌적하게 느껴지고 불편도 챙기다 보면 사람자체가 부지런하게 돼."

명중이 각자의 가슴에 드리워진 차양을 걷는 조치였건만 여준도 영식도 여전히 암담한 처지였다. 누가 무슨 말로 사람의 빈자리를 때울 수 있단 말인가!

때마침 TV 화면에서 흥미로운 소수민족 생활상을 알려주고 있었다.

다음날 명중이 제 시간에 당도했는데도 식당집 할머니 딸 반복자는 파출소 앞에 서 있었다. 중국집에 방을 빌어도 괜찮겠냐고 그녀가 묻는 것이었다.

명중이 말할 틈 없이 병 때문에 단골집이라야 마음이 놓인다고 그녀가 쑥스럽게 말을 했다.

참으로 침침하고 좁은 통로를 지나 이층에 오르니 그나마 견딜 만했다.

"저가 선생님에게 왜 저의 비밀을 털어 놓게 되는지 저 자신도 잘 모르겠어요. 선생님은 첫인상부터 저하고는 다른 세상 사람 같아서 그냥 헤어지고 싶지 않았어요. 어떤 경우로 해서든지 간에 선생님이 저를 기억해 주시는 건 좋은 위로가 되겠기에 저의 사연을 털어 놓고 싶었던 거예요."

그렇게 말하면서 명중의 의견은 아랑곳하지 않고 그녀는 중국 요리를 시켰다. 그런 다음 그녀가 전하는 말은 실로 놀라웠다.

—엄마가 가출을 하고 어린 나이에 집안 살림을 맡아 했다. 이웃이 도와줘서 살았다 해도 과언이 아닐 정도였다. 그 중 쌀가게 아들이 제일 큰 도움을 주었다. 서로 점점 친해져서 하루도 안 보면 아니 될 즈음에 그들이 먼 곳으로 이사를 갔다. 고향에 전답이 팔려서 큰 부자가 되었기 때문이었다.

우리는 곧 결혼을 했다. 동생들도 이제는 자기 앞가림을 할만 했던 것이다. 우리는 한 동안 재미있게 살았다.

남편은 배운 게 없다면서 취직할 생각을 안 했지만 돈 걱정은 없었다. 우리는 날마다 무엇을 먹으러 갈까. 어디로 나들이 갈까 그런 궁리만을 하고 있었다. 내 평생 처음으로 살맛나는 나날이었다.

시부모님도 장사 일을 다 접고 놀고 먹는 팔자에 취해 있었다.

우리 부부는 한 자리에 너무 붙어 있다 보니 싸울 일이 많아졌다. 남편은 속상한다면서 집에 들어오지 않았다.

부자(父子)가 먼저 방탕한 길로 빠지고 고부간에 똑 같이 버림받는 처지에 놓이자 시어머니가 이를 갈았다.

미장원에서 베껴 온 주소를 들고 시어머니는 관광여행을 떠났다. 길은 한 번 트이기 어려웠지 일단 패거리에 섞이자 나들이 횟수가 늘어갔다. 그러자 시아버지가 시어머니 트집을 잡기 위해 집 안을 맴돌기 시작했다.

나는 끼니 챙기는 일이 성가시게 되었다. 그래도 어찌할 도리가 없었다.

끙끙거리면서도 참고 있자니 시아버지의 며느리 사랑이 극진해 졌다.

맛있는 음식을 사들고 오는가 하면 친정동생 갖다 주라고 두둑한 봉투도 건넸다. 동생들이 나의 손길을 아쉬워해도 친정에서 하루를 쉬지 못하고 돌아왔다. 시아버지 끼니 걱정 때문이었다. 그러던 중 긴 잠을 자고 나니 시아버지가 한 이불 속에 있었다. 어찌 된 노릇인지 나는 다시 잠에 빠졌다. 분명 무슨 약에 취한 것만 같다.

"약을 먹였지요, 그렇지요, 아니고 이럴 수는 없다."

"미안하다. 어차피 너는 자식잉태도 못할 여자야."

아들은 아예 아이를 가질 수 없는 몸이라고 그가 말했다. 어려서 독한 약을 쓴 것이 원인이라면서 거듭 용서를 빌었다.

나의 인생은 이렇게 하루 사이 요절이 났다.

다음날도 그 다음날도 정신이 몽롱했다. 나는 꿈을 꾸는 것만 같았다. 별안간 화장실이 급했다. 굽어보니 이질임이 분명했다. 그 길로 병원 신세를 진 것이 10여년에 이르렀다.

남편이란 작자는 돌아올 줄 모르고 시어머니는 무엇에 홀렸는지 자고나면 희희낙락이었다. 병세는 갈수록 묘했다. 약을 쓰면 피가 멎고 피가 멎으면 계란 흰자위 같은 것이 뭉클 뭉클 쏟아졌다. 그것은 장벽에 붙어있는 윤활유 같은 것인데 그것이 떨어져 나와 장벽에 출혈이 생긴다는 설명이었다.

뒤늦게 시아버지라는 이가 나의 병실에 나타났다. 남의 눈도 있고 해서 나는 등을 돌릴 수가 없었다. 며느리를 아끼는 걸로 비치는 그의 정성이 주위 사람들을 감동시킨다. 담당 의사 선생님은 분명한 병명도 일러주지 않는데 병세를 알아 본 옆 사람이 나 같은 경우를 본 일이 있단다. 이 병은 백약이 무효라고 일러준다. 병원 처방으로 나오는 부신 피질 호르몬 제재가 듣기는 해도 약효보다 해악이 더 크단 말도 한다. 신경안정제 이외에는 약발을 받지 않았다. 결국 나에게는 밤낮이 따로 없었다.

그나마 날이 갈수록 단위가 높아지니 문제인 것이다.

"지금 시간이 상당히 경과했는데 별다른 증상이 없네요?"

"외출시엔 안전을 위해 약을 과다하게 복용했기 때문입니다. 지금 제 정신이 온전한 것 같지요? 말을 할 때는 몰라도 이대로 누우면 끊임없이 잠을 자요. 그런데 이런 말을 왜 하는가 하면요. 내 병이 마음에서 왔다고 생각되는데 그 말을 어디다 해요? 한들 누가 믿어요? 제가 죽기 전에 이 병은 낫지 않아요. 그건 제가 알아요. 그런데 생목숨을 어떻게 끊어요?"

"발병 후 시아버지란 사람의 태도는 어때요?"

"내가 순간을 참지 못해 너를 이 지경으로 만들었다. 그러면서 후회하지요. 네 남편이 널 호강시킬 인물 아니다. 내가 돈이 많으니 이다음에 늙어서 살 아 갈 걱정일랑 말고 얼른 병이나 낫도록 힘쓰라. 그러지요 뭐."

"달리 어떻게 할 방법도 없네요. 그렇지요?"

"예, 병든 몸으로 돈 없이는 못 사니 이 집을 떠날 수도 없지요. 이것도 팔자인가 하는 온갖 생각을 다 하게 되어요. 남녀 간에 수양(修養)을 하려면 먼저 이성을 멀리 하잖아요? 성욕을 다스리지 못하면 아무것도 되지 않기 때문이어요. 욕정은 인간을 짐승으로 만들어요. 무식한 여자가 선생님 앞에서 별 소릴 다 하지요?"

"살면서 배우는 겁니다. 그런 말 마세요. 지금은 시아버지와 어떤 사이인지 말해 줄 수 있어요?"

"아무 사이도 아닙니다. 죄수와 간수 사이라고나 할까?"

"누가 죄수인지는 알겠는데 어떻게 된 간수이지요?"

"다시는 범접을 못하게 감시하는 간수가 저예요."

"시아버지가 그래도 인간성은 괜찮나 봐요."

"착하고 착실한 부자(父子)였지요. 아버지나 아들이나 동네가 칭송하던 사람들인데 돈이 망쳤어요. 나는 술 먹고 때리는 아버지만 보다가 이 집에 들어와서 처음으로 사람 대접을 받았을 때는 여기가 바로 천국이다 했지요. 그런데 당해 보지 않은 사람은 상상도 못할 만큼 잔인한 것이 사랑 없는 그 짓거리에요. 도둑질을 하면 손을 자르는 나라가 있다고 했어요. 성추행도 무조건 그렇게 다스려야 사람답게 사는 세상이 되어요.”

“시아버지가 한 순간 실수는 했지만 그 후 사뭇 모범적으로 사는 것 같은데 그래도 그렇게 미운 거예요?”

“그래서 더 밉지요.”

한숨 뒤에 반복자 목소리는 이어졌다.

“그러지만 않았어도 아들이 돌아올 날을 기다리면 될 터인데 이젠 얼마를 더 살든 못살든 간에 세상은 끝난 거라고요. 죽지 못해 사는 게지……. 자식을 버리고 떠난 모진 인간이지만 우리 엄마는 식당을 하니 먹고 살 걱정은 없겠네요.”

“아마 그러시겠지요?”

“그럼 됐어요. 이제 서로 잊고 마음 편케 살자 하더라고 전해 주세요.”

“몸이 안 좋다고만 말씀 드릴게요.”

그녀가 남긴 전화번호와 반복자라는 이름을 들여다보며 명중이 자신을 추스르는데 시간이 걸렸다. 선악이 충돌을 하고 질서가 꼬이는 양상이 그랬다.

명중의 인상이 너무 어둡게 보였든지 여준이 유심히 명중의 기분을 살폈다.

자초지종을 들은 여준이가 한 말 했다. 꼭 거미줄이 목을 감은 기분이라고.

또 다시 청보리집 할머니의 딸 지윤자를 찾아 나서기 전에 여준이 동행할 것인지를 명중이 물었다. 남의 속사정을 끌어내려면 역시 1:1이 좋다고 여준이 말했다. 명중 역시 그 말에 동감이었다.
여준이랑 한 번 왔던 길인데도 혼자 찾아가기에는 낯설었다. 일단 방향을 잡고 보니 명중의 마음 속에 잠들었던 의구심이 고개를 들었다. 어떻게들 이 세상에 한 분 뿐인 친엄마와 인연을 끊고 살더란 말인가.
그날 밤 명중의 나들이 결과 보고는 여준이 내외를 울적하게 만들었다.
아저씨의 이야기는 계속되었던 것이다.

—윤자님은 자기 어머니의 심부름을 왔다는 말에 낯선 나를 달갑게 여기지 않는 눈치였다. 나는 노인의 간곡한 부탁을 거절할 수 없었다는 말로 내 입장을 밝혔다. 그래도 자기가 알고 싶은 말만 대충 묻고 잘 지내고 있으니 그리 알라는 말이 고작이었다. 나를 얼른 돌려 세우고자 하는 작전인 듯했다.
"한 귀녀 할머니의 친딸 맞아요?"
내 말이 황당했는지 그녀가 싱긋이 웃어보였다. 나는 돌아서기 전에 어저께 여준이 안아 준 아이를 가려내고자 했다. 그 아이는 표정 없이 나를 뚫어지게 볼 뿐이었다. 보모가 있어 그렇겠지만 역시 잘 길들여진 결과였다. 한꺼번에 많은 아이들을 돌보려면 질서가 사랑에 우선할 것이었다.

"어머니에게 전할 근황사진이라도 한 장 주시지요. 저가 만나고 왔다는 말 한 마디보다 그게 훨씬 반가울 터이니."

나는 어제가 남편의 기일이라면서? 그런데 왜 어머니는 사위가 죽은 줄도 모르고 계시냐? 뭐 그런 말이 하고 싶어도 말문이 열리지를 않았다.

지윤자는 내 말에 반응을 보이지 않았고 흡사 실어증 환자 같은 느낌을 주었기 때문이다.

"그럼 어머니께는 따님이 건강하게 잘 있더라고 말씀 드릴게요."

그렇게 말하며 다시 한 번 웃어 보였다.

"점심이라도 들고 가세요."

윤자가 처음으로 호의를 보이는 순간이었다.

"그래도 되겠습니까?"

왠지 기회가 왔다는 생각이 들었다.

국하고 밥하고 김치하고 그리고 콩장 반찬이 전부였다.

나는 거동이 불편한 원장 할머니께 인사를 하고나서 윤자님에게 물었다.

저 분이 옛날에 윤자 씨 부모님을 보살펴 주신 분인가 하고.

그녀는 두 눈을 말똥거렸다. 어떻게 아는가 하는 눈치다. 나는 청보리 뜰에 이끌려 오늘에 이른 이야기를 대충 알려 주었다. 그제야 나를 바라보는 그녀의 인상이 달라졌다. 윤자 씨의 남편으로 이름 지어졌던 그 남자는 나이 삼십에 애비 초상 치르러 고향 갔다가 교통사고로 목숨을 잃었다는 것이다. 젊어서 죽은 것도 억울한데 사람들은 벌 받았다고 수군거렸단다. 부모간의 약속으로 어려서 맺어진 여자가 있었던 것이다. 그들 사이에 아들이 하나 있었건만 윤자는 그런 사실들을 까맣게 모르고 결혼을 했던 것이다.

교통사고 현장 목격자에 의하면 남자는 타고 가던 오토바이를 내려서며 길가에 늘어선 아이들에게 말했다고 한다.

"애들아 뒤로 물러서라 저기 달려오는 짐차가 무섭다."

그리고 나서 금방 그가 당했다는 것이었다. 주위에 늘어선 아이들을 챙기느라 자기 자신에게 닥치는 위험을 잊은 결과였다. 자기는 세상을 등지고 사는 사람이니 엄마도 딸에 대해 시시콜콜 알 까닭이 없지 않겠나? 하고 지윤자가 반문했다.

나도 고개를 끄덕여 그녀의 마음을 달래 주었다.

'자기 몸이 으스러지는 줄도 모르고 일에 매달린 꼴이 영락없이 제 엄마를 닮았어' 라고 원장님이 말한단다. '부부는 욕하면서 닮는다더니 모녀도 못마땅하다면서 서로 닮는가 보다' 했다. 원장님이 나를 믿고 사시니까 자리를 비울 수도 없는 노릇이란 말도 덧붙였다. 나는 원장님과 작별인사를 하며 나의 작은 성의를 보였다.

"어른노릇을 해 보기는 이번이 처음입니다. 참 부끄럽습니다."

"우리 윤자엄마와는 어떻게 되는 사이인가요?"

금방 헤어지는 게 못내 아쉽다는 표정이다.

"처음 만난 사이입니다. 꼭 만나보고 오라는 윤자님 모친의 부탁을 받고 찾아 왔으니까요."

"그래, 할머니도 안녕하시지요. 저하고는 만 열 살 차이였는데……. 벌써 팔십이 네, 거동은 불편하지 않고요? 그저 건강하시라고 전해 주어요. 그런데 선생님! 우리 아이들 집에 또 들려 주시겠지요?"

원장님은 마치 잡은 손을 놓기 싫어하는 모자의 이별 장면을 떠올리게 했다. 그러나 윤자님은 그 자리에서 깊숙이 허리를 굽힐 뿐이었다.

보육원 문을 나서자 언덕배기에 민들레가 한창이었다.

나는 돌아가 청보리집 할머니가 희망을 가지고 굳건히 살아갈 수 있도록 각본을 만들어야 할 것이었다. 슬쩍 보고 들은 한 마디가 더듬이 구실을 할 것인즉 이것이 헛걸음은 아닌 것이다. 딸은 언젠가 보육원 원장이 될 것이란 기대를 심어 드릴 일이다.

14

농장이 있는 광주는 서울 동부 터미널에서 한 시간이 채 걸리지 않는 거리였다.

'여기부터 우리 집입니다.' 하는 영식의 말을 따라 붉은 꽃이 인상적이라는 쥐똥나무 담장이 계속되었다.

농장은 큰길에 맞닿은 대문을 들어서자 양쪽 편에 논 자락을 이끌며 찻길로 이어졌다. 영식은 목부들의 거처인 사랑채 마당에 택시를 세웠다.

마당에는 어미 닭이 병아리를 몰고 다니며 모이를 줍고 화단은 온통 강아지의 놀이터였다.

북쪽 방향 깊숙이 방풍림에 둘러싸인 잔디밭 안쪽에 이층집이 보였다.

지금은 비어있지만 영식은 그 집에서 어린 시절을 보냈다 한다. 명중은 이들을 따라 사랑채 뒤편으로 난 텃밭으로 갔다.

그 언젠가 어디에서 많이 본 듯한 주변 환경이다. 가지밭고랑에도, 토마토 받침대에도, 아기열매가 한창이었다. 왠지 자꾸 망막 깊숙이 매운 냄새가 배어나왔다. 명중은 농촌에서 살았으되 목에 수건을 두른 아버지를 알지 못했고 허리끈을 동여 맨 엄마를 아는 바 없었다.

텃밭이 있긴 했지만 난봉꾼 아버지는 흙을 떠나 살았고 정신 이상 어머니는 살림살이를 떠나 있었다. 따뜻한 가정의 훈기를 알 턱이 없는 자신의 어린 시절이 떠오르면 명중은 나이를 잊고 놀이 터에서 맴을 도는 현기증을 느꼈다.

그런 사실을 알 리 없는 영식은 이리 저리 텃밭을 돌아다니다가 뒷산으로 향했다.

"이 산도 성서방네 것인가?"

"그럼 큰 부자이게요."

"이 농장만 있어도 부자인데 뭘."

영식은 머리를 흔들었다.

소 파동에, 질병에, 사료 값 인상 같은 요인들이 겹쳐 허리 펼 날이 없다면서 영식은 덧붙여 말을 했다.

"가업이란 남는다고 하고 손해 본다고 그만 둘 수 있는 그런 것이 아니더라고요. 농산물 값이 워낙 싸다 보니 사다 먹느니만 못하다고 할아버지가 하시던 불평을 아버지가 하시더니 또 제가 하게 되어 있어요."

그렇게 말하는 영식의 손에는 풀이 한 줌이었다. 잔디밭에 섞여 있는 잡초에 유달리 신경을 쓰는 눈치였다.

그 마음을 읽은 명중이 한 자리에 웅크리고 앉아 잡초를 골라 뽑기 시작했다.

얼핏 보기에 잔디 같은 것이 마디마다 뿌리를 내리는 줄 풀이었다.

"며칠만 버려두면 잡초가 잔디를 못 쓰게 만들어요. 뽑을 시기를 놓치면 아예 걷어내고 다시 깔아야 하는데 그 작업이 쉽지 않을뿐더러 경비도 많이 들거든요. 뻔히 알면서도 일손이 딸리니 이 모양입니다. 우리도 외국 사람이 하듯 제초제를 쓰는 수밖에 도리 없겠어요. 흙을 죽이는 일인데."

"세상에 쉬운 일이 없군."

명중은 부지런히 손을 놀렸다.

"아저씨, 일어나세요. 이런 일은 끝이 없어요. 은근히 골탕 먹는 일이라고요. 아침나절 풀을 뽑고 왔을 뿐인데 왜 이렇게 뼈마디가 쑤시나? 하고 의아한 때가 있었어요. 나중에 알고 보니 활달하게 몸을 쓰며 움직이는 것보다 쪼그리고 앉아 집중하는 일이 뼈에 훨씬 더 무리가 간다는 사실을 알았어요."

클로버 꽃반지 끼고 중이 싱글벙글이다. 여준이 함께 놀아 준 덕분이다.

상추쌈에 강된장에 땅에 묻은 묵은 김치가 일품이었다. 갓 따온 풋고추는 싱그러운 계절감각을 뽐내고 금방 찐 가지나물은 혀끝에 달았다.

명중은 덧없이 흘러간 유년의 세월을 단숨에 보상받는 기분이었다. 그러나 그 마음을 알 사람은 이제 이곳에 없다.

수정은 갔어도 그녀가 다녀간 흔적을 따라 옛길 같은 새 길을 다지고 있는 것이다.

몸을 씻고 마당에 내려서니 처마 밑에 세워 두었던 나무 평상이 깔린다. 멍석보다 깔끔하고 시원하다.

목부들이 앞뒤로 모깃불을 지폈다.

달이 없어도 처마에 걸린 전등이 주변을 깊고 아늑하게 했다. 어느 산골짜기가 부럽지 않았다.

길게 누워 그대로 잠들고 싶은 때 얼굴도 보이지 않는 여준이 말을 걸어왔다.

"아저씨는 윤회를 믿으세요?"

"그렇게 심오한 영혼의 문제를 두고 어찌 믿는다. 안 믿는다. 단정을 내릴 수 있어. 모르는 사실 앞에 그저 겸허해야지."

"저는 절에 다닌 적 없지만 윤회에 대해 숙연한 마음인걸요."

하면서 여준이 들려주는 이야기는 새로운 경지였다.

밤마다 눈물을 흘리는 개가 있다는 이야기다.

처음에는 여준이 듣는 둥 마는 둥 웃어 넘겼더란다. 이에 자존심이 상한 친구가 내기를 하자고 덤볐다.

"뮤지컬을 보여주기야. 밥도 사야 돼."

"너도 반드시 개의 눈물이란 증거를 대어야 해?"

여준이 친구 길자로부터 들은 이야기는 이렇게 시작되었다.

—이웃에 사는 엄마의 친구가 전화를 했다.

강아지 한 마리 분양 받지 않겠느냐고 묻는 것이었다. 초등학교 3년생인 막내아들이 강아지를 키우고 싶어 안달이지만 아파트에서 개를 키우지 못하게 한다고 엄마가 말해 주었다.

하지만 전화를 끊고 생각하니 어린 것이 그렇게 소원인데 공짜로 생긴 강아지마저 뿌리친 것이 마음에 걸렸다.

엄마가 다시 전화를 했다. 친구는 방금 젖을 뗐으니 강아지는 한동안 방안에만 있을 것이라 했다. 부리나케 찾아가 그 중 예쁜 놈으로 한 마리를 골라 왔다.

막내가 돌아와 기뻐하는 모습을 보니 엄마 마음이 흐뭇하기 그지없었다.

막내가 강아지 이름을 지어 달란다. 엄마는 기쁨에서 따온 애칭 '기삐' 라고 부르자 했다.

엄마는 저녁상을 치우다 말고 문득 새벽녘에 꾼 꿈 생각이 났다.

3년 전에 돌아가신 친정어머니가 하소연을 했던 것이다.

'네 집에 와서 살고 싶다! 내가 너무 힘들어서 그래.'

그 말 한 마디만 선명하게 떠오를 뿐 앞뒤가 없는 꿈이었다.

엄마는 고개를 갸웃했다. 저 강아지와 무연하지 않는 것 같은 얄궂은 생각이 들어서다.

이 무슨 망발이야 하면서도 그 사실을 남편에게 이야기하지 않고 도저히 그냥 넘길 수가 없었다.

몹쓸 소리 한다고 남편이 꾸짖었다. 행여 애들 귀에 들릴까 입단속도 잊지 않았다. 엄마도 전적으로 남편 말에 동조하지 않을 수가 없었다.

그런데 며칠이 지나지 않아 황당한 일이 일어났다.

저녁 준비에 바쁜 엄마를 막내가 큰 소리로 불렀다.

“엄마 여기 좀 와 보세요. 엄마 얼른요.”

놀라서 찾아드니 막내가 하는 말이 신기하다.

“기쁘 눈 좀 보세요. 돌아가신 외할머니 눈하고 똑같아요.”

“그라고 보니 닮았다.”

“엄마 그렇게 말고 더 자세히 보세요.”

천진하고 새까만 두 눈이 엄마 눈에 쏘옥 들어왔다.

“맞지요. 할머니랑 똑 같지요.”

한데 그런 일이 있고 나서 집안이 텅 빈 한가한 틈에 엄마가 유심히 들여다보는 기쁘의 눈 속에 두 사람의 교감이 이루어지는 듯했다.

영혼은 생명체를 윤회하는 것인가, 어떤 연유로 짐승의 몸을 빌기도 하는가, 엄마는 끝없는 번뇌에 사로잡히는 것이었다.

끼니때가 되면 개밥 그릇을 든 엄마의 손이 자주 떨렸다.

국이면 국, 찌개면 찌개에 밥을 말아서 기쁘 앞에 놓으며 엄마가 잊지 않고 하는 말이 있었으니 ‘어서 몸 바꾸시오’ 하는 기원이었다.

기쁘는 무럭무럭 잘도 자랐다. 아이들의 사랑 속에 그 성품이 날로 온화하게만 보였다. 그러나 더는 방안에서 키울 수 없는 덩치가 되었다.

베란다에 나가게 된 첫날밤은 밤새 낑낑거려 성가셨지만 어차피 한 번은 겪어야 할 과정이었다.

개집을 만들어 담요를 깔아 주었지만 바깥 날씨가 혹독하게 추울 때면 엄마는 왠지 신경이 쓰였다.

'내가 어찌해야 옳단 말이냐, 이 무슨 변괴냐, 네가 정말로 내 엄마냐, 그럴 리 없다.'

엄마는 개를 쓰다듬으며 끝내 눈물을 훔치는 것이었다.

오래지 않아 기쁘는 짖지 않는 개로 이웃에 알려졌다.

아파트에서 개를 키우면 고발당하는데도 불구하고 남몰래 키울 수 있는 장점이기도 했다.

굳이 나무라는 사람도 없고 어디로 마땅히 보낼 곳도 없었다.

하루는 새벽 잠 없는 남편이 엄마를 손짓으로 불렀다.

"기쁘가 울었어, 밤새 흘린 눈물이라고."

젖은 시멘트 바닥을 손가락으로 가리키는 것이었다.

"설마!"

"맞아. 내일 새벽에 다시 확인해."

"그럴 수가!"

"나도 놀랐어. 당신에게 알리기까지 나름대로 고민했다고."

"언제부터야?"

"그건 모르지, 나도 눈물을 알아본 건 오늘이 사흘째야."

남편의 마음도 말이 아닌 듯싶었다.

표정이 그렇게 심각할 수가 없었다.

"내가 어렸을 때 소가 운다는 말은 들었어. 하지만 개가 운다는 소리는 듣도 보도 못했는데……."

아빠와 엄마는 서로의 손을 잡고 탄식했다.

"너무 너무 이상해."

"정말이야, 사는 게 뭐 이래!"

명중도 영식도 한동안 말이 없었다.

여준의 이야기는 이어졌다.

길자와 약속한 주말 새벽에 여준이 그 집으로 가게 되었다.

친구는 시간에 맞추어 저네 집 출입구에서 여준을 기다리고 있었다.

두 사람은 다른 식구들이 눈치 채지 못하도록 살그머니 베란다에 이르렀다.

여준이 본 바에 의하면 개가 흘린 눈물은 시멘트 바닥이 널리 젖어 있을 정도였다.

눈물자국이 아니고는 아니 되는 흔적들이었다.

방울방울 떨어져 사방에 널려 있는 얼룩이 그랬다.

여준은 개 앞에 쪼그리고 앉아 하염없이 바라보다 말고 자지러지는 목소리로 혼잣말을 했다.

"사람이 죽어 개가 되다니 있을 법이나 한 일이야?"

여준의 꼴이 크게 낭패를 당한 모습이었던지 길자가 어른스레 말을 했다.

"꼭 그렇게 단정 지어 말할 수는 없잖아. 막연한 상상일 뿐이지."

그러나 그렇게 말하는 친구마저 분위기를 역전시키지 못하고 끝내 침울해 하면서 여준을 위로하고 있었다.

"네 안색이 말이 아니다. 얘, 너무 심각하게 생각할 것 없어."

혼자 집으로 돌아오는 길 내내 여준은 속으로 발버둥이라도 치고 싶었다.

'사람은 영원히 사람이어야 해. 죽었다 다시 태어나도 인간은 인간, 짐승은 짐승, 그리고 미물은 미물이어야지. 몸은 바뀌고 시대는 달라진다 해도 이렇게 빛나는 자존심을 어떻게 한단 말이야.'

그런데 미심쩍은 구석이 있었다.

영적인 교감에는 미물과 영장류가 따로 있지 않았다는 깨우침이 그것이다.

영계를 다녀온 경험이라고 말해야 할지, 무의식 세계를 들여다본 느낌이라 해야 할지 분간이 안 되지만 신기하게도 뜻이 통하는 단일세계가 있었던 것이다.

15

여준은 자기도 시간이 허락하면 보육원을 한 번 찾아가 보고 싶다는 말을 했다. 명중은 가지고 온 원장님의 명함을 건네주었다.

"아저씨, 윤자엄마라는 이의 인상 좀 말해 주세요."

"시종 느긋하지 뭐. 할머니처럼 보고 싶어 안달할 리 있나? 젊은 사람은 삶에 취해 살고 늙은 사람은 남은 날에 매달려 사니까."

여준은 보육원 사람들에 지나친 관심을 보이며 다시 물었다.

"스쳐 지나가는 그런 인상 말고 아저씨 여자 보는 눈 있으시잖아요? 식당 집 할머니 딸보다 더 고운지, 어떤지를 묻는 거예요."

"아주 달라. 그 분이 콩나물 같았다면 윤자 씨는 붓꽃 같다고나 할까. 음지와 양지에 사는 식물의 차이만큼이나 서로 달랐어."

"식당 집 할머니 딸 반복자 씨의 불행이 가슴 아파요. 인상도 너무 여리고. 한데 청보리집 할머니 딸은 인상부터 반대라니 우선 마음이 놓여요. 두 분 다 첫인상이 참 좋았나 봐요. 물론 아저씨에게는 이수정이 제일이지만?"

"으랏차차, 자기 엄마 이름을 함부로 불렀어?"

영식이가 여준의 말을 챙기는 순간이었다.

"중이 엄마한테 그렇게 보였다면 유감인데! 엄마랑 나는 세상 모르는 못난이와 세상 넓은 못난이 사이였지. 서로의 약점이 먼저 통했거든."

"솔직히 말해서 엄마는 외모 덕을 톡톡히 보았어요, 뭘. 보는 사람마다 미인이라고 한 마디씩은 했죠. 자신감에서인지 외모에 너무 신경을 안 썼어요. 그것이 저의 불만이기도 했고요. 남녀 간에 인상이 좋으면 일하기 쉬워요. 첫인상이 아무리 좋아도 교양이 없으면 금방 싫증나기도 하지만 대개 겉모습에서 속마음을 읽을 수 있거든요."

"중이 엄마한테는 두 손 들었어."

"저가 기어코 이겼군요. 엄마가 저의 그런 점을 못 견뎌 했는데."

"모녀가 너무 닮은꼴이어서 그래."

"아, 성공이다. 전에는 몰랐지만 이제 저는 정말로 엄마를 닮고 싶어요. 천하에 못난 우리 아버지 때문에 엄마를 턱없이 오해하고 홀대했지요. 그런 저 자신을 참기 힘들었어요. 그런데 아저씨는 엄마 꿈 안 꾸세요?"

"몇 번, 아주 희미하게."

"저는 처음 한 달간 하루도 그르지 않고 엄마와 함께였어요. 꿈의 나날이었죠. 어느 날 밤에 총알같이 날아가는 저 자신에 놀라

속력을 줄이는데 죽을힘을 다했어요. 잠을 깼을 때 온몸이 땀에 흠뻑 젖어 있었으니까요. 속도를 벗어나기 위해 불은 몸과 애쓴 마음은 알겠는데 나란 핵심 알갱이는 무엇이었을까요. 정신은 분명 그 다음이었거든요. 시간이 지나도 아찔한 거예요. 엄마는 보이지 않았지만 엄마 따라 저승 갈 뻔했구나! 했지요. 그 경험만은 절대로 지구상에 있을 법한 일이 아닌 거예요. 은근히 걱정이 되면서 아주 나쁜 징조로 마음에 새겼어요. 확실하지는 않지만 그다음 한동안 꿈이 사라졌던 걸로 기억되어요."

"다 죽게 마련이지만 참답게 살아보지도 못하고 가버린 건 쓰라린 일이야."

"아저씨! 이따금 말입니다. 확고한 것 같던 사람의 이 한 세상이 꿈만 같은가 하면 꿈 가운데 변화무쌍하던 실험세계가 흡사 본래의 고향 같은 때가 있어요. 엄마랑 같이 살아 본 어린 시절 기억이 하도 아득해서 그런가 봐요. 한 번은 꿈을 꾸었는데 이전 상태와는 달리 서로 헤어져 안타까운 처지를 함께 우는 것이었어요. 감정이 복받쳐 오르면서 서로 얼싸안고 마구 흔들었지요. 갑자기 엄마 몸이 뻣뻣한 거예요. '참! 엄마는 죽었잖아' 나의 그 깨달음이 엄마에게 통한 듯 그 밤 이후 우리의 꿈은 끝이 났어요. 비로소 엄마가 우리의 상황을 이해한 것 같았어요. 그 전에는 엄마도 생사로 나뉜 우리의 입장 차이를 느끼지 못한 거라 생각되어요."

"그럼, 이젠 꿈이 전혀 없는 건가?"

"아주 오랫동안 꿈이 없었는데 비몽사몽(非夢似夢) 간에 탈의실 안에서 무언지 못마땅해 하는 엄마의 기척이 있었어요. 저가 다가갔더니 외출복도 마땅치 않고…… 종이도 펜도 없는데 어떻게 된 거야? 하는 불평이었어요.”

“죽은 사람이 그런 걸 뭣에 쓰려고?”

하면서 면박을 주었지요. 꿈을 깨고 생각해도 저는 어쩜 그렇게 당돌한 말을 했겠어요? 그 후로 소식 감감이더니 어느 날 새벽꿈에 소설에서 보았음직한 공중마차를 타고 엄마가 제 눈앞에서 사라졌어요.

엄마는 나를 보지 못해도 나는 멀리 있었지만 엄마가 아주 잘 보이는 곳에 서 있었어요. 엄마는 마치 신데렐라처럼 눈부시게 아름다운 자태로 마차에 올랐어요. 높은 신분을 나타내는 홀(忽) 같은 것이 엄마를 받드는 배경이었지요. 저는 짐작했어요. 이것이 우리의 하염없는 이별이구나! 하고.

“아저씨가 오시니 정말 좋아요. 중이 엄마 보세요. 얼마나 흐뭇해 하는지.”

영식은 어질고 성실한 부모 밑에서 정말 바르게 자란 사람이다. 내 아들 혁은 나를 닮아서 매사에 솔직한 표현이 없다.

자기 껍질 속에 갇혀 자신도 외롭고 주변 사람도 외롭게 만든다. 그걸 모르면 마음이라도 편치, 뻔히 알고 있으니 서로가 불행하다. 만나면 불편하고 헤어지면 은근히 가슴 쓰리고…….

“아저씨, 자주는 아니더라도 서울 오시면 꼭 저희 집에 머무셔야 해요.”

여준의 말이다.

"그렇게 하도록 하지, 우리 서로 버팀목도 되고 디딤돌도 되는 길이니 그렇게 살아보자고."

"아저씨, 이것 보셔요."

여준이 일어나 한 쪽 손을 허리에 두고 남은 한 손을 치켜들어 반짝반짝 빛나는 어린이의 동작을 취했다. 손동작에 엇갈리는 발 모양이 전신의 율동을 자아내는 것이었다. 아이들의 춤사위를 흉내 내었을 뿐인데 그 움직임이 예사롭지 않은 것이다.

"중이 엄마. 아들한테서 춤 배웠구나?"

"아니에요, 아저씨. 저 사람은 누구도 흉내 낼 수 없는 춤꾼이에요. 노래만 나오면 헐렁대지요. 정식으로 배운 춤이 아니어서 어떤 정형(定形)은 없지만 그래서 더 흥미 있고 흥거운걸요."

"즐겁게 사는군. 그래야지, 즐거운 마음가짐은 더불어 사는 세상에 대한 보시라고 생각해."

"영식 씨가 오랫동안 어둠 속에 갇혀 있던 즐거운 마음을 밝은 곳으로 끌어냈어요. 영식 씨를 만나기 전에 저는 자기 방어에만 충실했어요. 저의 내면에 원시성이 상당히 강했단 말이에요. 그래서 저랑 같이 지낸 짧은 기간이나마 우리 엄마가 불행했어요. 이제 이 세상 다 가도록 엄마에게 사죄할 일만 남은 셈이지요? 엄마가 가시고 처음에는 생사가 따로 없는 것 같았는데 세월이 갈수록 생과 사는 뚜렷이 별개에요. 그래도 저는 엄마를 믿어요. 무엇으로든 우리는 다시 만나요. 그래서 저는 꾸준히 제 잘못을 뉘우치고 그리고 엄마가 세상에서 제일 좋아한 아저씨에게 정성을 기울일 거예요. 아저씨 어딘가에 엄마가 있는 기분으로."

“또, 또!”

영식의 목소리였다.

“아저씨, 영식 씨가 저보다 아저씨를 더 좋아하는 것까진 모르시죠. 엄마 장례 기간 내내 함께 있는 동안 아저씨가 영식 씨에게 말을 하시면 자기는 모범생 기분이 되고 아저씨가 자기 말을 들어 주실 때는 아저씨에게서 향기가 났데요. 저는 오랫동안 잊고 있었는데 방금 그 말이 떠올랐어요.”

“말은 그 사람의 인격이라고 했는데 사람의 향기를 맡는 영식의 사람됨을 알아보는 대목이기도 하지. 여준이 그걸 알아?”

“영식 씨는 그런 대열에 끼지 못해요. 착하긴 해도 차례 멀었어요.”

“일상생활에서 인격이 가려지나? 각박한 삶 속에 살기 바쁜데……. 사람마다 타고 난 성정이 있어, 그것만은 배워서 되는 게 아니지. 그리고 말이야, 나도 알고 보면 그렇게 범속한 인간일 수가 없어. 남달리 자연친화적이라는 것도 건전한 생활인의 올바른 습관에서 나오지 않거든. 남다른 허물이 있고 부끄러운 점이 많아도 용케 잘 감추고 산 결과야. 환경의 지배를 받는 인간은 결코 믿을 바가 못돼. 나에 대해 어떤 환상을 가졌다면 이번 기회에 깨어나는 게 좋아. 피차 자유롭게 되기 위한 말이야.”

“제주도에 영주하실 거예요?”

영식이 분위기를 바꾸어 보려고 하는 말이었다.

“나는 틀에 잡힌 만남이 싫고 판에 박힌 생활이 싫어, 이따금 광활한 벌판길을 달리던 황량한 고독이 떠오르면 덤덤한 일상 속에서도 감사하고 있지, 아마 여준인 알 거야. 조국이 무언지, 혼자 있어도 외롭지가 않다는 사실을.”

“예, 이웃이 서로 말 없이 지내도 푸근한 게 내 나라 같아요. 우리의 이야기가 길어질수록 엄마의 빈 자리가 아물고 있는 것처럼.”

“정말이야, 엄마가 맺어준 우리가 함께 있는 동안은 이 집안이 넘치게 엄마도 있는 거야.”

“예, 있는 것도 다 못 챙기는 주제에 저가 없는 것을 넘보았지요. 달이 뜨는 곳이면 어디든지 간다고 하신 말씀 기억하세요? 엄마의 유골을 동해에 뿌리고 돌아오는 길에 우리 경주에서 헤어졌지요. 그 때 아저씨가 남긴 마지막 말씀이라고요. 슬프지만 무척 낭만적이었어요.”

“나는 그 밤에 이 세상 태어나 처음으로 바다 한가운데서 달을 본 거야. 그날 이후 내 안에서는 줄곧 달이 출렁거려.”

여준의 얼굴이 하염없이 일그러졌다.

“이런 꼴 보이려고 아저씨를 오시라 하지 않았는데.”

여준은 흐르는 눈물을 감추지 않았다.

“구태여 구속하고 구속당할 것 없어 울고 웃고 나는 다 좋은 걸.”

“아저씨는 모든 걸 편하게 풀어주세요. 저도 닥치는 대로 밀고 나가는 형이거든요. 그런데 여준 씨는 자기 감정에 사로잡혀 쩔쩔매면서도 해결점을 찾으려 하지 않아요. 일전에 저가 외출에서 돌아왔을 때 일이 잘못 되었냐고 물어 보셨지요. 그 때 저가 나중에 말씀 드리겠다고 하고는 그냥 지나쳤어요. 여준 씨 마음을 다칠 염려가 있어 망설인 겁니다.”

“그런 말 하느니 아예 다 털어놓고 말지.”

여준이 시큰둥해서 하는 말이었다. 영식은 기다렸다는 듯이 다시 말했다.

“장인어른 때문인데요. 여준 씨가 싫어하는 줄 알지마는 저는 몸을 뺄 수가 없어요. 친구 일도 그렇고요. 장인은 정신적으로 불안하시지 않은가? 의심이 가고요. 오늘 전화한 친구는 지금 가정 파탄 위험에 빠졌어요. 전혀 다른 두 사람에 공통점이 있다면 외롭다 못해 그리 되었어요. 날이 갈수록 장인에게는 나밖에 없다는 결론이 나오고 오늘 이야기 한 친구는 저와 여준 씨가 맺어지는데 일등 공신이었거든요. 그런데 외국 체류기간에 실수로 그만 여자의 덫에 걸렸어요. 아내가 이혼을 하자고 하는데 속수무책인 거예요.”

여준이 영식을 앞질러 말을 하고 있었다.

“여자는 실수를 하면 아니 되고 남자는 실수를 해도 되는 건 아니지? 남의 일에 끼어들지 말아요. 당사자가 해결할 문제이니.”

여준이 면박을 주어도 영식은 결심이 선 듯 다시 말했다.

“장인이 내미는 손을 어떻게 뿌리칠 것이며 친구가 앓는데 어찌 외면할 수 있겠어요. 아저씨! 말씀 좀 해 주세요.”

아저씨가 즉각 말문을 열었다.

“상담자가 되는데 깊이 빠져들지 말라고 하고 싶어. 감상상태여야 해결점이 보이는데, 몰입상태가 되어 버리면 마음만 괴롭지 일은 풀리지 않을 수가 있다는 거야. 그 왜 말이 있잖아, 물에 빠진 사람을 정면에서 구하러 들면 다 같이 죽게 된다는……."

"당장은 잘 몰라도 명심하겠어요. 되풀이해서 생각하다 보면 은은하게 다가오는 해법이 있겠지요."

"어쭈! 허풍선이 도인 났네."

"우물 안 개구리도 어쩌다 하늘을 보는 수가 있다고."

영식이 아저씨를 믿고 큰 소리쳤다.

"장인에게 잘하다 보면 좋은 날 있을 거야. 어질고 착한 남편에 지혜로운 아내면 아무 문제없어."

16

유치원생들이 인도에 모여 있다. 아이들이 걱정되어 보아하니 보모로 보이는 젊은 여성 몇 사람이 철없는 아이들을 에워싸고 있다.

언제 어디서 보아도 어린이는 당대의 꽃이다. 온몸으로 기쁨을 전하는 꽃 중에 장엄한 사람의 꽃이다. 그들을 지나치는 영식의 기분이 밝아졌다.

멀지 않은 곳에 친구 중한의 귀국을 축하하는 모임이 기다리기 때문이다.

'중한이 누군가! 노총각 영식의 결혼을 앞당겨 준 인물이 아니던가.'

영식은 중한을 믿고 처음으로 미국을 찾았고 그 첫나들이 비행기 안에서 여준을 만났던 것이다. 운명적인 만남의 끈이 되었다 하여 그는 자칭 하늘이 내린 중신애비라 한다.

오늘 모이는 친구들은 거의 그의 신세를 졌다. 모두가 중한이 덕에 미국 구경을 하게 된 촌놈들이니까.

한 고향에 뿌리를 둔 친구들은 학력과 경력을 떠나 산다. 농사꾼이 있는가 하면 마도로스 출신이 있고 이민자가 있는가 하면 실업자가 있다.

어디서 무얼 하고 있든지 이들은 세련되지 못한 공통점을 가지고 있다. 만날 때마다 그동안 밀린 소문, 당한 사정 형편들을 들추어낸다. 그것이 소꿉동무 의리인 것이다. 행여 여자 아이 이야기라도 도마에 오르면 누군가는 소리친다.

'아, 내 전처 이야기야?'

그건 어린 시절 소꿉장난할 때 너는 아빠, 나는 엄마, 하고 살림 살던 때를 상기하는 말이다. 바로 이웃에 살았다는 증거인데 반드시 그렇지 않더라도 웃자고 말하는 이들만의 은어(隱語)였다.

영식이 먼저 자기 사정 이야기를 시작했다. 조만간 회사를 그만두어야 할 고민 때문이었다. 영식은 당당한 체격에 비해 유달리 술이 약했다. 그를 더욱 움츠러들게 하는 사건이 있었다면서 영식은 말했다.

─대학 동료 가운데 제일 잘나가던 동창 녀석이 순직했다. 외국바이어 술시중 자리에 불려 다닌 결과다. 높은 사람들은 부하 직원을 자기 대신 술잔 비우는 도구로 쓴다. 그것이 윗사람을 위하고 아랫사람을 지키는 대기업 풍토다. 순직한 친구는 가족도 동료도 곁에 없는 빈 방에서 만 하루가 지난 뒤 시신으로 발견됐다. 시신은 온통 새빨갛게 달아오른 빛깔이었다. 밤 회식이 끝나고 너무

늦어 귀가할 수 없는 직원을 위해 회사는 호텔에 전용 숙직실을 두고 있는 것이었다.

이따금 있는 일이어서 가족은 회사로 곧장 출근했으려니 했다. 마찬가지로 회사에서는 지난 밤 술기운 때문에 출근이 늦는구나, 했다. 오후 시간이 기울도록 있어야 할 전화 연락이 없자 젊은 아내가 먼저 회사로 남편을 찾았다.

입에서 입으로 번진 소문에 회사가 발칵 뒤집혔다. 손 한 번 써볼 틈 없이 당한 일이었다.

충격을 충성의 대가로 전환시키는 장례 절차는 진행되었다. 대기업 위상에 걸맞는 호화행사가 무슨 소용인가. 간신히 정장차림을 한 아기 상주 둘이서 장난치는 장례식장은 참상이었다.―

영식은 회식자리가 무섭다고 했다. 친구를 잃은 후 술에 대한 공포가 부쩍 늘었다는 것이다. 마지못해 취하고 밤새 토하고 며칠씩 후유증에 시달리는 생활에 종지부를 찍겠다는 것이었다. 가족 부양책임 때문에 저 죽을 줄 뻔히 아는 대기업 봉사기간에 얻는 건 잃는 걸 따르지 못한다고 그는 힘주어 말하는 것이었다. 아무도 이견을 내지 못했다. 묘책도 있을 리 없었다.

차라리 흙으로 돌아가자 하고 야산을 빌려 호박을 심은 친구만이 자기는 계절 없이 추수를 한다고 자랑 아닌 자랑을 했다. 애호박 늙은 호박 가리지 않고 꽃순이나 잎사귀를 무더기로 묶어서 시장에 낸다는 말도 덧붙였다. 영식은 아버지의 농장이 있지 않느냐, 힘은 들겠지만 마음은 편하리라, 말은 그렇게 끝났다. 아내가 아이들을 키워놓고 학원 영어 강사를 할 작정이니 그나마 숨통이

트일 일이다. 아직은 계획일 뿐인데 모두가 부러워하는 눈치다.

"영식이 네 색시 자랑 좀 해라. 우리 모두 용서할게."

농사꾼 친구가 말을 했다. 모두가 호의를 보이는 중에 누군가 덧붙였다.

"정말 그래. 추측만 무성하지, 정보가 없어."

"뭐가 궁금한데?"

"홀어머니라더니 식장에 아버지가 나타났다며? 그리고 장례식엔 왜 또 안 보이는데? 네 처가 사정이 예사롭지 않다 했어."

"그 말 하면 골치 아파. 나도 부녀 사이에서 난처한 입장이니까."

"아버지가 이중생활을 하는구나, 엄마가 뛰쳐나오고 뭐 그런 거야?"

"여기, 추리소설 작가 났네."

"암말 말아, 영식이 이야기 좀 들어보자."

"나도 확실하지는 않은데, 아내의 자기 아버지에 대한 원한이 깊어, 장인은 나한테 애정공세를 펴고. 아내는 나한테 상대하지 말란 식이고."

"새엄마는? 이복동생도 있을 것 아니야."

"다 있어. 여준 씨만 빼고 모두 호화판인 거야. 문제는 아내가 그쪽을 보면 사람이 무섭게 달라져 버려. 아버지는 무조건 나를 통해 전기(轉機)를 마련하려는 것 같은데 아내는 절대로 용납을 않거든……."

"엄마랑 단 둘이 단조롭다 했더니 의외로 내막이 복잡하다, 그치?”

 “그거야. 장인만 아니면 나도 훌훌 털고 우리끼리 행복하게 살고 싶어.”

 “그런 소리 마라. 그 재산 어디로 가나? 법적으로 보장된 몫이 있는데.”

 “그게 아닌가 봐. 철저히 아닌 눈치야. 나도 감을 잡았어. 자 이제 내 이야기는 그만 하자. 나도 아직 잘 모르니, 나중에 아는 대로 밝히고 그 때 너희 조언을 구할게.”

 “그래, 그럼 이럴 것이 아니라 중한이 못 보았으니까. 영식이 결혼식 장면이나 소개하지, 그날은 진짜로 기분 짱이었으니…….”

 “내가 주인공을 위해 홈런을 날린 주역이었지.”

 사업하는 사장 친구가 서두를 끌어냈다.

 “영식이 미국에서도 미인에 속하는 미모의 신부를 맞이한다는 데 그냥 있을 수 있나! 내가 후배들을 동원했었지. 왜 있잖아? 웨딩 마치에 발맞추어 식장에 들어선 신부는 축하객들의 박수를 받으며 식장 중앙으로 들어오지. 거기서부터 ROTC 정복차림의 건장한 친구들이 긴 칼 터널을 통과하도록 한 거야. 식이 끝나고 퇴장할 때도 그래. 신속하게 도열한 아까 그 친구들이 차렷! 받들어 총! 하는 군대식 구령에 따라 일사분란하게 만든 터널 속으로 이번에는 신랑신부가 팔을 끼고 나오는 거야. 그런데 중간 쯤 자리 잡은 녀석의 긴 칼이 아래로 처지며 신랑 신부 앞길을 가로막게 되지. 미리 짜진 각본대로 양편 칼잡이가 땅을 가리키니 오늘의 주인공이 그 속에 갇힐 수밖에. 그 중 한 사람이 상관에게 보고하는 식으로 외치지 않겠어. ‘신랑은 신부를 인형처럼 가볍게 안아 올리시 지요. 두 몸이 하나가 되지 아니 하면 이 문을 통과할 수 없습니 다.’ 엄숙한 식장은 웃음바다가 되는 거야. ‘선배를 이런 식으로 골탕 먹여도 돼?’ 하며 신랑이 버티어 보지만 ‘예, 전통적으로 그 랬습니다.’ 하는데 도리 있어? 흡족한 결과를 얻어 낸 뒤 그 다음 칼잡이가 다시 외치는 거야. ‘신부는 신랑의 앞이빨이 쏙 빠지도 록 정열적인 키스를 하십시오. 아니면 이 문을 절대로 통과 할 수 없습니다.’ 아! 그 때 중한이 있어야 하는데…….”

“결국 인생은 연출하기 나름이야. 꼭 같은 구조를 가진 아파트 도 주인에 따라 집집마다 분위기가 딴판이듯이.”

“그 옛날 토담집 안마당에 초례상 차려놓고 동네 사람들 웅성거 리던 그 시절이 좋았어. 지금도 전통혼례를 택하는 쪽이 있지만 너무 상업적인 절차에 겉모습만 화려하지 속은 허전하더라.”

“우리네 가족구성도 그래, 신부가 안방에 들면서 신랑은 변방 지 킴이지, 이 세상에 엄마같이 편한 사람은 다시 없구나! 하면서도 엄마로부터 멀어지는데 멈출 힘도 막을 힘도 없이 마냥 밀리는 기 분이거든. 계산상으로는 얻은 게 많은데 왜 문득 외로워지는지, 내 자신 모를 일이야.”

“아내가 널 힘들게 하니?”

“아니야, 절대로 아니야.”

“전혀 다른 세상길을 걸어온 두 사람이 합쳤는데 그 기류가 온화 하기만 하랴, 자기만의 개성을 찾아 꿈틀거릴 때도 있지. 그리고 그래, 엄마 같은 아내가 있다면 그 사나이는 평생 철부지지, 언제

믿음직한 남자가 되겠어?"

영식은 그 말에 진심으로 수긍이 갔다.

"그래, 똑 같이 출발을 해도 앞서거니 뒤서거니는 있게 마련이니까. 너! 우리의 지존인 거 알아야 해. 우리 모두 너의 지지대 정도로 믿으면 돼 알았어?"

"알다 말다. 마도로스 친구가 부친상을 당했을 때 이미 알고도 남았었지."

친구가 원양어선을 타는 중에 부친상을 당했던 것이다.

고향에 사는 친구는 물론 타지에 나가 있는 친구들마저 상가에 모여 들어 상주노릇을 한 이야기였다.

그래도 그 말을 처음 접하는 중한의 감동은 컸다.

서로 멀리 떨어져 있어도 필요한 거기, 서로의 손발이 되어주다니…….

"그래, 그래, 외롭고 서러울 틈이 없는 사나이 세상에 더불어 사는 맛이 일품인 거 알아."

"그런데 막상 오늘의 주인공 이야기는 왜 없는 거야?"

영식이 중한에게 묻는 말이다.

"나는 위기를 맞았어."

"어떤?"

"가정 파탄? 뭐 그런 거야."

사장 친구 물음에 중한은 눈을 내리 깔았다.

"주범은 너야?"

"그런 셈이지."

"가정을 떠나 너무 오래 혼자 있었던 게 발단이구만."

"겉으로 보면 그렇고 속으로 한 껍질 벗겨 보면 자꾸 새 껍질이 드러나는 모양새야. 의심의 껍질이 말이야."

"너, 혹시 아내를 의심하는 거니."

"그렇다는 말은 안 나오네."

"심증이던 물증이던 무언가 불거졌단 말 아이었나?"

"실은 그 어느 것도 아닌데 사람의 말초신경이 자극을 받으니까 이성을 잃어버리게 되더라고. 정신을 차렸을 때는 이미 늦었더라 그거야. 원상회복은 물 건너간 거라 그 말이지."

영식이 모임을 주선하느라 전화하던 중 이혼을 들먹이는 중한의 사정을 알았지만 그 때는 무마하기 바빠서 중한의 말을 무조건 수용했다. 그에 반해 지금은 형사처럼 사건 전말을 따지고 드는 것이다.

"결국, 따끔한 자기 죄는 뒷전으로 미루어두고 퀘퀘묵은 아내의 허물을 드러내 놓고 왈가왈부하자는 격이네. 바람둥이들이 대개 그런 식으로 책임소재를 흐린다. 너!"

"나는 완전히 코너에 몰렸어."

"야, 머리 좋은 넘만 살지, 우리 같은 쑥맥은 말귀도 못 알아듣겠다. 속 시원히 말 좀 해라, 그래야 장군인지 멍군인지 한 수를 읽지."

중한의 목소리가 한심한 지경이었다.

"아내의 여고 후배가 서울 갔다가 돌아오는 길에 아내 심부름으로 나를 찾아 왔어. 밖에서 만날 일이지, 글쎄 꼭 내 사는 꼴을 보고 오라고 했다는 거야. 여자들 속셈이 뻔히 드러나는 순간이었어. 몇 번 만난 일은 있어도 그 참 난감한 입장이었어. 하지만 피할 일도 아니었지. 나를 감시하고 보고할 밀명을 받고 온 거라 그러려니 했었거든. 그런데 그녀는 거꾸로 아내를 나에게 밀고한 거야. 내가 아내의 처음 남자가 아니라는 것이었어. 나도 홧김에 불장난을 치고 말았지. 지금은 진퇴양란이야.”

“상대는 바로 그 여자?”

“내가 아주 저질 덫에 걸려들었어.”

“그럼 아내도 그 사실을 안단 말이네?”

“아내에게 나를 고발하고 나에게 아내를 매도하는 양면 작전을 썼어.”

“그 여자의 의도가 무어야? 단순한 가정 파괴범 같아? 아니면 아내 자리를 노리는 거야?”

“이것도 같고 저것도 같고, 하여튼 아내의 과거를 들추어 말하게 된 내가 더 한심한 놈이지. 온통 뒤죽박죽이야, 수렁에 빠진 꼴이라고.”

“어린 딸이 있잖아.”

“응, 아빠를 몰라보고 낯을 가려. 너들 조심해라. 가정은 곧 우주인 거야.”

17

어두운 침묵을 깨고 영식이 말을 계속했다.

"왜 남자들은 동정을 지키지 않으면서 여자의 순결을 문제 삼지?"

"그러는 너는 딴 남자와 살던 여자도 상관없다는 말이야?"

"그건 다르지. 일단 심사를 거친 자기 아내를 두고 자신이 첫 남자다, 아니다 하는 걸로 문제를 일으키니 말이지. 하루만 사는 것이 아니잖아. 결혼이 어디 첫날밤을 위한 거야?"

"너는 숫처녀가 아니라도 상관없다, 그거야?"

"알려거든 결혼 전에 과거를 캤어야지. 부부동체라고 했는데 결혼을 하고나면 이전 일은 문제 삼을 자격이 없어진 거야. 그런 걸 알 필요가 없다는 말이야. 순결을 문제 삼는 남자는 순간을 즐길 인물이지, 결혼이란 대사를 치를 됨됨이가 못 된단 말이야, 그렇지 않아? 결혼이란 서로가 서로의 모자라는 점을 보완하는 데 의의가 있다고 봐. 후손을 위해서도 그렇고. 사람이 어디 몸으로만 사나. 정신력이 뒷받침 되어야지.”

“나도 그렇게 덤덤한 마음으로 살아 왔었지. 그런데 막상 딴 남자가 있었다는 사실을 구체적으로 들으니까 눈이 뒤집히더란 말이야.”

“그 심정도 이해는 돼. 부부가 함께 있을 때 같으면 상대의 변명도 들을 수 있고 실수로 받아들일 상황 전개도 있을 법한데. 한 마디로 악운이야.”

“내가 너들 조심하라고 한 말은 그런 말에 현혹되기 전에 그 따위 말을 하는 사람의 저의를 먼저 의심하라고 일러주고 싶어서야.”

“맞아, 양식이 있는 사람이 할 짓은 아니니까.”

“우선 눈앞에 과일이 달다고, 내가 넘어간 거야.”

중한은 한숨을 길게 뿜으면서 탄식조로 다시 말을 했다.

“내가 소인배였어. 갓난쟁이 때부터 성질 급한 울음을 울었대. 그래서 아버지가 만사 신중하게 대처해 나가라고 신중한이라 이름 지었다는데 타고난 성격은 어쩔 수 없나 봐.”

“우리 모두 지혜를 모아 보자. 무슨 방법이 없을까.”

“직장여성이 힘을 실어주지만 짐을 부려놓기도 하지. 다시 한 번 말한다. 니들 조심해라.”

“직장여성 얻지 말라고 하는 말이야?”

호박 농사에 재미 붙인 농사꾼 친구가 그 말을 받아 말했다.

“짜슥! 남의 말에 좌우되지 말고 신중하게 대처하란 말이라잖아.”

“아니야, 바깥을 나도는 여자는 요주의 인물이란 말 같은데?”

실직자 친구의 의견이다.

“가정은 부부가 공히 책임질 성채(城砦)야. 태풍도 불고 벼락이 치기도 하지, 한바탕 겪고 나면 상처를 메우고 흠집을 수선해서 사는 거야. 어찌 태평하기만 바라.”

영식이 심각한 어조로 말을 이어 나갔다.

“우리 부모님을 봐라, 그 얼굴에 온갖 풍상이 깃들어 있잖아. 그래도 애물단지들만 보면 무슨 신주단지 대하듯 하시지, 부모로부터 물려받은 가정을 쉽게 알면 큰 벌 받아. 귀한 자식에 우선할 만큼 대단한 부부의 허물은 없거든, 중한이 냉정하게 대처해야 돼. 내가 보기에 아내에 대한 미움은 일시적인 사랑의 변형인 거야. 사랑만큼이나 미움도 뜨거웠었지. 불장난은 빨리 끝낼수록 좋은 일시적 유희야. 아내 앞에 잘못을 인정해.”

“영식의 말은 우주를 탐색하는 선지자 말씀이니 새겨 들을지어다.”

마도로스 친구의 목소리였다.

“우주 탐색이라니 금시초문인데?”

신중한이 물었다.

“아! 그런 것 있어. 영식인 천체물리학에 심취해 있단 말이야.”

“어떻게?”

“책을 잃고 인터넷 창구를 열고 또 그런 프로그램을 샅샅이 뒤지며 태초의 신비에 빠져든 거야. 아니 미래의 미궁에 빠졌다고도 할 수 있지. 지구의 수명이 다한다는 수 십 억년 뒤 이야기를 할 때면 우리가 먼지 같아. 살려고 아등바등하는 우리가 괴물 같아져.”

“진짜 괴물은 블랙홀인지 뭔지 하는 거였어. 어디에 있는지, 얼마나 많은지, 그 정체를 알 수 없는 거대한 괴물은 지구보다 몇 배나 큰 별들을 마구잡이로 잡아먹는다는 것 아니야. 죽어가는 별들이 일그러지며 뿜어내는 빛의 소용돌이로나 그 존재가 드러난다니 사람 환장할 노릇이지. 우주 쇼의 경지에 한 번 취하면 우주관은 물론 인생관이 통째 달라지는 건 물론 만사 헛되고 헛되더라 이거야. 있지도 않은 하늘에 빌고 있지도 않은 영원을 믿는 인간 세상이 얼마나 서러운지.”

“아무나 덤빌 경지는 아닌 것 같은데?”

“정보 사회란 남이 일생을 바쳐 닦은 경지도 하루아침에 눈요기가 가능하고 남들이 갖은 수고 끝에 세운 공도 단시간에 내 것으로 받아들이는 세계라니까. 뜻이 있는 곳에 길이 있단 옛말이 초고속으로 열리는 거지, 너무들 인생을 겉돌아서 탈이지만.”

“그래서 무얼 하는데?”

“마음이 넓어지고 생각이 커지고 삶이 심지를 얻게 되지.”

“그래서 무엇이 달라지는데?”

“소방차가 물을 가득 싣고 와도 준비가 없으면 허탕이지. 하지만 준비된 사람은 각자 가진 그릇만큼 물을 받아 가는 것 아니겠어? 그렇게만 알고 있으면 차차 해답이 찾아질 거야. 눈에 보이는 게 전부는 아니니까.”

“배부른 소리들 하고 있네.”

자랑이 많기로 유명한 사장 친구가 조용했다.

"너, 왜 장인 사랑은 사위란 표어를 들고 나오지 않니, 아내 자랑도 괜찮아."

"우리 장인? 나 정말 존경했는데 그 이상으로 실망했어. 처남들도 점점 가관이고."

"그래? 귀가 솔깃해지네? 자랑은 들어 줄 인내심이 필요했는데 이제 푸근하게 들어볼 만한 일이겠다. 천갈이가 되던, 물갈이가 되던 한 수 가르쳐 줄게. 우리 앞에 몽땅 털어놓아."

"뭐, 일상 있는 일이라 이야깃거리도 아니지만 언제부터인가 아들이 윗저고리를 입혀 드렸는데 이젠 며느리가 구두끈을 매야 하더라 이거야. 당연한 것처럼 앉아 있으시는 품이 한심하단 말이야. 처남들도 기사를 대동하고 외출하기 위해 기회를 노리는 품이 치사해. 어디 가서 누구에게 허세를 부리려고 저러는가? 아까운 사람들 다 버리는구나! 하는 생각을 떨칠 수가 없어."

마도로스 친구가 그 말을 받았다.

"못난 인간들만 그리 되는 줄 알았더니 학자 출신 집안도 그러는 거야?"

지금까지 영식의 말에 몰두한 여준은 친구 중한의 근황에만 관심을 보였다. 미국에서 그가 보여준 호의에 대해 빚진 기분이라는 걸 영식이 당장 알아차렸다. 별도로 중한 씨 부부를 초대해야 되는 것 아니냐고 물어왔다.

영식이 얼른 그러자고 맞장구를 쳤다.

"숙명적인 중신애비 신중한 나리를 영식이 앞으로 어떻게 모실 건데?"

사장 친구가 너스레를 늘어놓자 중한이 말했던 것이다.

"모시기커녕 당하지나 말았으면 좋겠어. 머리 좋은 넘 잔대가리 굴리는데 내가 아주 진이 빠졌어. 얼렁뚱땅 웃기고 법석을 떨다가 저 자식이 떠난 다음에 내가 너무 쓸쓸해서 팔자에도 없는 여자문 제까지 생긴 것 아니겠어."

"아, 그건 금시초문이네."

"누구는 생의 황금기를 만나 번쩍번쩍 빛나는데 나는 한물갔구 나, 하고 생각하니 세상이 허무하고 신세한탄이 절로 나오더란 말 이야."

"아그, 아그, 전적으로 영식이 때문이었네?"

"정말이지 영식이 한날 한 비행기, 같은 좌석에 신부감을 배정받 은 행운은 길이 기억될 운명의 작품이었어. 솔직히 부럽기도 하 고. 그래서 흔쾌히 촌놈을 지원했는데 그럴수록 내 자신이 왜 자 꾸만 초라해지는지 너희가 그 기분을 알기나 해?"

영식이 마음이 아렸지만 집으로 돌아오는 차 속에서 내내 친구 를 향해 속으로 욕설을 퍼부었다.

그렇게라도 하지 않고는 분을 삭일 수가 없었던 것이다.

'부실한 놈! 아무리 정신이 허한 인간이기로서니, 자기 아내를 매도하는 여자의 덫에 걸려?'

화풀이는 고스란히 자기 자신에게로 되돌아오는 줄 뻔히 알면서 도 그러지 않고는 배길 수가 없었다.

　그러나 무슨 일에든지 당사자가 되어 보지 않고 누가 감히 큰소리를 칠 수 있단 말인가. 아닌 게 아니라 영식이 서울행 비행기를 타기 전에 ‘나도 서울 가고 싶다’ 라고 말하던 중한의 슬픈 표정이 떠올랐다. 그 때는 진짜 정이 많은 인간이로구나, 했던 것이다. 그런데 공항에서 아무리 돌아가라고 해도 일찍 가서 무얼 하느냐면서 끝까지 영식이 곁에 남아 있던 그를 보고 ‘자식 되게 외로운가 보다’ 하고 언짢게 생각되던 기억도 새로웠다.

　영식은 자책하지 않을 수가 없었다.

　‘나 때문이야, 내가 가장 행복한 순간에 그가 상대적으로 너무 외로웠던 거야. 내가 가지 않았더라면…….’

　그런데 중한의 아내에게 누가 어떻게 접근을 해서 그 마음에 노여움을 씻어낸단 말인가. 영식이 별안간 결의에 찬 모습을 보였다.

　‘당신이야, 당신이 적격자야. 중한의 아내가 만나만 준다면 당신은 옹이도 마디도 능히 풀 수 있어.’

　아저씨는 포도주랑 케이크 상자를 들고 오셨다.

　“다시 만날 때를 위한 건배를 하는 거야.”

　예상한 일이건만 그 말을 듣는 마음이 철렁했다.

　“벌써 가시게요?”

　“빨리 가야 빨리 오지.”

　“저는 아저씨에게 못 다한 말이 많은데…….”

　“할 말 다해 버리면 다시 만날 이유가 없어지잖아.”

영식은 가슴 언저리에 달팽이가 기는 느낌을 받았다. 처음 있는 일이었다. 아내 여준을 흘깃 보아하니 그 표정 역시 착잡하다. 무슨 말이든지 주절거리는 것이 낫다는 생각으로 영식이 입을 열었다.

"아저씨, 저는 포도주 한 잔에도 얼굴이 새빨갛게 되는 미숙아래요. '그런 놈치고 친구 좋아하는 걸 보면 별종이야.' 하고 말들 하지만 저는 그런 말이 싫지 않아요. 정신을 아리송하게 만드는 술은 체질적으로 싫어요. 술이 부리는 호기는 더욱 싫단 말입니다. 옛날에는 모였다 하면 술판이고 아니면 화투판이었어요. 추태를 부리지 않고 헤어지는 법이 거의 없었죠. 삶이 너무 각박해져서 모임 자체가 그처럼 흔한 것도 아니지만 세상은 많이 달라지고 있어요. 노래방 문화 덕이지만 뒤끝이 깨끗하고 속풀이도 되고 정신 건강에 참 좋아요. 친구 돈 아니면 친척 돈인데 출처를 가리지 않고 따 먹겠다고 눈이 빨간 분위기는 저의 경우 정말 견디기 힘들었어요. 남들은 모두 그렇지 않은데 왜 저는 돈을 따면 그 돈을 가지고는 잠들 수 없을 만큼 기분이 더러운지요. 그렇다고 돈 잃고 기분이 좋은 위인도 아니었어요. 단지 어울리기는 해야 하고 적당한 선에서 끝내는 묘안이 필요했는데 분위기가 극으로 치달으면 밤을 지새우곤 했어요. 저는 화투장 들고 머리 쓰는 게 싫어서 대충 하다가 천덕꾸러기가 되었지요. 사람들이 저와는 한패가 되기를 싫어하고 하물며 저 옆에 앉는 것조차 싫어하는 지경이 되었어요. 눈치 없이 화투를 치니까 패가 꼬인다나 뭐 그런 이유였어요."

"영식인 신사적인 기질을 타고 난 사람이야. 천한 세상 살기 힘들 인물이니 이를 어째?”

“아저씨! 저가 또 제 입장만 두둔하여 좀 우습게 되었어요. 신사
의 길은 아득하지만 지켜봐 주세요.”

“어때? 신사라는 말이 구닥다리처럼 들리지 않아? 바야흐로 돈
세상이거든. 돈에 미쳐 명예를 던져 버린 인사들이 예사로 신문지
면을 장식하고 돈 때문에 영혼을 팔아먹은 파렴치범들이 쇠고랑
을 찬 사진이 너무 흔한 세태거든. 한 마디로 돈에 돌아 버린 세상
이라고. 뭐니 뭐니 해도 아저씨는 그게 제일 슬퍼.”

“세금을 많이 거두어 마구 쓰는 나라에 살다 보니 그런가요?”

18

아저씨는 중을 데리고 놀이터로 나가셨다. 그네를 태워주고 미끄럼틀을 오르내리는 시중을 들면서 하염없는 생각에 젖어 드실 것이었다. 나는 아저씨가 아니라 엄마의 분신을 보내는 기분이다. 내가 어떤 말로 어떻게 처신해야 엄마의 빈자리를 메울까! 하는데 깔깔 웃는 아기, 중의 목소리가 들렸다.

"엄마를 찾는데? 노는 데도 관심이 없어. 오직 엄마야."

"아저씨, 더운 차 한 잔 하세요."

"여름휴가를 얻어 가족이 제주도 한 번 다녀가도록 하지, 내가 있는 동안 말이야. 아마 두 할머니들이 유치전쟁을 벌이실 거야. 그런 분들이니까. 하지만 잠자리는 바닷가 콘도가 참 좋아, 별로 비싸지도 않고."

찻잔을 비운 아저씨는 아무런 미련이 없는 사람처럼 보였다.

우리 서로 돌아가며 크게 포옹을 했다. 그리고 엘리베이터 문이

열리자 더는 나아가지 못하도록 아저씨는 손바닥으로 안녕을 고
했다.

문이 닫히고 미끄러져 내리는 기계소리가 바닥 모를 나락으로
나를 날렸다.

내 엄마가 사랑한 사람! 내 엄마를 사랑한 사람! 나에게는 아빠
같은 아저씨다. 유명을 달리한 영육간에 있음직한 고리가 되자니
손잡이 따로 없는 나 혼자 서럽다.

"울지 않는 거지?"

영식이다.

"울지 않는 거야!"

나의 의지력이 중심을 잡는 소리다.

아저씨가 떠나시고 난 뒤 며칠 동안 나는 아들을 앞세워 어린이
놀이터를 돌아다녔다. 전에는 엄마가 불쌍했는데 이제는 아저씨
가 불쌍하다. 그의 여행 등짐이 다름 아닌 고독의 무게였다. 아저
씨를 내리누르는 힘의 중심에 엄마가 있는 것 같아 나마저 어쩔 수
없이 송구스런 마음이다.

미루어 두었던 집안 정리를 시작했다. 학창시절 앨범위에 먼지
가 뽀얗다.

무심코 열어 본 옛날 사진 속에서 반가운 모습들을 만난다. 그들
은 하나같이 우스꽝스런 포즈를 취하고 있다. 꿈 많은 시절을 되
새기는 수다가 그들 사이를 맴돈다.

"너 경험 있니?"

아이들이 묻고 있었다.

나는 얼떨결에 고개를 저었다.

"얘 경험 없대."

그 때는 그게 무슨 말인지 분명치는 않았어도 부정하는 마음이 앞섰던 것이다. 갑자기 터지는 웃음소리며 눈을 굴리는 묘한 분위기다.

구석지에 앉아 안 듣는 척하지만 호기심이 남 다른 빤질이 기호에게 한 아이가 말을 했다.

"너 용케도 한국의 입시지옥을 빠져 나왔구나."

"그러는 너는?"

"나야 해외 파견 공무원인 아빠 덕이지만."

"엄마는 안 계셔? 왜 애들이 네 집에 모이는데?"

"엄마는 고3인 형 때문에 서울에 계셔. 아빠는 여기서도 출장이 잦고."

기호는 혼자 있기 싫어해서 아이들을 받아들이는 외톨이였다.

시간이 지나면서 나이 어린 것들도 찾아들었는데 그들 때문에 형들이 신경 쓰는가 하면 그들은 나름대로 쫓겨나지 않으려고 숨 죽인 꼴이었다.

여름방학이 가까워 오자 모두들 캠핑 이야기에 정신이 쏠렸다.

기호가 나서서 여러 사람의 의견을 물었다.

"갈 사람은 모두 손 들어봐. 남자 다섯 여자 넷. 됐어. 우리 봉고가 12인승이니까 인원수는 딱 되었네. 나랑 기사아저씨랑."

일은 그렇게 쉬이 풀렸다.

기호는 아저씨의 허락을 받았다면서 일정을 잡으라고 했다.

1박 2일 코스는 주중에 이루어졌다.

막상 캠핑 장소에 도착하고 보니 숲속 여기저기 캠핑카가 숨어 있는 분위기였다. 오두막 같은 판잣집은 숲속 더 안쪽에 있었다. 내부를 들여다보니 아래층 양쪽 벽에 간이침대가 놓여있고 사다리를 올라가니 그 위층 바닥 자체가 가족 침실이었다. 그 위에서는 사람이 일어설 수도 없어 겨우 잠만 자도록 만들어진 구조였다.

그래도 천장과 벽 사이에 새끼줄 같은 것을 물려 방안 분위기는 이채로웠다. 잊지 않고 기사아저씨는 우리에게 주의를 주었다.

"너들 이곳 풍습 잘 알지? 남에게 방해되면 당장 고발이야. 샤워 때나 화장실 이용시 반드시 두 사람 이상 같이 움직일 것. 여자들은 위층에서 자고 동생들은 아래층, 그리고 형들은 아저씨랑 차에서 잔다."

준비해 온 도시락으로 끼니를 해결하며 바깥바람을 쐬는 아이들은 흡사 웅덩이를 만난 풍뎅이 같았다. 그렇게 들뜬 시간이 저물어 나는 칫솔을 물고 공동 세면장을 향해 갔다. 누군가 뒤 따라 오고 있었다. 이기호이었다.

눈이 마주치자 그가 손가락으로 반대 방향을 가리키며 말했다.

"저기 신선한 물이 있어."

"정말?"

색다른 호기심에 나는 그의 말을 따랐다.

기호는 이곳에 익숙한 아이였다.

서서히 어둠이 내리고 있었지만 그 길은 넓고 아늑했다.

"어딘데, 멀어?"

나는 더 멀리 갈 뜻이 없어 말을 했는데 그가 돌아선 뒤편에 과연 물은 하얀 띠 모양으로 숲을 가로지르고 있었다. 이렇게 맑고 조용히 흐르는 물은 보느니 처음이었다. 내가 그 물에 손을 담그자 기호가 내 팔을 잡아당겼다.

"안 돼! 양치질은 위험하단 말이야."

"이렇게 깨끗한데."

"아니야, 낮에 보면 그렇지가 않아, 저 안쪽에 샘이 있어."

물길은 옆으로 방향을 틀고 우리 두 사람은 그 길을 따라갔다.

멀지 않은 곳에 기호가 말하는 샘물이 있었다.

나는 손바닥으로 물을 길어 입으로 가져갔다. 거푸 그렇게 입안을 헹구려니 기호가 말했다. 나도 깨끗이 양치질을 해야지. 첫 키스를 위해서 아주, 아주 깨끗이 닦아야지.

'기호가 지금 무슨 말을 한 거야?!'

나는 속으로 그 말을 되씹었다.

그는 내게 다짐을 두듯 눈을 내리깐 채 다시 말했다.

"나는 오늘 생애의 첫 키스를 할 거야. 인형이랑 아기랑 그 동안 연습 많이 했거든."

나는 그만 웃음을 참을 수가 없었다. 이미 기호는 코앞에 있었다.

순식간에 서로의 얼굴을 포갰다. 영화의 한 장면이 따로 없었다.

그런데 손가락 끝으로 바람이 빠져 나갔다. 현기증이 나를 침몰

케 했다. 우리는 똑같이 그 자리에 무릎을 꿇었던 것이다. 언제인가 본 듯한 달집이었다. 달집에 붙은 불은 마을을 밝히고 하늘을 붉혔다. 냇가가 아닌 바닷가이었다.

해마다 정월 대보름이 되면 풍어를 비는 달집이 타올랐다. 얼마나 높이 또 얼마나 순식간에 타올랐는지 아이들 가슴은 콩닥거리고 어른들은 두 손 모아 치성 드리기 바쁜데 멀리서는 젊은이들의 환호성이 터져 나왔다. 그러나 쉬이 타오른 불은 쉬이 꺼졌다. 달집이 허물어지면 바닷가에 사람들 사라지고 파도소리마저 멀어졌었지. 눈을 뜨자 주위가 칠흑 같았다. 모기떼가 기승을 부려 나는 그만 모든 환상에서 깨어나고 말았다.

일단 공격에 노출되고 나자 더는 참을 수가 없게 되었다.

나는 노렸다. 그 중 큰 놈을!

목덜미에 징을 박는 통증의 순간 나는 힘껏 손바닥을 내리쳤다.

으악! 하고 나자빠진 건 다름 아닌 기호였다.

"뭐야?"

"모기야."

잠자리로 돌아오니 아이들의 눈이 휘둥그레진다.

"어구 이 꼭지가 덜 떨어진 놈들, 남들은 강변에서 캠프파이어를 즐기는데 너네는 좀스럽게 이게 뭐냐?"

"어디? 어디서?"

"다 끝났지, 아직 있냐?"

그런데 달콤한 잠을 방해하며 나를 흔드는 손이 있었다.

“너 솔직히 말해 기호랑 어딜 갔었니?”

“양치질하러 가다가 기호를 만났는데 개울에 간다기에 따라갔었지, 거기서 놀다가 늦어 버렸어.”

하지만 사정없이 모기가 물은 자국은 따갑고 가렵고 말이 아니었다.

“남자애하고 가까이하면 아기 생긴다, 너?”

그렇게 말하는 계집애는 두 손바닥으로 자기 배를 남산만큼 크게 불렸다.

나는 나도 모르게 얼굴을 가렸다.

“왜 겁나니? 말해 봐 내가 어떻게 해야 할지를 다 가르쳐줄게.”

나는 자초지종을 털어 놓았다.

“정말로 키스만 했어? 처음이랬지? 하지만 키스도 자꾸 하면 위험해. 서로 몸이 맞닿거든. 그러다 보면 흥분하게 되고 나중에는 옷을 벗게 돼.”

“안 벗으면 되지.”

나는 수치심 때문에 죽을 지경이었다.

“여자도 배란기가 되면……, 배란 알지? 아기 낳는 알집이야. 그것이 한 달에 한 번 꼴로 한동안 문을 여는데 그 때가 되면 쉽게 아기가 생기고 여자는 일생을 망치는데 남자는 아무 상관없잖아. 그래서 남자는 안심하고 여자를 꼬시는 거래.”

기호를 멀리 해야지, 정말 큰 일 나겠다, 하고 나 혼자 근심하던 중에 점심때가 되었다. 식사 챙기는 틈에 기호가 내 옆으로 다가왔다.

한동안 눈길도 주지 않던 그가 슬쩍 팔소매를 걷어 보이는 것이었다. 팔뚝은 온통 부풀어 올라 모기가 문 붉은 자국 천지였다.

그는 모기떼의 총공세에도 끄떡하지 않고 참았던 것이다. 숲 속에 왕자가 따로 없었다. 나는 그날 이후 기호가 좋아졌다. 만나면 만날수록 마음이 놓였다.

그런데 그날 이후 그는 내 것이었다. 누가 어디서 그를 보았단 말만 들어도 나는 따졌다. 왜 미리 말하지 않았느냐, 왜 알리지 않고 너 혼자 행동하냐, 그렇게 싸우다가 새 생활을 주문하는 아버지와 정면으로 마주친 것이다. 나는 아버지에게 나의 일상을 고자질하는 아버지의 스파이와 살고 있었던 모양이었다.

"네 엄마와 살아라. 너 혼자는 안 돼. 감시하는 사람이 있어야지, 계집애 버리게 생겼어."

아버지는 그 말만을 되풀이했다. 영원히 잃어버린 줄 알고 있었던 모녀의 상봉은 차근차근 시작되었고 모처럼의 생활은 시작부터 껄끄러웠다.

엄마도 외갓집 식구들도 나를 대하는 인상은 개운치 않았다. 사무친 그리움에도 불구하고 그랬다.

흥미 반, 경계 반, 그럴 바에야 친엄마 치마폭이건 새엄마 그늘 밑이건 나에게는 상관없는 일이었다. 남은 과제는 오로지 행복한 결혼이니까.

그런데 겨우 결혼식을 치루고 엄마는 하늘나라로 가고 말았다.

무엇이 어디에서 잘못 되었기에 이토록 쓰라린 모녀로 맺어졌나. 엄마가 바라고 내가 원하던 딸이 되고 싶었는데. 살아서 철저히 바로잡고 싶었는데, 인연의 뿌리에서 떡잎까지를!

유달리 정원이 아름다웠던 버지니아 집엔 지금도 변함없이 꽃이 필까. 그 누가 알뜰한 우리 엄마의 뒤를 이어 정원 손질에 그처럼 열심일 수 있을까.

새 엄마의 화사한 분위기와 비교되어 속이 왈칵 뒤집히던 순간도 역력하다.

"저렇게 처량해 뵐 게 뭐야, 하여튼 내가 못살아."

친엄마를 아끼는 딸의 마음이란 언제나 그런 모양이었던 것이다.

'지질이도 궁상이지, 한낮에 정원 손질이 다 뭐야. 얼굴 손질로 세월 보내는 여자도 있는데…….'

엄마 역시 그랬었다. 남자 전화만 걸려 와도 마치 나를 바람둥이 취급이었고 외출에서 돌아오면 난잡하게 놀다가 꼬리 잡힌 길거리 계집아이를 대하는 인상을 주었었다. 딸을 성처녀처럼 가꾸고 싶은 엄마의 욕심이 그랬었다.

19

　그리움은 늙지도 않고 새로움만 더하는 엄마의 유고(遺稿)를 손에 들었다. 그 가운데 겉봉은 보았으나 아직 읽지 못한 명중 아저씨의 봉함엽서를 가려 뽑았다. 엄마가 없애 버리지 않고 이렇게 내 손에 남겨진 이유가 있는 것일까. 없애 버릴 기회가 없었던 것일까. 궁금해 하면서 내용을 펼쳤다.

그리운 수정 씨, 목소리를 들으면 달려가고 싶어 미칠 것 같으리다.

그러기에 캄캄한 문자로 안부나 묻습니다.

여준은 돌아왔는지요.

　단 세 줄의 사연 아래 여백은 온통 까만 점이다. 아저씨는 도대체 무슨 말 대신에 이렇게 많은 점을 찍은 것일까. 별난 일이다. 별난 신호였다.

만일 두 분의 사랑이 영글어 엄마의 하늘에 무지개 뜨고 그 가슴
에 샘물이 솟아났다면 작품이 태어나든, 작품으로 살든, 삶 자체
가 명작일 것을.

난데없이 문 두드리는 소리가 들렸다. 수진이 이모였다.
이모는 벨소리에 아기가 깰까 조심하느라 그랬단다.
"전화하지, 바쁠 터인데 어인 일이유?"
"김명중 선생님 다녀가신 뒤가 궁금해서……."
"외할머니도 안녕하시고요?"
"응, 할머니가 가보라고 어찌나 성화인지 견딜 수가 있어야지."
이모는 마음 내키지도 않는 길을 억지로 떠밀려 온 눈치였다.
"할머니는 김 선생님이 너희 집을 다녀간 일에 감동받고 계셔.
마치 수정언니가 다녀갔거니 하는 생각이 든데. 이래저래 며칠 째
울고 계셔."
엄마가 살아 있을 때는 오로지 외삼촌 편에 서서 엄마를 서운하
게 하셨는데 어인 일로 엄마가 세상을 떠난 이후 외할머니는 줄곧
엄마 생각뿐이시다.
이모랑 외삼촌이 입을 모아 '죽은 딸만 제일이지 살아있는 우리
는 아무것도 아니다' 는 말이 새어 나올 정도로…….
"나도 그래. 산 사람이 하기에 따라 죽은 사람도 함께하는 느낌
이 드는 거야. 우리 모두 네한테는 혀를 내둘러. 외삼촌이 아들 없
는 엄마 제사를 모시겠다고 말했을 때 네가 엄마는 제사지내지 말
라 했다 했었지, 그 때는 우리 모두 황당했었어. 인습에 젖어 무얼

몰랐거든. 그런데 살아가면서 네 마음 씀씀이가 지난날의 모든 허물을 감싸는 거야. 그동안 우리가 얼마나 형식에 얽매어 살아왔는지를 뉘우치게 한 거라고. 산 자와 죽은 자가 고루 아쉬움을 달래는 이번 조치는 보통사람이 엄두도 내지 못할 일이었어. 외할머니도 의아해 하서. 네가 그렇게 훌륭한 처신을 하는데 어찌하여 엄마 생전에 모녀가 서로 화합하지 못했을까 하고."

내가 이모의 푸념을 귀 너머로 듣는다고 알아차린 이모가 다시 물었다.

"엄마가 반대하는 결혼을 했더냐?"

"아니요, 결혼 말이 있기도 전에 엄마는 나쁜 선입견을 가지고 나를 대했어요. 새엄마가 이제 와서 나한테 사과의 말까지 하는 형편이니 나도 짐작되는 바가 있다고요. 새엄마가 시키는 대로 죽은 듯이 지내던 어린 시절을 지나 저가 사춘기 들어 반항을 하니까. 무슨 비행소녀나 되는 것처럼 시시콜콜 아빠한테 떠벌린 거예요. 아빠 친구가 다 엄마의 친척뻘이고 새엄마 친구 또한 엄마 친구나 친척이지요. 양 갈래로 친엄마 귀에 고스란히 들어갔어요. 엄마는 대뜸 나를 몹쓸 계집애 취급했지요. 나도 나를 버린 엄마라고 이를 갈고 있었으니까."

"하긴 우리 모두 네 소문을 나쁘게 들은 건 사실이야. 친엄마 같으면 감싸줄 일들을 낱낱이 까발리니 그리 되었지."

"그나마 위안이 되는 것은 시간이 지나면서 점점 이해의 폭이 넓어진다는 사실이어요. 살아 있는 사람의 오해는 풀길이나 있지만 영영 떠나 버린 엄마에게 제가 저지른 잘못은 어떻게 해요?"

"너만 그러냐? 우리 모두 엄마에게 진 빚이 너무 많아. 엄마가 바람막이 구실을 할 때는 나나 외삼촌이나 무풍지대에 살았었지. 수정언니가 없으니까 매사 힘들어. 언니가 왜 몹쓸 병이 들었는지 알 것만 같아, 암은 스트레스가 원인이라니 자꾸만 우리 모두가 죽을병을 일으킨 원인인 것 같아 괴롭단 말이야."

여준은 이모의 양심선언에 가슴이 찡했다.

"이모, 그린 말은 마요. 소모적인 생각일 뿐이니, 살아남은 사람은 삶에 충실해야지요. 죽은 이를 위해서도 그래요. 이 마음자리에 풀릴 길이 있으니까요. 그래 외삼촌은 정상적인 가정생활로 돌아갔어요?"

"네 엄마 덕에 가족이 한 곳에 모였지. 그래도 할머니 심기가 불편하신 거야. 아들이 벌이가 시원찮으니 생활에 부대껴서 그렇지. 내가 도움을 주는 데도 한도가 있으니 근래 부쩍 큰 딸 생각을 하신단 말이야."

이모는 한참 뜸을 들인 뒤 말을 잇는다.

"늙은이 처량한 꼴을 눈 뜨고 못 보겠어. 집을 줄여서 사는 방법뿐인데 네 엄마가 한 평생을 바쳐서 이룬 집을 덜컥 팔아먹다니 사람이 양심을 가지고 할 짓이야?"

"그럼 어떻게 해요. 지니고 살 형편이 못 되면 팔기라도 해야지."

"너 정말이니? 팔아도 할 수 없단 그 말이지?"

이모가 전화를 하지 않고 구태여 찾아온 이유를 알만 했다. 맥이 빠지는 일이긴 하지만 먹고 사는 것이 우선인데 어쩔 것인가.

　사람이 늙으면 나사가 풀리는 모양이다. 자기관리도 상대배려도 없이 이모는 시간 죽이기에 여념이 없는 사람처럼 보인다.

　시간은 끊임없이 새롭게 태어나는데…….

“이모부도 건강하시지요?”

“그렇지 뭐. 나이가 있으니까.”

“이모는 할머니와 우리 엄마 중에 누구랑 말이 더 잘 통했어요?”

“네 엄마는 성질이 너무 도도해서 친언니지만 근접하기 어려웠다, 얘.”

“엄마가 도도할 이유가 있어요? 크게 잘난 것도 많이 배운 것도 없는데, 나는 어린 마음에 나를 버렸다고 엄마를 미워했지만 이모는 아닐 줄 알았는데 도도한 게 무슨 뜻인지 좀 뜻밖이에요.”

“엄마가 나를 좀 업신여겼다 이거지 뭐. 별 뜻 없어.”

“엄마는 살아서도 억울하고 죽어서도 억울하겠다. 안 그래요. 이모?”

“그게 무슨 소리야, 너 이모 들어 보라고 하는 말이니?”

“우리 모녀 사이를 두고 늘 하는 생각이어요.”

　차마 그렇다고 말을 못하고 화살방향을 나에게 돌린 이 마음을 행여나 이모가 알까. 안들 긴 세월 길들인 편견인데 이제 와서 무엇이 달라질 수 있단 말인가. 외가 식구 여럿이서 엄마 한 사람을 너무 외롭게 만든 것 같다. 혈육에게서 제대로 평가를 받지 못한 입장은 오죽이나 상했을까. 우리 모두 짐 진 위에 짐을 더 지운 격이다. 나는 이모를 만난 김에 알고 싶어 안달하는 저질 근성을 꾹꾹 누른다. 모른 채 묵혀 두었던 여러 의구심들이다. 엄마의 환경이 그랬으니 엄마가 마음을 닫았건만 그것이 고독인 줄 미처 모르고 좋은 말 뒤끝에도 미움이 서려 있는 외갓집 사람들, 그 중 만만한 이모가 면전에 있다. 나의 한숨은 나를 흐리고 남도 흐릴 위험이 있다. 나는 애써 엄마와의 유사점을 찾아 이모를 유심히 관찰한다. 어딘가는 닮았으리라던 미련을 거두어 화제를 다른 곳으로 돌린다.

"케나다 아저씨는 세상일에 귀 막고 눈감고 싶어 뉴스도 안 듣고 신문도 안 보니까 자기만의 세계가 보이더래요."

"참, 엄마 장례식 때 보던 것하고는 어때, 많이 달라졌지."

"그대로이던 걸요. 환경이 그대로인데 달라질 게 뭐 있어요."

이제야 이모도 나도 이목구비가 바로 보인다.

"글은 많이 쓰시고?"

"그런가 봐요."

"이 바쁜 세상에 누가 책을 읽는다고?"

"이모! 책을 읽어야 가치 있는 인간이 된다고요. 책 속에 삶의 진가가 들어 있잖아요. 문화인과 미개인의 차이가 무언데요. 책을 많이 읽는 국민이 되어야 국제 경쟁사회에서 살아남아요."

"그래 책이 언제 나온데?"

"직접 물어 보지는 않았지만 발표계획은 없어도 쓸 수밖에 없는 인물이 아저씨에요. 자기 자신 충실하게 사는 사람이 다 그런 것 아닌가요? 이름이나 남을까 하고 허접 쓰레기 같은 글을 묶어 인쇄물 공해를 만드는 사람들과는 근본이 다르니까."

"수정언니가 없는 네 집에 그 분이 오시다니! 외할머니는 믿을 수 없다고 하서. 이 세상에 다시 없는 경우란 거야. 왜 재혼을 안 한데?"

"우리가 그 속을 어떻게 알겠어요. 나랑 영식 씨는 엄마의 사랑을 귀히 알고 엄마가 그랬듯이 아저씨를 존경해요. 그 뿐이에요."

"그 사람 너무 여러모로 별종이야. 우리는 그 사람에 대해 아무것도 모르잖니, 궁금하단 말이야, 속 시원히 좀 털어 놔 봐. 아들이 하나라고 했지, 직장 없이 돌아다녀도 먹고 살 걱정 없으니 얼마나 좋을까."

"돈하고는 마지못해 함께 사는 사이가 되면 서로 자유롭다 했어요."

"그게 무슨 뜻이야."

"돈의 위력을 알면 돈 없이는 못살고 돈의 용도를 낮추면 돈 없이도 초연하게 살 수 있단 말이지요."

"별나다. 그나저나 남자가 혼자 살기 얼마나 힘들까. 내가 소개하고 싶은 여자가 있는데 조건이 아주 좋단 말이야."

"무슨 조건이 어떻게 좋은데요?"

"돈 있고 능력 있고 인물 좋고."

"그런 사람이 왜 혼자 살아요?"

"자존심이 너무 강하고 시간이 없어. 사업을 하거든."

"여자 사업가라면 돈이 제일일 터인데 결혼은 해서 뭘 해요. 돈 없는 남자를 종 부리듯 하게요?"

"하기야 돈이 화근이 되는 집도 있어. 우리 시동생 봐라. 처남하고 알력 끝에 결국 자살하고 말았어. 마지막으로 전화가 걸려 왔는데 만취상태였데. 그의 괴로움을 알 턱이 없는 시누이는 '왜 술을 먹느냐, 그러니 상대가 얕보지' 하면서 변명할 여지없이 나무랐다지 않아? 혈기 왕성한 사돈지간을 한 일터에 몰아넣은 것부터 잘못이었지. 사장의 친동생과 처남 사이에서 누구의 편을 들 수 없는 회사 분위기는 주도권 싸움에서 밀려난 시동생을 설 곳이 없게 만들었던 거야."

이모는 동태형제지만 우리 엄마와는 너무 다르다.

눈빛, 몸짓 어디에도 평온한 마음이 담겨 있질 않다. 행여 내가 지나쳐 버린 닮은 구석이라도 있을까 봐 눈여겨볼수록 실망이다.

"그 동안 이모부의 고통이 심했겠네?"

"아무려면 동생 잃고 분개한들 무슨 소용이야. 죽은 사람만 불쌍하지, 만약 자기도 부잣집에 장가 못간 한이 있었다면 이번 기회에 깨끗이 털었겠지. 그래 김명중 선생님은 엄마 말 않던?"

"안 하려고 하는데 자꾸 나오지요. 울엄마는 우리 모두의 스타니까."

"옛날 사람들이 살아서는 서푼짜리 여인네도 죽으면 백 냥짜리 된다더니만 수정언니야말로 그 값을 매길 수 없는 인물이 되었어. 우리 모두 그 덕에 사는 줄도 모르고 한 때는 걱정 없이 한눈이나 팔았었지."

"이모, 아예 아저씨 중매 설 생각은 마요. 아저씨가 만나는 여자들마다 아저씨 인품에 반하거든요. 이번에도 내가 직접 목격했는데 여자가 미끈하고 순진하게 생긴 것이 내가 남자라도 반할 만하드만 아저씨는 움쩍 않아요."

“네 엄마 때문이야?”

“물어 보면 당연히 아니라지.”

“수정언니하고는 궁합이 안 좋았나 봐. 그렇지 않고서야 어찌 재혼 날짜 잡으러 왔다가 몹쓸 암에 걸리느냔 말이다. 할머니하고 나는 인연이 아닌데 잘못 만나 그렇게 되고 말았다고 생각해.”

“이모오오!”

나는 너무 기가 막혀 숨을 몰아쉬었다.

“재혼 날짜 잡으러 오다니요. 내 결혼식 때문에 귀국했지. 그리고 직장암이 어디 하루아침에 걸려요? 재혼 이야기는 식구들을 떠본 거라고요. 알려면 바로 알고 말을 하세요. 내가 아주 속이 터져 말을 다 못하겠네.”

20

"그럼 그런 게지. 너 왜 이모한테 성질부리니?"

"엄마가 너무 불쌍해서 그래요. 엄마는 너무 억울해."

"아니 누가 무얼 어쨌다고 울고 그러냐. 그리고 뭐가 또 억울한데?"

"나 이런 말까지 할 필요 없지만 오늘은 해야겠어. 엄마가 왜 핏덩어리 같은 나를 안고 아빠를 떠났는지 사실을 제대로 알기나 해요? 서모가 못살게 굴었다고 알려졌지만 실은 서모랑 아빠가 불륜 관계였다고요."

"뭐라? 그게 무슨 소리냐. 도대체 이제 와서 누가 그러던?"

"엄마가요. 소문나면 이 딸 장래가 어두울세라 온갖 억척에 시달리면서도 말 못하고 살아온 거라고요. 저가 이혼한 엄마를 얼마나 미워한 줄 아세요? 참고 살았더라면 저 재산 저 호강 다 했을 텐데 무얼 그리 잘났다고 뛰쳐나와 나의 장래까지 망쳐 놓았나 했단 말예요."

"언니도 그렇다, 다른 사람에겐 말을 않더라도 가족한테는 알렸어야지. 불쌍해서 이 노릇을 어쩌면 좋으냐?"

이모가 맹물 같은 눈물을 훔치고 있었다.

한동안 골똘한 생각에 잠겨 있던 이모가 다시 말을 시작했다.

"그래, 남의 자식 장래를 꺾어놓고 제 자식 잘 될 리 있나. 그래서 서모의 자식이 줄줄이 요절하고 말았구나! 하는 것이었다. 큰삼촌이 한창 나이에 쓰러졌는데 구멍이란 구멍에서는 모조리 피가 쏟아졌다고 했다. 건설 사업을 일으켜 새 갑부 났다고 소문이 자자할 때 일이란다. 그뿐이면 말을 안 해. 잇달아 작은 삼촌도 심장마비로 자던 잠결에 죽었다고 했어."

그러면서 이모는 나에 대한 충고도 잊지 않았다.

"부부 사이에도 말을 가려서 해야 하는 거야. 집안 사정을 함부로 까발리지 말라고 하는 소리란다. 알아들었니? 내 말 알았지."

"내 정신 좀 봐, 시간이 이리 된 줄 몰랐었네. 여준아, 네가 외갓집 사정을 이해해 줘서 고마워. 그럼 집은 우리가 알아서 처리한다. 괜찮은 거지?"

이모가 가고 나는 하염없이 허공을 바라봤다.

엄마가 애써 마련한 외갓집은 끝내 엄마의 자존심을 지켜 주지 못하고 팔아먹게 되었지만 내가 할 역할은 없었다고.

나는 혹시나 하고 컴퓨터를 열어 보았다. 나의 사랑방 손님 명단에 아저씨는 안 계셨다. 꿈의 호칭인 '아씨'를 잃게 되면 어떻게 하나! 아저씨의 문학 서제를 찾아 들었지만 홈 페이지는 열리지도 않았다.

아씨! 라고 나를 불러주는 아저씨는 어디에?

그 밤에 영식이 나에게 중한의 안식구 이야기를 했다.

"그 부인이 잔뜩 화난 마당에 나를 순순히 받아들일까?"

"호기심에서도 만나 줄지 모르지."

전 같지 않게 차분한 목소리로 말을 하는 것이었다.

"전번에 만난 의리의 친구들도 헤어질 시간이 임박해 옴에 따라 중한의 가정사는 오로지 중한의 책임이라 했어. 아내의 과거를 운운하는 자체가 가정에 대한 모독이라고 윽박질렀지. 어린 딸의 장래에 먹구름을 몰고 오는 이혼은 당치도 않고 가정불화의 원인이 된 중한의 불장난은 마땅히 벌을 받아야 한다는 분위기였어."

"잘못을 빌어도 상대가 받아들이지를 않는데 어떻게? 하자 마도로스 출신 친구가 뭐라는지 알아?"

"임마! 넌 까놓고 말할 주제가 못 돼. 개미한테 고추 물린 격이라고."

야한 소리를 그냥 넘기지 않고 여준이 비아냥거렸다.

"말들 하곤 되게 얼큰하네. 언제나 남자들의 동물적인 욕구가 문제야."

"여준 씨, 지금 중한을 두고 성 추행범 말하듯 하는 거야?"

"아니, 중한 씨로 말할 것 같으면 오히려 바람둥이 여자한테 당했다고 봐야지. 그 역시 성적 충동이 빚은 사건임에는 틀림없지만……. 내 말은 진짜 성 추행범이 활보하는 세상을 한탄해서 하는 말이지, 추행범보다 더 미운 게 그들을 풀어주는 법조인들의 태도야. 만약 자기들의 딸과 손녀가 성추행을 당해도 그렇게 가벼운 벌을 주려나? 짐승도 짝짓기 하는 시기를 아는데 짐승만 못한 성범죄자는 당연히 거세조치를 취해야 된다고. 한 여자의 일생을 망치는 건 물론 그 가정을 둘러싼 얼마나 많은 사람의 고통을 방치하는 일인데, 더욱이 어린이가 당한 사례에 있어서이랴!”

“정말이지, 사회정화 차원에서도 성범죄는 엄격히 다루어야 해. 가벼운 처벌은 초범을 상습범으로 만드는 형편이니 거세하는 게 옳아.”

“역시 영식 씨는 정의로워. 오랜만에 속이 후련해지는 명쾌한 답변을 들었네. 이 세상에 그보다 더 억울하고 한 맺힐 일이 어디 있다고 성 추행범을 좀도둑 취급하느냔 말이야. 차라리 사냥개를 풀어놓지.”

“여준 씨도 개가 무서워?”

“난 개라면 크건 작건 무조건 무서워.”

“나도 그런데, 동물은 싫어. 특히 개가 더 싫어.”

그러면서 영식이 중한을 찾아갔을 때 멀리서 잠깐 본 적이 있는 개에 얽힌 사건을 들려주었다. 그 전말은 이랬다.

워싱턴 근교에는 산책길 곳곳에 개를 키우는 집이 있었다.

험상궂은 덩치만큼 짖는 소리도 요란해서 동네 길에 익숙한 사람들은 그런 집을 우정 멀리 돌아 다녔다.

그런데 큰 개를 두 마리씩이나 끌고 다니는 건장한 남자가 있었다. 그가 사는 집이 어디쯤인지는 몰라도 지나가는 사람들을 향해

개들이 움직이면 힘에 부쳐 쩔쩔매면서도 왜 그런 짓을 하는지 알 수 없는 노릇이었다.

중한이 사는 골목 어귀에 또 한 마리 사나운 개를 키우는 여자가 있었다. 양편 개가 만나면 어찌나 으르렁대는지 온 동네가 발칵 뒤집히는 소란이 일곤 했다. 이웃을 염려한 여자가 다른 곳으로 다니라고 그 남자와 한바탕 소동을 벌인 뒤 이 치사한 인간이 고정 산책코스로 그 길을 택했다. 마지못해 여자가 개를 집안에 가두게 되었다.

밤이 깊은 녘에 개가 문을 긁었다. 딱하게 생각한 주인 여자가 길가에 사람이 없는 시간대라 잠시 풀어 주었다. 한참 만에 개를 다시 불러들이려고 문을 여는 순간 개가 맹수처럼 여주인을 덮쳤다. 피투성이가 되어 간신히 목숨을 건진 주인 여자 말에 의하면 개는 바깥에 머무는 동안 무엇의 공격을 받았는지 만신창의가 되었더란다.

흥분한 개는 주인을 알아보지 못하고 공격대상으로 착각한 것이었다. 여자의 개는 그 밤에 남자의 개를 찾아가 그 지경이 되었다는 후문이었다.

얼굴이 흉물스럽게 일그러진 주인 여자는 성형하느라 여생을 바칠 형편이지만 어디에 하소연할 곳이 없었다. 물론 개는 출동한 경찰 총에 사살되었지만, 사람뿐 아니라 짐승과도 악연이 있다는 결론을 내린 후 부부는 서로 쳐다보며 말하는 것이었다.

"여준 씨도 개를 싫어한다니, 천만다행이다."

"둘 다 개를 무서워하다니 산책길에 큰 개가 나타나면 우리는 무방비 상태네, 이를 어째?"

"나에게 대책이 있어, 여준 씨. 저기 개가 보이지? 납작 엎드려, 신발 끈을 묶는 시늉을 하는 거야. 개하고 눈만 마주치지 않으면 위기를 무사히 넘겨."

"어렵쇼. 둘이 동시에 신발 끈을 다시 묶어? 개가 웃겠다."

"그런가? 그럼 여준 씨는 냉큼 돌아서 버려. 나는 여준 씨를 잡는 치한(癡漢) 역할을 할게. 개가 우리를 지나쳐 갈 때까지 그렇게 시간을 버는 거야."

"개가 우리의 연극을 보라고 하는 소리야? 그냥 듣고 흘려 버리기 너무 아까운 대사(臺詞)다."

부부는 서로 코가 맞닿도록 웃는 것이었다.

"명중아저씨는 어디로 가셨을까? 바로 제주도엘 가시지는 않았을 터인데, 아저씨가 다녀가신 뒤 우리 집 분위기가 달라진 기분이야."

"분위기가 아니라 우리가 달라진 거야. 성숙해진 거라고."

"다음에 만날 때는 좀 더 명랑해져야지."

"여준 씨는 아저씨를 생각하는 그 절반이라도 아버지에게 정을 써야 돼."

"영식 씨가 아버지를 외롭고 불쌍하게 보인다고 했지. 엄마도 얼핏 그런 말을 했어. 얼마 전까지만 해도 절대로 받아들일 수 없는 말이었는데 갈수록 많은 생각을 갖게 하는 거야."

"다행이야. 나 이제 한시름 놓게 되나 봐."

"엄마나 영식 씨는 그릇이 커요. 그에 비하면 난 찻잔 정도에 불과하지. 밥그릇도 국그릇도 다 품을 만한 큰 그릇은 못 되더라 이거에요. 당연히 두 분 생각을 따라야 하겠지만 좀 더 시간이 필요해."

"당신은 진정 나의 안주인이야. 나의 부모님도 형제자매도 내 말에 그렇게 큰 뜻을 두지 않았어, 언제나 철없는 막내일 뿐이었지. 말 많은 사람의 말은 결국 통하게 되어 있고, 목소리 큰 사람 역시 말발이 서는 바깥세상 연장선상이었으니까. 하지만 당신은 달라, 흘러 간 말도 건지고 되씹고 그 뜻하는 바를 헤아리거든. 나는 이따금 당신에 의해 내 존재의 의미가 채워지는 걸 느껴."

영식이 속말을 쏟아내자 여준이 그 속을 채워주는 한 마디를 했다.

"살맛나네, 아주 코끝이 찡한 겨자 맛인데."

"여준 씨! 장인어른 말이야. 아버지에게서 사랑을 받아 본 적이 없으시데. 내가 중을 사랑하는 모습이 신기하다 했어. 어떻게 부자지간이 그럴 수가 있단 말이야! 말도 안 되지."

여준은 그 밤 내내 편히 잠들 수가 없었다.

아버지의 친모가 언제 집을 떠났는지 분명치 않지만 젊은 첩에게 홀린 할아버지가 전처소생인 아버지를 어려서부터 귀여워했을 리 없었다. 잘은 몰라도 다 커서 새엄마 품안에 노니는 아들이 당연히 눈엣가시였을 터이다. 친아버지에게 당하고 서모에게 당한 아빠의 인생도 참으로 기구하다는 판단이 그랬다.

타고난 본성(本性)과 오랜 세월 닦아야 하는 덕성(德性) 사이, 그 머나먼 길에, 아빠의 인생은 새싹부터 떡잎 지는 환경이었던 것이다. 어찌 도량이 있는 남자가 되었기를 바라랴!

그래도 그 험한 길을 포기하지 않고 끈기 있게 걸어온 아빠에게 그동안 너무나 잔인했다는 뉘우침이 여준을 아프게 했다.

언젠가 새엄마에게서 들었어도 아무렇게나 흘려 버린 이야기마저 새로운 느낌으로 다가왔다.

여준이 아빠의 치매 경향을 새엄마가 떠벌리던 광경이었다.

돌풍 소나기에 집안이 수라장이 되어도 모르고 TV 화면에 빠져 있었다는 이야기였다.

수고 아줌마가 한약재를 구입하러 멀리 경동시장에 갔다 왔을 때라 했다.

창턱에 널어 둔 이부자리는 젖고 방바닥은 물바다가 되어 있었던 것이다.

아줌마가 집안 정리를 다하도록 아버지는 멍하니 보고 있을 뿐, 마치 딴 세상 사람 같았다는 것이었다.

그 후 새엄마가 따져 물었으나 아빠는 잠깐 잠이 들었나 보다고 태연히 말했다는 것이다.

그뿐 아니라 지나친 문단속 때문에 수고 아줌마가 쓰레기를 버리고 들어올 수 없었던 경우도 있었다고 했다. 북새통 끝에 결국 열쇠 상인이 출동을 했는데 그 때도 집안에 사람이 있는데 좀 더 기다리지 않았다고 외려 화를 내더라는 이야기였다.

그 때는 사람이 깜빡 잠이 들면 그럴 수도 있지 뭐, 했던 것이다.

"입원을 시켜야 할까 봐."

하던 새엄마의 말조차 아버지를 가까이 두고 보기 귀찮다는 말로 들렸던 것이다. 여준이 앞에서 아빠는 그만큼 정상적인 인물로 비쳤기 때문이다. 그런데 마냥 이러고 있을 일이 아니었다. 날이 밝는 대로 새엄마를 찾아갈 일이었다, 빨리 입원을 시키면 나을 수도 있으리란 희망을 안고.

영식은 여준을 앞세우고 처가를 방문했다. 두 사람은 그 어느 때보다 가족들의 동태에 신경을 곤두세웠다. 그러나 장인은 기분 좋게 보였고 집안 분위기는 평온했다. 새엄마가 상의할 일이 무어냐고 물었을 때 여준이 망설이지 않을 수 없었다.

말하기 거북한 일이냐고 새엄마가 다시 물었다. 아버지가 이따금 정신을 놓아버린다는 사실이 마음에 걸린다고 여준이 귀띔하자 영식이 덧붙였다.

종합 진단을 받아보게 하시라고. 그러자 본인이 불쑥 말했다.

"돈도 많다. 병원가면 하루 입원비가 얼만데 멀쩡한 사람이 왜 검사를 받아? 나는 건강해, 병원 갈 일 없어."

하시는 것이었다.

21

여준이 아버지를 안심시키면서 납득시킬 차례였다. 그런데 새엄마가 나섰다.

"아니 할 말이지만 망령기가 있어, 요사이는 치매라고 한다면서. 병원 가도 뾰족한 수가 없다는데 아직은 심한 것도 아니니 두고 보는 거야."

새엄마가 말하자 아버지는 자존심이 무척 상하신 듯,

"별소릴 다 한다."

한 마디 뱉다시피 하고 자리를 떴다.

아버지 앞에서 말을 함부로 하는 새엄마는 여준의 가족마저 무시하는 인상을 풍겼다. 여준의 기분이 말이 아니었다.

"뇌 검사를 받아본 적도 없는데, 아빠 면전에 데고 치매라는 말을 아무렇지도 않게 하는 엄마도 참 대단하셔."

"내가 뭐, 없는 말을 하니? 니 아부지 치매야."

“지금은 정신이 말짱하잖아요. 경우에 따라 말을 해야지요. 사위 보기 민망해서 저러시는데……."

여준이 자리를 박차고 일어났다.

영식이 중을 안고 따라 나서는 수밖에 없었다.

“너 또 왜 이래, 너야말로 사위 보는 앞에서 왜 이래?”

“엄마 눈에 사위가 보여요? 안하무인이면서.”

“별일이다. 너 아주 싸우려고 작정하고 왔구나.”

“아버지한테 잘해요, 그 덕에 살았으면서.”

“나, 너 아버지 덕에 살지 않았다. 이 재산 다 내가 이룬 거야, 똑바로 알기나 하고 말해.”

“엄마가 이루었든, 빼돌렸든 간에 근본은 아버지 덕이니 그리 아세요.”

“네가 언제부터 그런 효녀가 되었어? 사람 웃기게.”

“아버지에게 잘하세요. 엄마도 벌 받지 않으려면.”

“아주 악담을 해라. 네가 날 다시 안 볼 거야?”

“엄마도 늙어서 그런 꼴 나지 말란 법 없으니까.”

“여준 씨이.”

영식이 두 사람의 대화에 제동을 걸었다. 그리고 새엄마를 보며 말했다.

“죄송해요. 저희 그만 가 볼게요.”

“아빠!”

집안이 울리도록 여준이 소리 질렀다. 맏딸의 권위를 찾는 동시에 뒷전으로 밀려난 아버지를 전면으로 내세우고자 하는 순간이었다.

초침 소리가 심장에 고동소리처럼 들리는 순간이기도 했다.

아버지가 다시 응접실에 나타나실 때까지 힘주어 기다렸다.

마지못해 새엄마가 아버지를 찾아가서 말했다.

"아이들 간대요."

"밥도 안 먹고 가? 아줌마 밥 멀었어?"

"아빠, 저희 다른 데 들를 데가 있어요."

처음으로 여준이 마음을 담아 아버지를 아빠라고 불렀다. 부녀 사이에 여울지는 사랑의 빛을 모두가 감지할 수 있었건만 여준의 아버지가 그런 판단을 하는지, 어떤지는 그 누구도 모를 일이었다.

명중은 다시 혼자만의 길을 떠났다. 강원도행 고속버스편 한 시간여 만에 한계령을 넘으니 속초였다. 바다와 호수가 에워싼 지점에 짐을 풀고 불빛이 넘실거리는 밤을 불면으로 밝힌 뒤 속초를 중심으로 날마다 방향을 바꾸어 시외버스를 타고 내릴 것이었다.

설악산 일대에 숨은 동네를 돌아보고 호젓한 산길을 찾아들면 그동안 자신과는 동떨어져 있었다는 자각마저 달콤한 나날이었다.

이렇듯 글은 써야 하고 밥은 먹어야 하는 것이 그가 사는 이유인데 연유를 몰라 떠돌면서 자기를 참는 것이다.

언제까지 이렇게 버틸 수 있을까 하는 의문이 고개를 들면 외롭고 괴롭고 서러워도 남들 같지 않은 별난 길이었다.

별난 사람의 떠돌이 길에 비는 사흘들이 왔다. 비가 오면 사람들이 주춤한 사이를 틈타 산길 들길 가리지 않고 걷고 또 걸었다. 그러다가 불편도 어느 듯 즐길 만큼 친숙한 사이가 되었을 때 비로소 명중은 남쪽으로 방향을 틀었다. 밤 시간대에 배정된 우등버스를 골라 타면 그런대로 편안한 잠자리도 해결되었다.

천안에서는 시내 중심지역에 머물렀지만 옛날에 명중이 알던 소도시 천안은 거기 없었다. 신도시 건설에 따른 인구증가와 교통체증을 실감하면서 온천욕으로 심신을 달랜 명중이 드디어 청주행 버스에 올랐다.

한성항공 노선이 생긴 이래 명중은 처음으로 청주공항을 찾은 것이다.

저녁 무렵 찾아든 공항 주변에 짙푸른 들녘이 인상적이었다. 인적이 드물어 더욱 그랬다. 멀리 인가가 보이고 나지막한 야산 등허리가 하늘 끝자락을 이 고 있었다. 농로를 따라가노라면 채소나 갈아야 할 평지에 무덤이 오손도손 자리를 잡고 있어 나지막한 봉분끼리 정겹기까지 하다.

그러나 흉물스런 석곽 유골보존함이 여기 저기 끼어들어 저만 잘난 꼴불견이다. 너무 큰 석물은 온화한 시골 정서 파괴범인 듯이 보인다. 인가는 더러 옛 정취를 풍기건만 나그네가 쉴 곳은 찾을 수가 없었다.

결국 정다운 들판을 벗어나 멋쩍은 하룻밤을 보내고 명중이 국내에서 처음으로 등장한 소형 비행기를 탄 기분은 산뜻했다.

기체의 흔들림도 불안도 없는 명랑한 분위기였다.

청주에서 제주도로 돌아가는 길은 비행기 삯도 싸고 거리도 짧고 두루 얻은 것이 많은 선택이었다. 비행기가 뜨자 산 넘어 바다였다.

푸른 바다 한가운데 섬이 보이고 알록달록한 색깔의 지붕을 얹은 마을이 나타나니 반가웠다. 한 칸짜리 하숙방도 거처라고…….

청보리집 할머니는 명중을 보자 두 손을 번쩍 드셨다.

'만세' 라도 부르고 싶은 반가움을 그렇게 드러냈다. 두 사람은 서로의 얼굴을 들여다보며 한참동안 말이 없었다.

만나지 못한 사이 나누지 못한 정을 그렇게 표현하고 있는 것이었다. 그런데 마당을 대신하던 보리가 보이지 않았다. 말 그대로 시원섭섭한 기분이었다. 농경사회 사람들은 세월이 유수같다고 했는데 떠돌이 명중에게는 한 발짝이 한 달 거리 같게만 느껴져 한마디 했다.

"저가 없을 때 할머니 혼자 보리를 다 잡수셨어요?"

"그렇게 되었어. 몇 번 비 맞으면 땅이 제 모습으로 다져질 거야."

마루에 자리를 잡자 할머니가 묻기 전에 명중이 말했다.

"따님은 건강하게 잘 있어요. 좀 바빠서 탈이지."

"사위도 봤어?"

아뿔싸! 명중은 거기까지 생각을 못했다. 답변 준비가 안 되어 있는 것이다.

"뭘 해 먹고 사는데."

더는 머뭇거리고 피할 일이 아니었다.

“할머니 사위는요. 교통사고로 오래 전에 고인이 되었어요.”

“아고, 맙소사, 죽었다고?”

할머니의 충격을 흡수하는 조치로 명중은 말소리를 크게 했다.

“원장님이 할머니께 안부 전했어요. 그리고 할머님이 건강하게 잘 계신다니 두 분 다 참 좋아하시더라고요.”

“내, 그럴 줄 알았어. 그러지 않고 어찌 그리 감감할 수가!”

할머니는 사위 생각을 하고 계셨다. 명중이 할머니 손을 잡자,

“한 번 안 온데? 이 어미가 죽어야 올 거래?”

하셨다.

“원장 대신 일을 하니까 자리를 비울 수가 없지요. 할머니 언제 저랑 한 번 서울 가십시다.”

할머니는 대답이 없으시다. 수심이 깊어지는 인상이다.

“식당 집 할머니 딸을 만났거든요? 장염을 앓고 있어요.”

“달리 하는 말 없어? 아직도 엄마가 괘씸쩍은 거여?”

“그냥, 잘 있어요. 어디에 있든지 잘 살고 있으면 되었다고 말했어요.”

“찾아올 생각은 없구먼.”

명중은 고개를 끄덕였다.

“큰 일 했수다. 두 할머니 한 풀어 주었어. 참 좋은 일 했어.”

명중은 할머니랑 나란히 식당으로 향했다. 귀퉁이 자리는 오늘도 비어 있었다. 주인 할머니는 연신 딸의 근황이 궁금한데 명중이 답변은 의외로 짧았다. 그래서인지 두 분 할머니끼리 말씀도 많았다.

명중이 양쪽을 번갈아 보고 있으나 그 말의 억양이 달라 말이 귀에 낯설 지경이었다. 두 분은 자신들의 감상(感傷)에 젖어 있었다. 명중은 왠지 외로워졌다. 길에서 만나 날씨 이야기나 하다가 헤어지는 사람들과 다를 바가 없는 기분이었다.

그 때였다. 식당 할머니는 긴 한숨 몰아쉬며 풀이 죽어 말했다.

"그마이 세월이 흘렀음 애비 죽인 원수도 풀리겠다. 독한 년 같으이."

"자식 소용없어. 가는 날까지 이 한 몸 위하다가 한 번 내쉰 숨을 들이키지 못하면 그만인 거지."

원래 술을 좋아하지 않는 식당 할머니가 끝없이 잔을 비우신다. 보리집 할머니가 말려 보지만 아무런 소용이 없다. 명중은 빨리 돌아가 쉬고 싶었다.

그러나 헤어지기엔 어깨가 너무 무거웠다.

"할머니, 우리가 이 세상에 태어날 때는 누구나 울지요?"

"울지! 울지 않으면 숨 막혀 죽으니까 의사도 아이 울음소리를 들어야 마음이 놓이는지 궁둥이를 때리더라고."

"태어날 때는 저 혼자 울고 다른 사람은 웃었지요. 반대로 떠나갈 때는 저 혼자 편하자고 남은 사람을 울려요. 울기 아니면 웃는 세상 살아가는 동안 사람의 시름이 그렇게도 많은 것 아니겠어요. 시름도 그래요. 너무 깊이 빠지면 빠져 나오지 못하니까, 이제 그만들 지난 세월은 잊어버리세요. 사는 날까지 열심히 사는 것 말고 우리가 할 수 있는 일은 없단 말입니다. 만나고 싶은 건 엄마 마음이고 만나고 싶지 않은 건 딸의 마음이라 모녀 사이 거리가 너무 멀지만 한 가지 확실한 건요. 그동안 미움이 곰삭아서 사랑이 되었더라 이거에요. 그저 서로에게 도움이 될 게 없다는 생각 때문에 팔자 한탄하면서 세월 보내는 거니까. 이제 길이 트인 이상 오지 않고는 못 배길 거예요. 꼭 오고말고요. 그게 사람 사는 세상 흐름이거든요."

"그럴까? 선상님 생각에 그게 한 번 올 거라 이 말이지."

식당집 할머니가 오로지 딸을 보고자 하는 반면 보리집 할머니는 여유가 있으시다.

"선상님은 딸네 집에 당겨온 기분이 어때요?"

"저는 딸네 집에 있는 동안 죽은 사람을 다시 만난 듯 그 사람 이야기가 나오면 행복했어요. 딸은 자주 울었지만 저는 그래도 마음이 뿌듯했어요."

"죽은 사람 생각이 떠나지 않는 거로다. 선상님도 속을 많이 끓인 사람이야, 그래서 혼자 살구랴."

"말할 적에 선상님 눈을 봐요. 꼭 신선 같지."

명중은 비로소 며칠 사이 소원해진 느낌을 회복하고 있었다.

"두 분 할머니 정이 구수해서 저 마음이 그렇게 푸근한 거예요."

"선상님도 옛적에 부모 속 썩혔을랑가?"

"그럴 짬 없었어요. 엄마가 없었거든요."

"오라, 할머니 손에 큰 사람이구만."

"할머니 기억도 별로 없어요."

"어쩌까이."

술기운이 아니어도 거나한 밤에 명중이 식당을 나서는데 왠지 눈앞이 어찔하다. 무언가 복잡한 것이다. 마치 많은 사람이 동시에 짐을 나르는 환상을 일으키는가 하면 빨리 그 곳을 벗어나고 싶도록 으스스한 느낌이 들었다.

내가 취했나? 무엇이 이리 음침한 거야? 명중은 어렴풋이 겁이 났다. 큰 길로 나온 뒤에도 기분이 야릇했다. 할머니들 때문에 울적해서 그런가 하고 고개를 갸웃했다.

방으로 돌아오자 비워져 있던 방의 냉기가 확 끼쳤다. 따뜻한 영식의 가정에 중독된 후유증인 거라 짐작이 갔다. 어떤 사람은 이러한 때 잠이 오지 않는다고 하지만 명중은 달랐다. 그는 무지 밤잠을 사랑하기 때문에 어디서나 잠이 달다.

22

—방바닥이 터졌다. 밑에서 뱀이 솟구친다. 들여다보니 뱀 가족이 똬리를 튼 중에 큰 놈이 대가리를 치밀고 있다. 명중이 그놈을 내리쳤다.

그래도 방바닥이 들썩거린다. 명중이 죽이려 들었지만 끝내 어쩌지 못했다. 진땀이 흐르는 꿈이었다. 이 무슨 해괴한 꿈인가! 몸을 뒤척이다 말고 불이야! 하는 외침을 듣는다. 눈을 뜨니 바깥이 벌겋다.

"식당이다. 식당에서 불이 났다."

사람이 웅성거리는 소리, 다급한 발자국 소리에 온 동네가 소란하다. 나가 보니 불길이 동네를 밝힌다. 할머니네 식당집이 분명했다. 굉음과 함께 새로운 불길이 치솟는다. 사방에 불똥이 튄다. 팔뚝만한 불덩이도 날아오른다. 순식간의 일인데 소방차가 길을 막는다. 몇 갈래로 불을 잡는 물소리 틈에 명중이 간신히 할머니를 찾았다.

할머니는 사람들에 둘러싸여 소 울음소리를 내고 있었다. 명중이 어찌할 바를 몰라 멀리서 멍하니 바라볼 뿐이었다. 청보리집 할머니가 미리 명중을 찾은 모양이었다. 말없이 다가와 명중의 팔을 끌었다. 할머니에 이끌려 가면서도 명중은 할 말을 잊고 고개만 흔들었다. 역시 여자가 강하다고 느끼면서.

불길이 잡히고 있었다. 순식간에 어둠이 몰려들었다. 어디에 그 많은 사람이 있었든지, 불구경 나온 사람이 길에 넘쳤다. 명중이 불난 집 할머니 손을 잡고 물끄러미 바라만 봤다.

"아이고 가슴 떨려, 다리가 후들거려 앉아야 하겠네."

그제야 할머니랑 명중이 식당 할머니 양편에서 팔짱을 꼈다.

"어찌 살고, 이제 뭘 해 먹고 산단 말이요."

할머니는 넋 나간 사람 같았다.

"차라리 죽었음 이 원망 저 원망 듣지 않고 편할 거인데."

"할머니, 보험 들지 않았어요?"

"왜 안 들어, 아주 징그럽게 부었지."

"그럼 되었어요. 할머니, 헌 집 태우고 새 집 짓는 거예요. 정신만 차리면 살길이 열리는데 어떻게 하긴요."

"그래, 그래, 그 말이 맞다. 산 사람은 어떻게든 사는 거야."

"하지만 당장 어떻게, 홀라당 다 태워 먹었으니."

"내 옷 줄게, 내 집으로 가, 일이 풀릴 때까지 같이 살아."

두 할머니를 모셔다 드리고 명중이 먼동이 트는 희뿌연 길을 걸어 잠자리로 돌아왔다. 어쩐지 할 일이 많은 것 같아 쉬이 잠들 수가 없었다.

날이 밝는 대로 마음의 병을 앓는 할머니 딸에게 먼저 연락을 취할 일이었다. 행여 있을지 모를 모녀 상봉의 기회를 노려볼 만했기 때문이다.

보험금은 어느 수준인지, 바르게 지급되는지도 알아볼 일이었다.

그런데 난데없는 방 밑바닥 뱀 꿈은 어인 일인가!

그러고 보니 지난밤 식당 집을 빠져 나올 때 검고 어수선한 움직임이 환상과도 같이 다시금 뇌리를 스쳤다.

그거야! 이사하는 것이었어. 바삐 짐을 옮기는 현상이었어. 천재지변이 일어날 조짐은 미물이 먼저 안다고들 했지. 사고 선박이 출항하기 전에 쥐새끼들이 줄을 이어 배를 떠나고 지진이 일어나기 전에 가축이 우왕좌왕 움직인다 했어. 식당에 불이 날 징조를 미리 알고 대피하는 움직임이 느껴졌던 거야. 무언가 복잡하고 미묘했지. 큰 짐이 실려 나가고 여러 영적 존재들이 떼를 지은 대이동이었어.

명중이 너무나 희미하게 감지했지만 얼른 몸을 뺄 수 없는 상황이었다.

우리가 몰라서 그렇지, 실은 산 사람과 죽은 사람이 함께 사는 세상이라고 말씀하시던 목사님 생각이 났다. 그 분은 심령현상에 눈 뜬 분이라 했다. 개인적으로 가깝지는 않았지만 이따금 그 분의 설교를 경청하는 시기가 있었다. 목사님은 말했던 것이다.

'이 세상에 귀신은 없다. 설혹 있다 해도 전부가 전에는 혈육이요, 이웃이요, 친구이었던 존재들이니까 우선 선하다는 인식을 가지라' 했던 것이다.

명중이 이곳에 와서 두 분 노인네를 만나게 된 것도 우연이 아니라는 생각이 들었다. 떠돌이 명중이랑 무슨 상관이기에 식당에 불이 나는데 연속적으로 이상한 예시를 받았는가! 어림짐작이긴 하지만 절대로 예사로운 일이 아니었다. 이전에 한 번도 경험한 일이 없고 있을 법하지도 않은 일이 일어난 것이다. 더는 분명히 알 길 없는 일이지만 주어지는 대로 성심껏 주변의 변화를 받아들일 일이었다. 어떻게든지 도움이 되도록 힘써야 할 것이었다.

명중은 늦잠에서 깨어났다. 잠들기 전에 있었던 갖가지 생각을 떨쳐 버리고 가뿐한 새 마음을 받아들이고자 바다로 나갔다.

여준이 생각이 물밀듯이 밀려왔다. 무딘 행동도 시큰둥한 표정도 모조리 기분 좋은 회상이었다.

'여준이 힘을 빌려 보자, 식당 집 할머니 딸, 반복자에게 여준이 이곳 상황을 알리도록 하자, 그래, 여준이에게 맡기는 거다.'

수화기에 대고 명중은 말했다.

"여준이 능력을 발휘해 봐."

'밤중에 불이 왜 났나? 할머니가 죽을라고 작정하고 불낸 것 아니냐?'

여준의 의심은 많기도 했다.

그런 건 경찰이나 소방관 소관이라 밀어놓고 명중은 당장 아쉬운 점만 간추려 말했다.

"이상하지? 내가 두 사람의 전화번호를 여준에게 맡길 때 말이

야, 얼핏 이런 생각이 스쳤던 거야. 마치 이런 날이 올 줄을 미리
알았던 것처럼."

"아저씨, 무슨 말씀이세요?"

"늙어도 남자는 남자니까, 만약에 두 사람에게 연락할 일이 생기
면 여준이를 통하는 것이 좋으리라고."

"반복자 씨는 구렁이 시아버지 때문에 그렇다손 지윤자 씨야 뭐
어때요."

"여자가 여자의 연락을 받고 움직이는 것과 남자 말을 듣고 나가
는 것하고는 결과가 달라. 특히 귀가가 늦어지는 경우, 큰 차이가
나게 되어 있는 거야, 여준이 왕초보 어른 티 난다."

명중은 안심하고 여준이를 놀렸다. 제 엄마보다 활달한 딸의 웃
음소리를 들으며 명중은 서울 다녀온 성과가 줄을 잇는다고 생각
했다.

과연 반복자가 어떤 반응을 보일지, 그 반응이 모친을 보러 오는
방향으로 가닥을 잡을지, 어떨지는 오로지 여준의 재량에 달려 있
었다.

방문 앞에 다가오는 발자국 소리에 놀랐다. 처음 있는 일이었다.

누구냐고 물었으나 대답 대신 은밀하게 문 두드리는 소리가 들
렸다.

오! 맙소사, 반복자였다.

"어찌된 일입니까? 언제 내려오셨어요?"

"선생님도 참! 먼저 들어오라고 하지 않으세요?"

"이 방에요? 아~ 들어올 곳이 못 되어요. 제가 나갈게요."

"서울에서도 한 방에서 오래 이야기한 사이인데 뭘 그러세요. 선생님."

반복자는 나를 밀다시피 방으로 들어오는 것이었다.

"저도 남의 눈에 띄는 게 싫어서 그래요. 글 쓰시는데 방해가 되지 않도록 잠깐만 이야기하고 갈게요, 선생님."

"두 분 할머니는 어떻게 하고 계세요?"

"저 이 곳에 온지 이틀 되었어요. 선생님이 어떻게 사시는지 궁금하니 저더러 가보라고 해서 왔어요. 아니 저가 가보겠다고 했나? 하여튼 왔어요."

"어떻게 소식도 없이, 용케도 찾으셨네요?"

"따님이 말 않든가요? 버스 터미널까지만 가면 사통팔달이라 했는데. 택시로 파출소 가면 상세히 일러줄 것이라고 알려주었어요."

"그랬군요."

"따님은 젊은이 같질 않아요. 어쩜 그렇게 사람을 감동시키는지, 글쎄 내 엄마 연배나 되는 것같이 남의 마음을 꿰뚫고 말을 하지 않겠어요?"

"그랬어요?"

"그런데 선생님, 요즘 같은 정보시대에 살면서 전화가 없다니 말이 됩니까? 따님이 휴대폰 사라고 안 해요?"

"우리는 상대방을 있는 그대로 존중해요."

"답답하지 않으세요?"

"쾌적한 걸요. 우리, 바닷가를 걸으며 이야기합시다. 여긴 잠자는 곳이지 담소할 곳이 못 되어요."

나는 내 쉼터를 지키기 위해 억지를 쓰다시피 밖으로 나왔다.

"그러니까 모친과의 재회는 몇 년 만에 이루어졌죠?"

"제 나이 열여섯에 헤어졌으니 18년 만이네요, 그래도 첫눈에 알아봤어요."

"좋지요?"

"좋긴요."

"많이 위로해 드리세요. 그러면서 복자 씨도 위로를 받는 거예요."

"선생님은 세상에 나온 도인이라고 엄마가 말했어요. 저도 정말 그렇다는 생각이 들어요."

"형편없는 사람을 두고 왜들 그러시는지 참 듣기가 거북해요."

"부인은 딸 하나만 낳고 돌아가셨다고요? 언제요?"

"그 말은 재미가 없으니 복자 씨 이야기나 합시다."

"제 형편 이야기 다 했잖아요. 저가 워낙이 세상을 등지고 사는 사람인데 따님이 거듭 전화를 하니까 우리 집 노인네들이 내 엄마 화재 당한 사정을 훤히 알게 되었어요. 다녀오라고 성화를 해서 마음에도 없는 길을 오게 되었지요. 선생님을 만날 생각이 없었음 오지 않았을지도 몰라요."

"그 무슨 당치 않은 말씀이세요. 얌전하게 생긴 분이."

"뭐 어때요. 저도 나이를 먹을 만큼 먹었고 산전수전 다 겪은 쓰레기인데."

“그런 말씀 마세요. 쓰레기란 삶을 포기하는 사람이나 할 소리에요. 사람은 사는 동안 하나같이 존귀하니까요.”

“참으로 기이한 일이네요. 사람은 제 잘난 맛에 산다고들 하는데……. 모조리 저만 잘났다고 하고 남을 얕보는 세상인데 선생님은 어떻게 그런 생각을 갖게 되었어요?”

“여준이 엄마를 알고 나서 정신적으로 성장한 결과라 생각해요.”

“부인은 그렇게 훌륭한 분이었어요? 아이고 아까워라.”

“여준인 내 딸이 아니고 여준이 엄마는 내 부인이 되기 전에 세상을 떠났어요. 결혼 계획을 가지고 하늘나라로 가버렸지요. 그 사람은 갔어도 그의 죽음 때문에 뒤에 남겨진 우리들은 아무 것도 포기한 게 없어요. 단지 ‘아버지!’ 하고 불러야 할 딸이 ‘아저씨!’ 라고 부르는 현실이 유감이지만, 우리는 무엇이나 있는 그대로 귀히 알아요. 그래서 불만 없어요.”

“저는 지금 얼떨떨하지만 배울 점이 너무 많다는 생각이 들어요. 선생님이나 돌아가신 분이나 그 분의 딸이나, 모두 모두 존경하게 되었어요. 저 같은 허접 쓰레기 인생을 좀 좋게 이끌어 주세요. 어찌해야 바르게 사는지…….”

“먼저 어머니하고의 관계를 회복해야 돼요. 복자 씨가 맏딸인데 다른 동생들보다 엄마의 처지를 많이 알고 있으면서 엄마를 죄면 하면 안 되지요. 엄마가 아버지의 폭력 앞에서 죽음을 당하라는 말 밖에 안 되니까.”

“그 때는 내가 너무 어렸어요. 엄마가 떠나고 하도 고생을 했기 때문에……."

　말소리는 바람의 방향에 따라 들리다 말다 했지만 엄마에 대한 그녀의 원성이 파도에 굳건한 갯바위를 연상케 했다.

　해질 무렵인가 바다 표면이 지표보다 높게 보였다. 오늘도 타는 저녁노을은 없을 것이었다. 분명히 있었으되 어디에도 없었던 것처럼 지나가면 그만인 하루의 나머지가 마지막 숨을 몰아쉬는 시간이었다.

　나는 이맘때가 되면 하루를 잃는 슬픔으로 눈앞이 흐려지곤 하는데 가슴을 쓸어주는 바닷바람이 묘약이다. 한데 나보다 여린 반복자는 이 암울한 순간의 영향을 전혀 받지 않는 느낌이다. 마치 여기 사는 사람들처럼 천혜의 조건에 일일이 눈뜨고 있지 않은 모습이다. 나는 남들과 다른 나를 아파하면서도 그런 나를 못 견디게 그리워하는 못난이다. 오늘을 지워 버릴 어둠이 산에서 내려올 즈음이지만 그녀의 얼굴은 여전히 창백하다.

　나는 모녀가 만난 김에 해묵은 감정을 말끔히 정리하고 새 세상을 열어가도록 조언을 해 본다. 그러나 마음이 움직이지 않는 눈치다. 근래 몸 상태가 어떠한가를 물어 보았다. 즉각 반응이 왔다.

　"뼈 마디가 아파요."

23

세상을 널리 돌아다니다 보면 뜻밖의 장소에서 의외의 사람을 만난다. 영화배우나 선전광고에 나오는 미녀에 식상한 사람이라면 반복자 같은 청순가련형을 좋아할 것이었다.

"이따금 핏줄을 타고 무엇이 기어가요. 발이 신경질적으로 움직여서 잠 들 수가 없기도 하고요. 이 몸이 지옥이구나! 하면서 문득 탈출하고 싶다가도 금방 마음을 바꾸어요. 이 몸에 의지하지 않고 무얼 이룰 수 있는가? 하고 말입니다."

"복자 씨는 무얼 이루고 싶은데요?"

"꼭 무엇을 이룬다고 하기보다 몸 없이는 무엇 하나 할 수 없잖아요. 아니, 아니 꼭 이루고 싶은 것이 하나 있어요. 자식을 하나 갖는 일이요. 언제나 훌륭한 사람의 씨를 받을 수 있었으면 했지요. 선생님 같은 분의 자식을 얻을 수만 있다면 이 세상에 태어난 보람을 찾을 터인데."

"어떻게 그런 큰일을 그리 쉽게 말하세요?"

"전 꼭 하고 싶은 말을 했어요. 달리 길이 없으니까요."

"산부인과를 찾아가 상의하면 길이 있을 겁니다. 복자 씨의 시댁 식구 동의를 구하는 일이 급선무지만요. 자신을 위해서나 시댁을 위해서나 바람직한 재생의 길이 될 것도 같네요. 원하던 자식을 갖게 된다는 희망으로 어쩌면 앓고 있는 병도 나을지 몰라요. 일거양득이 되는 셈이지요."

"산부인과에서도 남자가 무정충일 때는 묘안이 없던데요. 선생님은 저 같은 여자를 가까이 하는 게 싫으시지요. 관계를 갖지 않고도 방법이 있는 걸로 알고 있는데 선생님은 좋은 분이시니 저 좀 도와주세요."

"싫고 좋고를 떠나 나는 그럴 위인이 못 되어요."

"하는 수 없지요. 그런데 정말, 아기를 가지면 병도 나을까요?"

"그럴 확률이 아주 높다고 봐요. 반드시 시어머니와 함께 그런 일을 도모해야 하는 것 알지요? 복자 씨의 미래뿐 아니라 태어날 아이의 장래가 달려 있는 문제니까요. 가족이 전부 원하는 분위기가 성숙된 뒤에 진행되어야지 아니면 이런 일은 큰 파국을 몰고 와요."

그리고 나는 복자 씨에게 화재 보험회사 일을 돕도록 함으로써 그녀가 모친 곁을 쉬이 떠날 수 없게 만들고자 했다. 남인 내가 돌보는 것보다 친딸이 나서는 것이 합당할 뿐더러 모녀가 서로 이해하고 화합하는 계기도 되겠기에 말이다. 그러나 그녀는 말했다.

"저야말로 그럴 인물 못 되어요. 세상살이를 모르는 바보인 걸요. 엄마가 동생들을 보고 싶어 하면서도 서울로 자리를 옮길 생각은 없다고 해요. 서울 인심도 무섭고 자식들도 무섭다 했어요. 저는 엄마 곁으로 다시 오지 못해요. 건강에 자신이 없고 용기가 없어요. 이번엔 따님 극성에 정신없이 밀려왔지만 저는 집 밖에 나오면 불안해요. 실수도 잦고요. 벌써 장시간 바깥에 있었네요. 얼른 들어가야 하겠어요."

"복자 씨는 마음을 느긋하게 가질 필요가 있어요. 시간으로 따지면 불과 2~3십 분 밖에 경과하지 않았거든요. 멀쩡한데 괜히 자신을 환자로 만들어요? 스스로 신경성인 줄 알면서……."

그녀는 다시 마음을 가라앉히는 모습이었다.

"모친이 일터랑 은신처를 한꺼번에 잃고 지금 마음 둘 곳이 없는데 같이 살 생각은 없어요?"

"없어요. 시댁만 못해요. 정이 없는 걸요."

복자는 서둘러 두 할머니에게 돌아가고 나는 여준에게 전화를 했다.

반복자를 모친에게 보내준 공로를 치하하려고 수화기를 든 것이었다. 그러나 여준이 하는 말이 걸작이다. 나더러 여복이 터질 모양이란 수다다. 수진이 이모가 중매를 선다 하고 지윤자를 나의 배필로 추천하는 보육원 원장님의 전화도 있었다는 것이다. 그보다 더 웃기는 노릇은 여준이 원장님께 얼른 윤자님을 제주도로 보내라, 했다는 말이다. 그러면서 덧붙였다.

'님도 보고 뽕도 따고, 일은 그렇게 하는 거예요 아저씨' 하는 것이었다.

그 말을 그저 웃어넘겼는데 청보리집 할머니 딸 지윤자가 난데 없이 이곳에 나타난 것이다. 나는 두 할머니에게 불려갔다.

별안간 모녀 네 사람 가운데 중심인물이 되어 얼떨떨했다. 모두들 구면이라고 친근한 태도를 보이자 변화에 덤덤한 내 나이가 너스레를 떨었다.

"물 좋고 공기 좋고 분위기 그만인데요. 우쭐한 김에 저는 그만 오늘을 제 생일로 삼을까 봐요. 할머니 의견은 어떠세요?"

"그래, 그래 우리 두 할망이 생일상 차릴 터이니 맘껏 먹고 놉세."

두 분이 부엌으로 나가시자 나는 남은 두 여인에게 감사한 마음을 전했다. 더 늦기 전에 모친을 찾아온 것은 두 모녀를 위해 풀어야 할 숙제를 제때 해결한 것이며 심부름을 맡은 나로 하여금 보람을 찾게 만들었다고.

그리고 지윤자에게 말했다.

"어떻게 그 많은 식구 틈을 빠져 나오셨어요?"

"원장님이 큰마음 썼어요. 다 선생님이 방문해 주신 덕분입니다."

"이렇게 별안간 이루어질 수도 있는 만남인데 그토록 오랜 세월 기다렸지요? 며칠 사이 두 할머님 인상이 활짝 피었어요."

"오로지 선생님 덕택입니다. 그런데 선생님은 왜 재혼을 않으세요. 어서 정착하셔야지, 또 어디로 훌쩍 떠나 버릴세라 두 모친이 걱정들 하세요."

"이같이 좋은 날이 있는데 장소에 연연하고 사람에 연연할 까닭이 무엇입니까. 인연이 있으면 만나게 되고 인연이 다하면 헤어지는 것이 정한 이치이죠. 만나면 헤어지게 마련이니 그래야 몸도 마음도 덜 상하지요. 어차피 어디서 어디로 가는지 알 길이 없는 인생인지라.”

“세금 무서워 장사 못하고 헤어지기 싫어 못 만나겠어요? 그럴수록 앞당겨 살아야지 삶의 내용이 푸짐해질 거라 생각해요, 어떻게 굴러도 흥이 없는 남자로 한 세상 살 거라면…….”

“여자라서 그리 못한다는 말씀이세요?”

“맞아요. 남자들이 너무 너무 흐려 놓아서 함부로 뛰어들 수 없는 바깥세상이어요. 여자가 욕되지 않게 살려면 한 자리에 연연할 수밖에 없다고요.”

“윤자 씨는 보기보다 여리고 복자 씨는 겉모습보다 강한 느낌을 받아요. 정말 나는 여자를 볼 줄 모르는 걸까. 그래서 더불어 사는 맛이 일품이어요.”

“두 분이 결혼하세요. 제가 증인 설게요.”

반복자가 명쾌하게 던지는 말이다. 보기보다 결단력 있고 당찬 면모를 여실히 드러내는 순간이었다. 나도 놀랐지만 지윤자는 더 놀라서 말했다.

“젊어서인지, 생각이나 말이 거침없네요. 복자 씨는 좋아하면 곧장 결혼할 수 있어요?”

“처녀 총각도 아닌데 망설일 게 뭔가요. 시간 낭비지, 저는 분명히 말씀 드리지만 사랑할 상대가 나타나면 물불가리지 않고 따라가요. 남편이어도 좋고, 자식이어도 좋고, 그 어느 것도 아니어서 절망이지만."

내용과는 상관없이 반복자의 목소리에는 풀기가 없고 지윤자의 말소리는 명랑했다.

"출신도 나이도 성별도 다른 우리 세 사람이 지금 한 목소리를 내고 있네요. 담백하고 활달하고 편안해서 훗날 즐거운 추억을 만들어 줄 것 같아요. 추억의 출연자가 된 기분이 어떠신지요. 이러한 때 바깥에서 일어나는 세상사일랑 다 잊어버리세요. 현재를 꽃피우는 겁니다. 지금 이 자리에 없는 건 모두 있으나마나 한 들러리 아니겠어요."

"선생님도 되게 기분이 좋아 보여요. 그렇게 사람을 좋아하면서 왜 혼자 사세요? 속된 말로 사랑을 많이 받은 사람은 사랑을 갑절로 행한다는데 선생님은 사랑을 허영쯤으로 생각하시는 것 같아요. 그런가요?"

지윤자는 투박한 인상임에도 사람을 꿰뚫어 보는 눈이 예리했다.

"윤자 씨가 나도 모르는 내 마음을 말하네요. 말로 하는 요리 맛을 음미하는 중입니다."

하는데 '큰 밥상이 없어서 빌려 왔다앙' 하시는 식당 집 할머니가 우리들에게 함박웃음을 날리신다.

살림살이를 몽땅 태워버린 불 만난 충격보다 딸을 만난 기쁨이 크신 것이다. 그도 그럴 것이 화재 감식반에 의한 조사도 끝나고 보험회사로부터 전액 보상이라는 결과를 얻어냈기 때문이다.

"언제 이렇게 많은 음식을 준비하셨어요?"

나는 뜻밖의 상차림에 놀라서 물었다.

"평생 못 볼 줄 알았던 딸을 만났으니 줄줄이 자식을 다 만나게 되었는데 아까울 게 없엉, 그라고 선상님이 누구야? 우리의 어사또인 거야! 한씨 할망 그라지 않수?"

"왜 아니야, 김 선생님 말마따나 오늘이 한귀녀 할망 생일이라 쳐."

'이걸 먹어 봐. 이건 제주도에만 있는 음식인 게라' 하시는 말씀들을 귓전으로 나는 속으로 딴전을 헤매고 있었다. 내 안에 숨어 있는 나쁜 버릇이 나를 휘젓는 것이다.

행복해서인지 내 마음이 이리 허황되다. 대 가족 안에서나 볼 수 있는 세대별 여인 속에 묻혀 즐거움마저 낯이 설어서다. 더욱이 작은 한 방안에 있어서이랴! 내가 늙나 보다. 지금껏 시시하게 보이던 외로움이 예민하게 폐부를 파고든다.

"선생님, 음식이 입에 맞수꽈."

"예, 예! 맛있어요. 색다르고요."

"이건 한 할망 솜씨우다."

"저는 음식을 골라 먹을 줄 몰라요. 무턱대고 좋아하니까요."

"설마 좋아하는 음식이 없을라?"

"할머니, 무엇이 먹고 싶다 할 때는 꼭 그 음식을 찾을 수 없는 곳에 있더라고요. 음식은 자기 앞에 있는 것이 최고고 배고플 때 먹는 게 최상이지요. 우리가 아끼는 음식이나 물이 죄다 가난하고 목마른 데로 흐른다면 얼마나 좋을까 하는 것이 배부른 마음이기도 하고요."

“선생님, 술 좀 하시지요?”

“선생님은 술 안 하세요. 세상에 둘도 없는 모범생이라고요.”

“복자 씨가 어떻게 선생님에 대해 잘 알아요?”

“저가 서울에서 첫눈에 선생님을 알아봤거든요. 그리고 제 속내를 훨훨 털어냈더니 묵은 병이 다 나을라 해요. 선생님, 정말로 저 고질병이 지금은 다 나은가 싶어요.”

“듣던 중 반가운 소리네요. 신경성이란 게 그런 거예요.”

“내가 환자라는 사실을 까먹었걸랑요.”

“복자 씨 자신이 마음으로 생긴 병이라고 했잖아요. 그걸 병이라고 키우고 있었던 겁니다. 이제 아셨죠? 그래서 환자는 환경을 바꿔주는 것이 중요하다고들 한답니다.”

“선생님은 어떻게 초면에 타인으로부터 신뢰감을 얻어내세요? 도대체 그 비결이 뭐에요?”

“무의식중에 심어지는 신뢰감이 있다니, 저로서는 어리둥절해요. 그런 말을 몇 번 들은 것 같은데 과연 그럴까?! 할 따름입니다.”

“우리 보육원 원장님 성품이 여간 깐깐한 분이 아니신데 첫 인상을 그렇게 후히 말씀하시더라고요.”

“아마 허허로운 제 마음 덕인가 봅니다. 아까도 말했듯이 매사 쉽고 편하게 넘어가니까요. 집착이 없는 하루살이 생각이 저를 어디에나 적응케 하고 자유롭게 하거든요.”

“하루살이라니 너무 슬퍼요.”

“이제 보니 복자 씨는 천상 여자네요. 어찌 보면 강인하고 또 어찌 보면 한없이 여려요. 거기 비하면 나는 여장부 같아.”

“윤자 씨가 누구의 딸입니까! 사랑의 여 전사 한귀녀 2세란 말입니다.”

“아시는군요. 우리 엄마 참 대단하죠. 이제 선생님이 겪어온 환경 이야기를 해 주실 차례입니다. 초기 결혼생활은 어떻게 끝이 났어요?”

“이것 참 새삼스럽네요. 저는 한 번 결혼하고 한 번 사랑했어요. 결혼생활은 형식적으로 무난하게 끝끝내 제대로 갖추어진 상태지만 실패였다는 자평을 하고 있어요. 한 사람이 불행하면 다른 한 사람은 상대적으로 행복해야 하는데 부부는 달라요. 한 사람이 불행하면 남은 한 사람마저 상대 감정에 휘말려서 똑같이 불행해져요. 서로에게 민감한 만큼 빨리 지치게 마련이지요. 더는 참을 필요가 없다는 사실을 서로 곧 알게 되는 겁니다. 자세히 파고들면 두 사람에게 두드러진 허물이 있는 것도 아닌데 생활전선이 무자비해서 삶에 대처하느라고 그렇게 망가진 거라 생각되어요. 저의 경우 세월이 가도 죽은 아내에게는 여전히 미안해요. 그런가 하면 사랑에 중독을 일으키는 여인이 있었지요. 서울에 있는 여준이 엄마입니다. 그녀를 만나 처음으로 숭고한 정신세계에 눈을 떴는데 운명이 우리를 여지없이 갈라놓았어요. 생사가 서로 다르지만 그녀를 여전히 사랑해요. 이상입니다.”

“죽은 사람을 사랑하는 건 산 사람의 도리에요. 삶이 통째 얽매일 문제는 아니지요 선생님?”

“물론입니다. 저의 경우 사람들이 갖는 고정관념조차 짐스러워요. 그런 까닭에 이대로 충분히 행복해요. 시간 밭에서 금언을 캐려 하니 날마다 새롭고요. 햇빛을 숨 쉬며 자연을 집삼아 살자니 가족을 책임지는 가장 노릇 자체가 저에게 부담일 수밖에요. 윤자 씨가 얽매인다는 표현을 했는데 보기 나름이지만 저는 무엇에 충실하기커녕 저 몸속에 갇히는 것조차 싫어요. 그런가 하면 몸을 구성하는 세포 하나하나에 의미를 부여하기도 하고 일일이 감사하기도 해요. 돌아올 줄 모르는 시간의 길 위에 우리 모두 돌아오지 못할 길을 가고 있지요. 그 누가 자유로울 수 있단 말입니까. 그저 그런대로 소홀함이 없는 하루의 연속이었으면 하고 바랄 뿐이지요."

"역시 글 쓰시는 분의 생각은 다르네요. 후세에 이름을 남기기 위해 예술하는 분들이 존경스러워요. 남들이 어울려 노는 시간에 혼자 연구하고 표현하노라면 지칠 법도 한 일인데 오로지 한 우물만 파고들거든요. 선생님께서도 언젠가는 이름을 떨치시겠지요?"

"나중에 이름이 남든 말든 그건 이미 나하고 관계없는 세상일이 아니겠어요? 나를 확인하는 방법이 그뿐이니 쓰는 게지요. 쓰다 보니 그 속에 온갖 생명 현상들이 깨어나고요. 언제부터인가 나만의 세계에 빠지면 살아있는 의미를 찾게 되고 남과 어울리다 보면 나를 잃어가는 기분이 된 거에요."

"그럼 지금 이 순간도 선생님에게는 아무 의미가 없겠네요?"

반복자의 목소리에 실망의 빛이 역력하다.

"삶을 통틀어 그렇단 말이지, 아무렴 저라고 순간의 신선한 기쁨

24

명중 아저씨 일이 궁금한 여준이 보육원으로 전화를 걸었다. 초조한 기다림 끝에 들려오는 목소리는 의외였다. 지윤자 보모의 제주도 나들이 후일담은 시종 담담했던 것이다. 조급한 김에 여준이 물었다.

"우리 아저씨가 제일 반기시지요?"

"우리 엄마가 제일 반기지 웬 아저씨요?"

"아저씨가 모녀 사이에 끊긴 다리를 놓았으니까요."

"맞네, 그 말 한 번 명담이네."

지윤자는 비로소 웃음소리를 흘렸다.

여준이 모든 걸 알만 했다.

외롭고 서러운 명중아저씨! 엄마와 함께 가기로 약속했던 제주도에서 혼자 언제까지 계실 것인가! 고달픈 그 여정은 언제 어디에서 끝이 나려나? 아저씨는 이제 캐나다로 떠나실 즈음에나 전화를 주실 것이었다.

내친 김에 여준이 수진이 이모에게 전화를 했다.

외할머니 안부를 묻기 위해서다. 마침 전화를 할 참이었다면서 이모가 여준에게 기쁜 소식을 전한다 했다.

숨죽여 다음 말을 기다리니 외갓집이 팔렸다는 것이다.

엄마가 이 세상에 남긴 유일한 재산인데 그걸 팔아먹으면서 하는 소리다. 무어라고 대답을 해야 되는데 말이 나오질 않는다.

"이왕 팔아야 할 건데 제 때 팔렸으니 얼마나 좋으냐. 할머니가 제일 좋아하셔. 이제 한시름 놓았단 말이야."

"잘 되었네요."

여준이 내심 기다렸지만 끝내 얼마에 팔렸다는 말은 없다. 돈 앞에 맴도는 마음이 모조리 그랬다.

문득 새엄마가 생각났다. 돈독이 오른 사람! 하면 금방 새엄마가 떠오르는 것이다. 지금은 듬뿍 듬뿍 돈을 쓰는데도 여준의 마음이 그렇게 돌아간다.

'새엄마가 어찌 되었건 젊고 씩씩한 내가 왜 그 음울한 계절의 골방에 자신을 밀어 넣는가?'

새엄마 생각을 하고 나면 어김없이 여준은 자신에게 화가 난다.

이러한 기류를 벗어나기 위해서도 빠른 시일 안에 새엄마와 화해할 일이었다. 여준이 그러한 마음을 전했을 때 영식이 엄지손가락을 들어 여준을 가리켰다. 아내를 자랑스러워하면서 자기도 만족스럽다는 표시였다.

지난 번 방문길에 새엄마와 여준이 사이에 간신히 아물고 있던 상처를 까발린 꼴이 되고 보니 영식이 더는 어찌해 볼 도리가 없었던 것이다. 그렇다고 아내를 나무랄 일도 아니었다. 장인어른을 위해서는 오히려 잘 된 일인지도 몰랐다. 어떤 변화를 부르는 계기는 되었으니까.

"아버지가 절대로 정신을 잃은 것 같지 않은데 어째서 이따금 허황된 모습을 보인다고 하는지, 나는 이해가 안 돼. 영식 씨 생각은 어때요?"

"오래 전 이야긴데 처남이 장인어른의 통장을 훔쳐갔다고 지팡이를 휘두르고 야단이 났었다고 운전기사가 내게 귀띔을 해 주었어. 그래서 장인어른이 나를 자꾸 찾으시니까, 행여 그런 상의를 하시려나? 했는데 만나 보면 아니었어. 언젠가 우리가 처가에 갔다가 소란 틈에 빠져 나온 일이 있었지, 그 때도 그 여파인가 했거든? 단 둘이 약수터로 가는 길에 내가 직접 물어 보았지만 그런 사실조차 기억을 못하시더라고. 그러면서도 경비아저씨를 찾아가 아들을 도둑놈이라고 욕하는 바람에 기사들 입을 통해 온 동네 소문이 퍼졌을 거라면서 기사아저씨는 미리 발뺌을 하는 것이었어……."

"그 말을 왜 이제야 하는데?"

"처음에는 충격을 받아서 섣불리 말을 할 수 없었고 점점 어디까지 믿어야 할지 나도 모르게 된 거야, 무슨 대책이 있는 것도 아니고."

"아버지란 사람은 원래 주관이 없었어, 그렇게 태어났는지 그렇게 키워졌는지 알 수 없지만 병마조차 두드러지지 않고 숨어 있는 것 좀 봐.”

“명랑한 사람은 짧게 만나는 동안에도 행복해지지만 음울한 사람은 잠시 머무는 곳마저 흐려놓는다 했어. 여준 씨! 우리 주변 일일랑 닥치면 그 때 그때 헤쳐 나가기로 하고 우리끼리 있을 때는 잊어버리자. 분위기 오염될라.”

영식의 짐작대로 장인은 곧 병원에 입원하셨다. 병실을 알려주려고 영식을 찾으셨던 것이다. 그런 사실을 전해 들은 여준은 일단 남편을 따라 나섰다. 예상한 대로 환자는 간병인의 시중을 받고 있었다. 환자복을 입어서인지, 몹시 초췌해진 모습이었다. 여준은 이날따라 영식이보다 더 말을 많이 했다. 아버지더러 책읽기를 권하고 필요한 것이 있으면 갖다 드리겠다고 말했다. 아버지는 고개를 흔드셨다.

옛날에 피아노 잘 치셨다면서 이어폰을 꽂고 치는 작은 전자 피아노 하나 사다 드릴까 하고 물었다. 다 틀렸다는 대답이었다.

이제 그런 취미를 살릴 때가 되었다고 설득하는 딸의 태도가 자못 진지하다. 이변이었다. 여준이 무슨 제안을 할 때마다 장인은 영식을 돌아보았다. 영식이 그렇게 하세요, 하고 거들면 됐다. 되었어, 라는 반응뿐이다.

우리는 아무런 성과 없이 돌아왔다. 그러나 병실지킴이 간병인에게서 새엄마가 다녀갔다는 말을 들은 터였다. 그나마 안심이었다. 여준이 찾아가 사과드릴 일만 남은 것이다.

그런데 집안 정리를 대충 끝내고 세탁기를 돌리던 여준의 생각이 변했다.

아빠가 없는 그 집에 가고 싶지 않은 것이다. 저무는 하늘 아래 아빠가 다름 아닌 친정이었다. 여준의 가슴이 울컥했다. 아서라, 하건마는 줄금줄금 잇달아 눈물이 흘렀다. 세탁기 탈수 소리에 마음을 가다듬은 여준이 그 길로 새 엄마를 향해 수화기를 들었다.

"엄마, 병실을 다녀가셨더군요. 저가 뵙고 싶었는데 길이 어긋났어요. 엄마 많이 노여웠지요? ……제가 말을 함부로 했어요. 용서해 줘요. ……엄마도 젊었을 때는 잘못이 많았다고 했잖아요. 저가 아직 철이 덜 들었나 봐요. ……그동안 할머니 사랑을 제일 많이 받은 우리 중이에게도 미안하고 영식 씨도 저를 많이 나무랐어요. ……알다 말다요. ……저가 다 알면서도 순간적으로 실수했어요. 그래서 이렇게 빌지 않겠어요. ……고마워요. ……엄마 쉬세요. 그럼 이만 끊을게요."

영식이 여준에게 다가와 눈을 둥그렇게 뜬다. 새벽부터 처가 행을 서두르던 아내의 변신에 의문을 나타낸 것이다.

여준이 그렇게 되었다는 뜻으로 고개를 끄덕이고 만다. 부부는 말없이도 그렇게 통하는 법이다. 새엄마를 찾아가지 않고도 전화상으로 간략하게 화해를 하고 보니 여준이 그동안 자신을 내리누르던 짐을 벗은 기분이다.

화해란 이해에서 오는 것이 아니라 스스로 자유롭고자 하는 또 다른 자구책이었다.

그런데 사흘들이 전화통에 대고 장인이 야단이시다.

하루 종일 굶기고 피 뽑고 생사람 잡는다는 것이었다.

주말 퇴근길에 들렀지만 장인은 깊이 잠드신 뒤였다. 영식은 간병인으로부터 환자의 근황을 설명 들었다. 부인이나 다른 자식이 오면 쫓아버린다는 것이었다. 그리고는 자꾸만 사위가 올 것이라고 기다린다는 이야기였다.

의사 선생님이 왕진을 와도 입을 굳게 다물고 도리질 아니면 고개만 끄덕인다 했다.

영식이 우울한 말은 빼고 여준에게 병원 다녀온 다른 말만 했다. 그럼에도 불구하고 다음날 여준이 아빠의 병실을 찾아갔다.

"나는 병원이 썰렁해서 싫다. 집에 가고 싶다."

"새엄마가 냉정한데 그래도 아버지는 좋으세요?"

"아니, 나는 네 집에 가고 싶다."

"저가 아버지한테 못되게 굴었는데……."

"성 서방이 있잖아, 중이도 있고."

"아버지, 저가 아버지를 미워해도 괜찮아요?"

"넌 나를 미워하지 않아, 나도 널 미워하지 않아, 너 엄마랑도."

"미워하지 않았다고요? 사랑하지도 않았지요?"

"사랑을 밖으로 하나? 속으로 하지."

"아빠는 엄마를 버렸으면서."

"네 엄마가 나를 버렸지, 널 안고 떠나지만 않았어도. 둘 다 행복하게 잘 살 수 있었는데."

"할머니 때문이었는데 아빠는 왜 엄마에게 원망을 돌리세요?"

"할머니가 살면 얼마나 산다고, 조금만 참아 주지."

"참을 일이 따로 있지요."

"그런 게 뭐 그리 중요해. 집집마다 말 못하는 사정이 있는데, 부부로 만나 자식까지 두었으면 참고 살아야지, 좋은 세월 만나지."

"아버지처럼 엄마도 그렇게 나약한 인물인 줄 아세요? 엄마는 더러운 꼴 보며 살 만큼 미련하지 않았어요. 떳떳하게 산 거라고요."

"그래서 그 고생을 하냐?"

"아버지하고는 도대체 말이 되지 않아요."

"나도 안다. 나는 이 세상에 둘도 없는 소인배야."

"그런 뜻이 아니고요."

"네 엄마는 잘난 사람 아니니, 못난 나를 좀 봐주면 안 돼?"

25

더위가 무르익고 있었건만 부부동반 모임을 갖자고 제안한 사람이 바로 영식이었다. 친구들은 다소 부담이 되었지만 중한의 처지를 생각해서 열일 제쳐두고 모여들었다.

영식은 중한의 아내가 참석하는 데 의의가 있다고 미리 분위기를 띄웠다. 그녀가 남편 험담을 늘어놓는다 하더라도 그 말을 일방통행으로 받아들일 것이며 자기만 옳다고 주장해도 그 말을 다 들어주어야 한다고 못을 박았던 것이다. 잔뜩 자존심이 상한 중한의 아내로 하여금 확실한 속 풀이가 되든지 통쾌한 화풀이가 되는 기회를 주자는 것이었다. 그러나 겉으로는 여준이 영식의 친구 부인들에게 소개되는 자리라고 이름 부쳤다.

모임에 나타난 중한의 아내는 그 두 가지 경우를 고루 누리고 있었다. 누구든지 덤비기만 해봐라 하던 식의 처음 태도와는 달리 시간이 지날수록 격앙된 목소리가 누그러지면서 여러 사람의 호응 속에 기분전환이 되는 듯했다. 결국 중한의 아내는 스스로 말이 많았음을 시인하고 여러 사람의 양해를 구하기에 이르렀던 것이다.

"속 끓는 말을 다 털어 놓았더니 내 마음은 후련하지만 여러분에게 미안한 감이 드네요. 좋은 분위기를 흐렸다면 용서해 주세요."

미리 계획된 일이긴 해도 여러 사람의 참을성은 한 가정의 화를 막고 불을 끄는 진정제 구실을 하기에 충분했다. 그 후에 여준이 다시 중한의 아내를 찾아갈 이유가 없어졌으니 말이다. 중한은 영식이 내외에게 감사하다는 인사를 따로 할 정도였다. 영식이 며칠 뒤에 물었을 때 다소의 여유가 생겼다더니 곧 부부 불화가 끝이 났다고 중한이 다시 전화로 알려 왔다.

영식은 체증이 내려간 기분이라 했다. 그뿐 아니라 술 때문에 친한 친구를 잃고 나서 틈만 나면 회사를 그만 두겠다고 하던 말이 없어졌다. 윗사람이 그런 기미를 알아차렸는지 아니면 외국 방문객이 줄어들었는지, 근래 그의 일과 후 술시중이 뜸해졌다. 그래서 그런지 끼니때마다 위장약을 챙겨도 불편하다던 배속타령이 사라진 지 오래다. 몸 상태가 가벼워지니 영식의 표정도 한결 밝아졌다.

따라서 부모님 그늘에 들어갈 날이 언제가 될지 몰라 착잡하던 여준의 일상에 활력이 생겼다. 아직은 부모님이 거뜬히 농장 일을 돌보시고 목부들도 열심이다. 젊어서 좀 더 넓은 세상 경험을 쌓은 뒤 그 일을 물려받아 마땅할 것이었다.

어쩔 수 없는 일이었지만 친정에 너무 치우쳐 사는 감이 있어 여준은 영식을 졸랐다. 부디 시부모님 금혼식을 동네잔치로 만들어 보자고.

그러나 영식의 제안에 대한 부모님의 반대는 완강했다.

"사모관대(紗帽冠帶)에 족두리 쓰고 잔치를 하다니 아니 될 말이다. 우리는 그럴 자격이 없어."

"아버님! 그 무슨 당치 않은 말씀이세요."

"아가! 정말이다. 우리는 우리의 부모님을 그리 대접 못 했거든, 가난했었어. 너희 할아버지, 할머니는 자식 여럿을 공부시키느라 고생만하다 가셨지, 그리고 지금은 손자가 대학입시 준비 때문에 고통을 받고 있어. 내가 말은 않고 있지만 속이 타들어가는 거야."

이번에는 영식이 나서서 항변했다.

"아버지, 호텔 연회장을 빌려 크게 떠벌리자는 것도 아니고요. 조촐하게 동네 어르신들 모시고 마을회관에서 부모님의 금혼식 겸 아버지의 희수(77세)를 기념하려는 거예요. 손자가 고3병을 앓고 있지만 다들 당하는 일이지요. 막내며느리 소원이니 제발 들어 주세요, 아버지."

"싫다. 형이 여유 있게 사는 것도 아니고 영식이 직장이 안정된 것도 아니고 늘 불안하기만 한데 무슨 호사스런 소리냐?"

"저희들이 떳떳하게 잘 살지 못해서 그러시지요. 아버님."

"하지만, 아버지, 우리 집안엔 부자 부럽지 않은 건강이 있어요. 기회는 자꾸 있는 게 아니잖아요. 돈 많이 들이지 않아도 동네잔치가 될 수 있다고요. 아버지가 부모님께 못한 일을 저희는 할 수 있게 해 주세요."

"아버님, 허락해 주세요. 두고두고 자식들의 즐거운 회상이 될 거예요."

음식은 집안에서 만들고 상은 마을회관에 차렸다. 젊은 아낙들이 모여 일손을 도우고 친척들이 상차림을 거들어주니 온 동네가 와자지껄했다.

형님의 친구 한 분이 민속한복집을 운영하고 있어 빌려 온 옷이긴 하지만 부모님의 예복은 곤룡포와 궁중 활옷을 닮아 있었다. 화사한 몸단장을 끝낸 노부부가 맞절을 하고 결혼 절차를 재현하는 자리는 사람들의 호기심으로 빛났다.

늙은 신랑 신부를 놀리는 농담이 한 차례 뜰 때마다 주인공과 하객들이 하나가 되었다. 하객들은 연신 웃고 박수 소리는 꼬리를 물어 짧은 순간 쏟은 정성에도 어른들의 칭송은 길었다. 만나는 이마다 그냥 지나치는 일 없이 가족 모두에게 관심을 쏟으니 말이다.

남남이 만나 부부의 인연을 맺고 자식을 낳아 몸 바쳐 살아온 인고의 세월이 보이지 않는 포물선을 그린 것이다. 이날이 있기까지 함께 넘긴 수많은 고비가 있었으리라. 용케도 비켜 난 함정도 더러 있었을 것이었다.

토막 인생을 살아온 친 부모에게서 한 번도 느낄 수 없었던 아름다움이 문득 여준의 가슴에 와 닿았다. 저렇게 우아한 노후를 맞는 거다. 손끝에 아리지만 삶 끝에 전해 질 감동을 위해 더더욱 착실하게 살아야 한다.

끊임없이 참고 조심하면서 지혜롭게 이룩한 생애의 포물선! 우

리가 시부모님을 본받아 저렇게 허리가 휘도록 살면 우리중이 또
한 우리 부부를 그대로 본받을 것이었다.

"엄마! 나도 동생 낳아 줘. 아이들은 모두 동생이 있단 말이야."

"……."

"중이 고집부리지 않고 엄마 말 잘 들으면 동생이 태어날 거야."

여준을 대신한 영식의 대답이었다.

"엄마! 정말이지? 그럼 빨리 아기 낳아야 돼?"

가족사진 촬영이 진행되는 동안 분주히 음식이 배달되고 있었
다. 어수선한 주위 분위기가 외려 가족들의 긴장을 누그러뜨리는
데 도움을 주었다.

어느새 분장을 했는지 연지 곤지 찍은 형님이 싱글벙글 웃으며
여준에게 다가왔다. 이마에, 양쪽 볼에, 빨간 스티커를 붙여주는
것이었다.

참으로 장난스런 연지요 곤지였다. 뒤 이어 맏아들 내외가 꼭두
각시 춤을 흉내 내며 좌우 양편을 통해 중앙으로 나왔다. 시누이
내외가 따라 나가고 여준이 내외가 그 뒤를 밟았다.

노래방 기기에서 울려 퍼지는 전주곡에 맞추어 '어버이 은혜'가
울려 퍼지자 누구의 요청이 있은 것도 아닌데 모두가 한 마음으로
따라 불렀다.

잊고 있던 어버이의 은혜를 일일이 일깨우는 노랫말을 이어가며
자식과 어버이가 동시에 가슴 울먹한 순간이었다.

여준이 홀로 노랫말을 새기며 음정을 잇지 못하고 울먹였다.

걷잡을 수 없이 눈물이 흘러도 영식이 볼세라 닦을 수도 없었다.

그런데 눈물을 훔치는 시누이가 보였다. 참으로 달콤한 눈물도 있었다.

여준은 거리낌 없이 울고 있는 시누이가 부럽다 못해 스스로 부끄러웠다. 딸의 마음을 따르다 말은 며느리의 입장이 그랬다.

때 늦은 식사가 진행되는 동안 흥거운 뒤풀이가 시작되었다.

자식들의 친구들 축하공연은 주로 부부가 하나 되어 동네 어르신께 인사드리는 점잖은 자리였다.

그러나 '분장 무도회' 가 시작되면서 동네 처녀 총각들이 총출동된 느낌이었다. 그야말로 마을 노인들을 위로하기 위해 고심한 흔적이 엿보였다.

남자들은 전부 여자로 분장하고 여자들은 모조리 남장차림이어서 한 사람씩 소개될 때마다 장내는 웃음바다였다. 골판지를 다리에 감은 신사가 있는가 하면 코주부 아저씨에 수염이 석자인 할아버지도 있었다. 검은 테이프 콧수염에 검은 안경을 쓴 채 완전히 얼굴을 감춘 이가 있었으니 그는 타이즈 차림이었다. 장내가 떠나갈 듯한 박수를 받기에 어인 일인가 했더니 남자의 거시기를 강조해서 바짓가랑이 앞이 불룩하다. 내의 속에 커피 잔을 차고 나왔음이 분명했다. 그런가 하면 스티로폼 젖가슴이 함지박만한 여인네에 엉덩이가 과장된 금발의 여인이 꽃가지를 입에 물고 등장한다. 고깔모자 쓴 아기에 더벅머리 총각도 빠지질 않았다. 윗도리를 돌려 입고 바지를 뒤집어 입은 이는 손수건을 앞뒤로 붙여, 미리 수작업을 했음이 분명했다. 야한 분장 쇼가 끝나자 디스코 선율이 분위기를 압도한다. 본격 춤판이 벌어진 것이다.

　남녀노소 한데 어우러져 난장판을 이루다가도 그 곡이 끝나면 금방 장내 질서는 지켜진다. 모두가 선후배요 가족 친지들이기 때문이다.

　온종일 봉사하느라 모두들 수고가 많았을 터이지만 흐뭇한 마음이 몸의 피로를 다스려 주는 하루였다. 결국 주인공 식구들은 물러나고 동네 여흥은 계속되게 조치를 한 후 오늘의 주인공 배후 인물들은 슬그머니 그 자리를 물러났다.

　여준은 시부모님을 위로해 드린 이상으로 자기 자신 많은 위로를 받은 기분이었다. 떳떳하게 처신하기 위해서는 주변 사람에 대한 배려가 우선이었다. 마치 김을 매고 뿌리를 북돋우는 이치와도 같이.

　여준은 아기를 영식에게 맡겨두고 혼자 병실에 들렀건만 그 어느 때보다 마음이 편안했다.

　"그런데 아버지! 저하고 이렇게 이야기할 때는 그 누구보다 사리가 밝고 정신이 맑은데, 그 참 이상하네요. 왜 집안에서는 정신을 놓아버리세요?"

　"세상이 귀찮아서 그래, 여준이 너하고는 달라. 어미나 자식이나 욕심 밖에 몰라. 보기 싫고 듣기도 싫어, 같이 사는 게 싫어서 그래."

　"저하고는 어떻게 다른데요? 아빠!"

　"너는 말이야, 어려서부터 눈치 빠르고 염치를 아는 아이였어. 아빠가 약봉지를 들면 쫓아가서 물을 가져 왔었지, 과자 하나라도 꼭 어른 입에 먼저 넣고, 이것들은 말이야. 먹을 게 넘쳐나도 싸워,

제일 맛있는 것 차지하려고."

"난, 아빠가 날 미워하는 줄 알았어요."

"네가 공부는 않고 나쁘게 풀리는 줄 알았었지. 정말로 미워하면 내가 너를 미국까지 보내고 너한테 생모를 찾아 주었겠? 그 때문에 새엄마가 나를 잡아먹지 못해 안달이었는데."

"우리 집에 가면 병이 나을 것 같아요?"

"응, 나는 너하고 살면 다 용서할 수 있을 것 같아."

"아니면요. 아빠가 누구를 용서할 수 없단 말이세요?"

"네 엄마는 죽어도 용서 못해. 평생 내 숨통을 조인 원수야, 내가 속속들이 죽지 못하고 겉으로 살아온 것도 다 두고 보자는 심사였는데 나 먼저 죽고 말았으니……."

"그럼, 엄마가 죽기 전에 한 번은 찾아 왔어야지요. 저가 그렇게 소원을 했는데. 왜 마지막 기회를 놓쳤어요?"

"너 같으면 사랑하는 여자가 죽는 꼴을 보겠느냐? 그 때까지 원수였는데."

"사랑했으면 엄마가 가출했을 때 따라 갔어야지요?"

"너, 무얼 모르는구나, 수십 번도 더 갔다. 네 이모 수진이가 다 알아."

"엄마가 받아주지 않았어요?"

"너 정말 아무것도 모르는구나. 니들 모녀를 찾아가 밤새 빌었었지, 이 고생하지 말고 집으로 돌아가자고."

"아버지! 아버지는 죽을 용기가 없어서 살아 있었던 거예요. 엄마 때문이 아니라고요. 이제부터라도 엄마에 대한 원망을 집어치우고 오히려 용서를 구하세요. 그래야, 엄마도 저승에서나마 아버지를 용서한다고요. 경우가 어찌 되었건 간에 자기 말을 안 듣는다고 미워하다니, 올바른 사람이 할 일이냐고요. 생각을 바로잡아야 새 세상이 열려요.”

“네가 지금 뭐랬냐, 네 집에 가자고?”

영식은 그 말을 듣는 즉시 장인의 검사 결과가 나오는 대로 우리가 모시자 했다. 여준은 그럴 수 없는 이유를 늘어놓았다. 새엄마와의 감정문제가 주종을 이루고 있었다. 영식은 환자가 원할 때 일단 모시는 게 도리라 했다.

며칠을 모시든지 그건 나중 문제라는 것이다.

26

여준은 새 엄마와 담판을 했다.

환자는 어디든지 자유롭게 드나들도록 하되 간병인을 대동할 것과 차를 대기시킬 것 등을.

병원 처방을 따랐으나 약효는 보이지 않고 환자는 밤낮 잠만 잤다.

어쩌다 맑은 정신이 돌아오는 순간이면 어김없이 엄마를 원망하는 것이었다. 그런데 그 말 가운데 지극한 사랑이 묻어 있었다. 여준은 더 이상 참지 못하고 할 말을 하고 말았다.

"아빠는 제가 예쁘다면서 재산은 왜 새엄마를 다 주었어요?"

"자식 이름으로 돌려놓아야 한다면서 그렇게 했었지. 결국 여준이만 빼 놓았으니 나도 부지런히 채권이랑 현금을 모았었지, 그 새끼가 훔쳐갔어. 어미가 시킨 거야. 여준이 건데, 그 놈이 몽땅 훔쳐갔어. 내가 다 알아. 악질이야, 악질들이야."

“언제 그걸 알았어요?”

“내가 알아? 내가 정신이 없는데.”

아빠는 흡사 계집아이처럼 한동안 컥컥거리며 우는 것이었다.

통원 일정에 따라 아버지는 자주 병원을 찾았다.

병원을 찾는 횟수가 늘어갈수록 정신은 더 혼미해지고 몸 상태는 눈에 보이게 나빠졌다. 멀지 않아 퇴원길이 자기 집 방향인지 딸네 집 방향인지 분간이 없을 정도가 되었다.

그래도 약속된 병원 길을 오가는 외에 다른 방법이 없었다.

“아버지, 왜 우세요?”

“너 때문에 네 엄마 생각이 나서…….”

“그러지 마세요. 아버지가 우는 건 딱 질색이야, 남자가 왜 그래요?”

“네 엄마는 숱한 고생 다 했다. 너 그것 다 모르지?”

“몰라요. 모르는 게 좋아요. 엄마는 이 세상 사람이 아닌데 왜 자꾸 부질없는 엄마 생각을 하세요. 아들 딸 낳고 긴 세월 새 엄마와 살았으면서…….”

“새엄마는 엉큼해, 나는 저주 받았어. 내 인생은 엉망인 거야.”

“대궐 같은 집에 살면서 자가용에 기사까지 둔 사람이 흔한 줄 아세요? 아버지는 부자세요. 아버지는 큰 부자라고요. 알았지요?”

“네가 어렸을 때, 그 때가 세살이었나? 아직 말을 못 배웠을 때였어. 내가 널 보러 갔었지. 놀이터에 혼자 있기에 구멍가게에 데리고 가서 과자를 사 주었어. 벌써 이 애비를 잊었더라고.”

아빠는 다시 눈물을 훔치는 것이었다.

"아버지, 옛날 얘기하지 마세요. 남은 날이 많지 않아 앞만 보고 가기도 벅차요. 저 이모를 통해 아빠 사정 다 알았으니까 더는 뒤 돌아보지 마세요. 아버지 정신만 돌아오면 앞으로도 좋은 일이 얼마든지 있을 텐데 약 먹고 잠자고 그뿐이라니 억울해요. 아버지. 잡숫고 싶은 것 없어요?"

아버지는 고개를 저으신다. 아버지는 이미 아주 먼 과거의 사람일 뿐 그에게 현재는 없다.

여준이 수진이 이모에게 물었던 것이다. '정말로 아버지가 엄마에게 여러 번 용서를 빌러왔었느냐'고, '오면 뭘 하나? 병신같이 말 한 마디 제대로 못하고 돌아갔는데…… 아무리 수정언니 콧대가 세다 해도 그렇지, 형부는 언니 앞에 기가 죽어서 정말로 정 떨어지게 생겼었어. 어찌 되었건 집 나온 여잔데 강제로라도 끌고 갈 일이지!' 했던 것이다.

외가 식구들은 다 몰라도 여준은 내막을 알고 있기에 그럴 수밖에 없었던 아버지가 진정 가엾은 것이다.

철들자 망령(妄靈)든다더니 병들자 망령(亡靈)든 아버지다.

여준은 틈틈이 명중아저씨의 홈페이지를 방문해 보지만 아저씨는 컴퓨터를 떠나 사시는 것 같다.

행여 작품 쓰시는 데 방해될까 봐 섣불리 방문 흔적을 남길 수도 없는 입장이었다. 여준이 제주도로 신혼여행을 다녀오긴 했지만 경제적인 부담만 없다면 계절별로 가 보고 싶은 곳이다.

그런데 무엇이 벙그레한 꽃봉오리 마음을 움츠리게 하는가. 자존심이 상해서 말도 못하고 속으로 앓는 형편은 언제쯤 좋아지려나. 살림살이 빠듯한 긴장감이 젊은 날의 낭만을 좀먹는다.

복에도 없는 여인네들 속에서 희희낙락하던 일이 믿기지 않을 정도로 침체된 환경으로 다시 돌아왔건만 명중은 애써 그 때의 기분을 회상한다. 시종 좋은 인상을 준다는 말에 뼈대 없이 허물어진 것 같은 자신을 뒤돌아보는 것이다. 과연 그러한가! 무엇이 나를 그처럼 원만하게 보이도록 내 안에 작용하는 것일까. 명중은 소스라친다. 옛 상처가 덧난 것이다.

'미치갱이 새끼' 명중의 사춘기를 도배하고 있던 그의 자격지심이다.

'그 왜 미친 여자 있었잖여, 그 여자가 업고 다니던 아이가 저렇게 큰 거여.'

그의 등 뒤에 어김없이 꽂히던 여인들의 쑥덕공론이 한 마디의 말로 불거진 순간은 지금도 생생했다.

동네에서도 불량끼 있는 한 친구가 있었다. 마지못해 어울리게 된 야외 자습 시간에 그가 어렵잖게 뱉은 말이다. 명중은 자기를 향한 화살인 줄 알았다. 나락으로 굴러 떨어진 명중에게 그 이전 시간은 없었다.

당장 무슨 일이 터질 듯한 위기의식이 아이들 속에 팽배했다. 못 들은 체를 하는 수밖에 다른 도리가 없었다.

아이들의 호기심은 잔인했다. 주위를 맴돌면서 줄곧 명중을 압박해 왔던 것이다. 시간은 더디 흘렀다. 간신히 숨을 쉬는 사람에

게 삶은 사치다. 마지막 수업시간이 시작되고 나서야 명중은 겨우
자신에게 충실할 수 있었다. 그는 은밀히 쪽지를 썼다.

***너도 알겠지만 우리 둘이 해결할 문제가 있다. 아이들의 구경거
리가 되고 싶지 않거든 방과 후에 내 뒤를 따라라. 아무도 모르게
우리는 단 둘이서 결판을 낸다. '미치갱이 새끼'로부터***

　종례 시간 전에 밀어 넣은 쪽지를 그 녀석이 보는 것까지 확인한
명중은 아이들이 대충 교정을 빠져 나간 후, 마지막으로 교문을 나
서기 전에 그와 눈이 마주쳤다. 출발 신호를 보낸 것이다.
　동네 골목을 빠져 나오자 산길이 이어졌다. 사람의 발길이 닿지
않는 곳을 물색하느라고 명중은 몇 번 방향을 틀었다.
　"그만 가 새끼야!"
　"나도 그럴 작정이야."
　나무 등걸 아래 책가방을 놓고 그가 다가오기를 기다렸다.
　"너도 자리 잡아."
　하고 말하면서 명중은 윗도리를 벗어 가방 위에 얹었다.
　그가 싸울 의지를 다지는 기색이 보이자 명중이 먼저 말했다.
　"친구의 불행을 놀림감으로 삼으면 어떤 결과가 오는지 보여주
려고 해."
　"네가 나를 이길 것 같으냐? 한심한 새끼!"
　"그건 나중 문제야, 나는 내가 할 도리를 하는 것뿐이니까. 덤
벼."

"어쭈!"

명중이 들은 말은 그것이 전부였다.

그 날이 어제인 듯 기억을 간추려가며 명중은 상황을 재현하고 있었다.

─나는 정신없이 주먹을 휘두르고 터지고 때리고 넘어지면 다시 일어났다. 누가 때리는지 맞는지 분간할 수 없는 난장판이었다. 상대는 어떤지 몰라도 나는 싸움이 처음이었다. 어려서는 형이 짓궂게 굴면 마구 덤볐지만 형은 언제나 나한테 맞아 주었다. 그런데 내 꼴은 얼마나 험상궂은지 몰라도 상대 녀석 역시 지쳐서 헐렁거렸다. 나는 확실히 정상이 아니었다. 마냥 공중에 떠 있는 기분이었다. 죽기로 결심하면 산다더니 내가 그랬다.

서로 차고 밀다가 쓰러지면 다시 일어서서 그 짓을 반복하다 보니 누가 세고 약하고는 판결이 나지 않았다. 녀석이 일어서다가 휘청했다. '별 수 없는 것이 그렇게 힘자랑을 했구나' 하면서 몸을 일으키는데 내 무릎이 꺾였다.

이놈의 세상을 살아서 무얼 하겠다고 하는 가소로운 생각이 들자 그놈과 붙어 끝장을 내려고 함께 나뒹굴었다. 엎치락뒤치락 서로의 얼굴을 공격하는 마지막 수단이었다. 녀석의 코피가 내 주먹을 물들였는지 나의 손길이 닿는 부위마다 피가 묻어났다. 나도 그럴 것이라 생각하니 동정심 따위가 사라졌다. 그러나 싸움의 열기는 식어가고 서로의 주먹을 주거니 받거니 하는 차례조차 지켜지지 않았다. 내 주먹이 거듭 올라갔으니까.

"야, 싱겁다. 그만 두자."

"아니, 하나가 죽을 때까지 싸우는 거야."

"야, 너 같은 악돌이 새끼는 나, 난생 처음 본다. 다른 아이들도 다 서로 미치갱이 새끼라고들 하잖아, 그게 뭐 대수라고 이 지랄이야."

"너, 정말 아무 뜻 없이 하는 그런 소리였어? 지금도 그래?"

"그래, 새끼야. 그렇게 분하면 나보고 그래라, 얼마든지 미치갱이 새끼라고 불러."

"너 이사왔지?"

"그런데?"

나는 벌떡 일어나 녀석의 손을 잡아 일으켰다. 이 고장 출신이 아닌 그가 나의 묵은 상처를 찌르지 않았건만 나는 심한 내출혈을 일으켰던 것이다.

속속들이 멍들고 병들었으되 남에게 의젓해지려고 고심하고 고뇌한 흔적이 오늘의 원만한 성품을 만든 것이다.

인상이 좋다는 말은 그래서 뭉근히 가슴에 차올랐다.

독인 듯 약이 된 삶이 아니었던가!

청보리집 할머니와 식당 할머니가 나란히 나들이 나오셨다. 명중이 반갑게 두 분을 따라 나섰다.

결국 서울로 돌아간 반복자는 다발성 관절염 진단을 받았다고 했다. 생명에는 지장이 없지만 뼈마디가 굳어서 앉은뱅이가 되고 마는 무서운 병을 앓고 있었던 것이다. 그녀의 모친 못지않게 명중의 마음이 언짢았다. 자식을 잉태하고자 하던 그녀의 꿈이 여지없이 무너졌으니 말이다.

사람에는 타고난 운명이 있는 것일까. 있다손 치더라도 저마다 제대로 그 길을 가는 것일까. 하여튼 한창 젊은 나이에 내려진 가혹한 형벌이었다.

명중은 얼른 두 분을 모시고 남 제주에 자리 잡은 영화예술회관 구경길에 올랐다. 택시를 타고 시외버스 정류장에서 다시 버스를 갈아탔다. 외곽지대를 한 바퀴 돌아 가로지른 산길은 녹음 속이었다. 눈에서 가슴까지 시원하게 뚫린 남원읍에 내리니 나그네보다 어리둥절한 할머니들이다.

입장권을 사서 회관에 들어서니 예상했던 대로 두 분은 신비경에 빠지신다. 명중은 얼른 뒷마당에 둘러있는 낭떠러지 해안 산책로 생각이 났다. 그 길을 날마다 걷고 싶어 아예 이곳에 자리를 잡을까 하던 때가 있었던 것이다. 처음 제주도를 떠돌 당시였다.

남원은 서귀포 인근이지만 태풍 해일도 비켜간다는 온화한 고장이다. 하지만 여기서 바라보이는 바다는 멀기만 하고 청보리집 앞바다는 발에 밟혔다. 그 당시 명중의 마음이 얼마나 허전했든지 보리밭을 앞자락에 담은 집안을 기웃거리다 말고 그 허술한 집안으로 여지없이 스며들고 말았던 것이다. 주인 할머니를 만나 단조롭던 과거에 새로운 획을 그어놓고 이제 떠날 날을 헤아리고 있는 것이다.

두 분 할머니와 헤어지기 전에 꼭 한 번 모시고자 했던 곳에 오고 보니 역시 잘했다는 생각이다. 이제 서로 잊을 일만 남았다 해도 살아가는 동안 기억의 통로는 열려 있고 그들의 아름다운 회상은 한동안 계속될 것이었다.

　정원이 이리 좋은데 바다 구경이라니! 싫다는 할머니 두 분을 그 자리에 남겨두고 명중은 바다가 깎아지른 낭떠러지를 향해 갔다.

　현무암으로 빚은 산책길은 여전한 절벽 위 곡예길이었다. 굽이치는 해안선을 따라 파도가 몸을 풀면서 하얗게 거품을 토하는 자리에 통나무 의자가 놓여 있었다.

27

일몰이 일품이라는 사라봉이나 그 곁에 몸을 푼 비로봉 기슭에 서처럼 나무 등걸 사이로 몸을 비틀며 비늘을 일으키던 바다와는 딴판이다.

고깃배가 유유히 떠있고 갖가지 식물과 꽃이 어우러져 여인의 치맛단을 연상케 하는 길을 거닐다 보면 전망이 뛰어난 지점을 골라 마련된 쉼터가 사람의 마음을 사로잡는다. 돌아 나온 명중을 잡고 감격해 하시는 두 분 할머니께 명중은 말하지 않을 수가 없었다.

"할머니네 바다하고 다르단 말예요. 그 바다가 성질부릴라치면 이 바다는 아주 그림 같단 말입니다."

"그려? 그럼 한 번 가보자고."

두 할머니는 바다보다 길가에 지천으로 핀 야생화에 정신을 빼앗긴다. 꽃 이름을 줄줄이 꿰며 즐거워하시는 모습이 천진스럽기도 했다. 이 하늘아래 명중에게 주어진 몫 가운데 엄마는 없었지만 할머니를 모를까 보냐!

명중은 자기가 타고난 이상의 몫을 챙기는 순간으로 하여 두 분 할머니 보다 더 행복했다.

"나도 딸을 낳았더라고 남들처럼 사위 사랑 한 번 해봤으면 했는데 오늘 남의 사위 덕에 호강했어. 정말이여."

한귀녀 할머니는 그런 말로 고마움을 전한 뒤 뒤따라 말씀하셨다.

"내 살아생전에 오늘 일을 절대로 잊지 못할 거야."

"이 할망도 처음 하는 호사로다."

늠름한 지윤자는 나중에 모친을 서울로 모셔 가겠다고 말했단다. 마지막 결정은 모친의 선택에 맡겨진 모양새다. 아마 몸이 쇠잔해서 더는 움직일 수 없는 먼 훗날 할머니 자신이 알아서 처신하란 말인 것 같은데 서글펐다.

병든 반복자는 친정으로 돌아올 생각이 없었건만 할머니는 그게 아니었다. 새로 식당일을 시작하는 즉시 자기가 데리고 살아야지, 하는 것이었다.

모녀의 결심 그 어느 편이 되었든지 간에 계획은 슬프게도 이 한 세상 끝 날을 겨냥하고 있었다.

며칠 뒤의 일이다. 명중은 한 할머니에게 작별인사를 하러 갔다. 떠난단 말이냐고 몇 번을 되묻던 한 할머니 어깨가 축 늘어졌다.

"기여 올 때가 왔구먼, 헤어져야 할 때가 온 거라고."

식당주인 할머니의 거듭되는 말씀에 마음을 진정시킨 한귀녀 할머니가 한 손을 허공에 휘젓는다. 말문이 막힌 것이다.

"아니 되우다, 나랑 같이 가야여. 나랑 보육원 가자고 했지라."

"나랑 같이 서울 가자고, 나는 이대로 임자랑 떨어질 수 없어
엉."

할머니가 우신다. 영 떠나는 게 아니라고 해도 막무가내로 눈물
을 흘리신다.

"정이 들은 게여. 아주 무섭게 정이 든 게여. 할망 갔다 오우다.
내가 집 지킬 짬에 선상님 따라 얼른 갔다 오우다."

명중이 당장 떠나는 게 아니라고 말씀 드렸건만 식당 할머니가
정색하여 말씀하셨다.

"선상님, 귀찮다 말고 이 할망 딸한테 데려다 주우다. 남부럽지
않은 딸이 있는데 왜 이러고 사느냐고 내가 저 속에 불을 질러 그
런가 보여."

혼자 느긋하게 청보리가 일렁이는 뜰을 즐기던 그 할머니는 어
디로 가고 한없이 나약한 한귀녀 할머니가 온통 눈물에 젖어 있
다.

"혼자 살 적엔 몰랐는데 사람 냄새를 맡고 나서 이젠 나 혼자 못
살아."

"할머니! 제가 가는 길에 할머니를 따님에게 모셔다 드리는 일
크게 어렵지 않아요. 결심만 하세요."

하숙방으로 발길을 돌린 명중이 물끄러미 밤하늘을 쳐다보았
다. 별들이 웅얼거리는 소리가 귓전에 들릴 것만 같건마는 마음에
는 파도가 부서졌다.

밤바다는 더 짙게 멀어지고 파도는 더 희게 부서졌다.

시시각각 아름다운 밤이었다. 이 밤도 며칠이나 지속되려나, 했던 것이다.

명중이 기다리던 컴퓨터 게임방 수리는 쉬이 끝날 것 같지도 않고 일단 서울행을 작정한 한 할머니 조바심만 헤아려졌다. 어찌나 불안해 하시는지 주변 정리를 위해 더는 지체할 수가 없었던 것이다.

막상 보육원에 도착하고 보니 한 할머니의 딸 윤자 씨보다 더 반기는 이가 원장님이시다.

"어떤 사람은 미국에서도 해마다 오고가드구만 제주도가 어찌 그리 멀더란 말이요. 사람 참 독하지."

"사람이 독하긴, 돈이 독하지요."

두 분 할머니의 해후가 통한의 세월을 단숨에 뛰어넘는다.

시간이 지체되고 있었다. 캐나다로 떠나기 전에 인천 국제공항 주변을 답사할 기회인 것이다. 일단 지하철로 인천까지 간 뒤 뱃길로 영종도를 둘러보고 여준에게 전화를 할 계획이다. 그런데 얼른 따님에게 전화하라는 원장님의 재촉이 심상치 않다. 어찌해야 할 바를 몰라 웃고 있는 명중에게 원장님이 말했다.

"여기서 며칠 묵는다고 올 테면 오라고 전화하시오. 이게 보통 인연인가."

윤자님이 나직이 여준이와 통화를 한 다음 수화기를 나에게 건넸다.

"아저씨, 보육원에 도착하셨다고요?"

수화기를 든 여준이 명중에게 되묻고 있었다. 자초지종 사연을 전해 들은 여준이 뒤늦게 깔깔거린다.

"실밥이 터지듯 줄줄이 여복이 터지는 신호 같아요."

"새로운 방향을 가리키는 수신호로 보여? 중이엄마 제대로 본 것 같아. 오늘 밤은 여기서 묵기로 했거든. 두 분 할머니의 고집을 꺾을 수가 없어."

"아저씨, 저가 바라던 바예요. 어쩜 우리 모두가 하나같이 바라는 바인지도 몰라요. 거기 며칠 쉬시면서 앞날을 설계해 보세요. 어쩜 전혀 새로운 길이 열릴지도 몰라요."

"바쁜 사람에게 무슨 한가한 소리?"

"아저씨, 저의 예언을 너무 소홀히 넘기지 말아주세요."

다음날 보육시설 윤자엄마에게서 여준에게 전화가 왔다. 그녀의 목소리는 맑고 흥분되어 있었다. 다름이 아니라 명중아저씨와 원장님은 이모 조카 사이 임이 밝혀졌다는 기상천외의 소식이다.

이 밝은 세상에 어떻게 이런 일이!

명중아저씨 못지않게 원장님의 과거도 단절된 상태였다는 것이다.

윤자님은 말했던 것이다.

"우연히 말이 나왔어, 아주 우연히, 말하자면 지연(地緣)이 인연을 이끌어냈다고 봐. 우리 왜 어느 지역 출신인가를 물어 그 사람의 뿌리를 찾잖아, 그러다가 친가 외가를 들추어 인연의 실타래가 풀린 거야."

여준이 만사 제치고 보육원으로 달려갔다.

아저씨도 원장님도 얼굴이 상기된 채였다.

—검은 송판(松板) 울타리 위에 비스듬히 몸을 기댄 개나리가 그 동네 명물이었어, 지금처럼 꽃이 흔한 시절이 아니었다구.

원장님의 이야기에 방해가 될까 봐 여준이 조심해서 분위기에 끼어들었다.

명중아저씨의 엄마 이야기가 그림처럼 펼쳐진 것이다.

—계곡에서 불어오는 산바람이 을씨년스런데 유독 내 동생 집 담장에만 개나리가 피는 거야, 마치 겨울잠을 깨우러 산을 타고 내려오던 봄이 그 집에 여장을 푼 듯했었지. 나는 그러한 집에 사는 동생이 무척이나 자랑스러웠어, 아무런 뒷받침이 없었건만 오로지 고운 심성 하나로 그 고된 세월을 이겨내고 어엿한 부잣집에 시집 간 거야.

그런데 한창 재미있게 살 나이에 그만 정신 이상을 일으켜 온 마을을 떠돈다는 소문이었어. 남모르는 속사정이 오죽했으면 그리 되었을까, 참으로 눈앞이 캄캄한 충격이었지. 언니 된 나로서는 죽을힘을 다해 사는 것만이 죽지 못해 사는 마음을 다스리는 길이었어. 그런 중에 안방마님 눈에 든 거야.

'저 애라면 무엇이든지 믿고 맡길 만하다.'

안방마님 생전에 영감마님께 누차 말했다더만 내가 무얼 알았게, 한치 앞을 못 보는 어두운 세상인데. 오직 마님이 남기고 가신 젖먹이 아기씨를 어떻게 살리느냐 하는 일념뿐이었지, 그 해를 넘기지 못하고 아기씨가 숨을 거두자 내가 살 길도 끝났는가 보다 했었지.

"보모까지 떠나면 이 늙은이는 어찌하란 말이요. 부디 나를 좀 돌봐주구려."

어르신 말씀을 듣고도 이것이 꿈인가 생시인가 하다가 처음으로 주인어른을 똑바로 쳐다본 날이었지.

'왜 내가 너무 늙어서 그러는가, 장래 걱정일랑 말게, 내가 다 알아서 조치할 것인즉.'

그리고 삼년 세월 끝에 안방차지를 하게 되었어. 나의 신변에 그러한 변화가 일어나도 어디 알릴 곳이 있어야지 고아가 아닌 다음에 어찌 이럴 수가! 했었지…….

우리는 계속 숨을 죽이고 원장님은 어두운 과거를 찾아 손전등을 비추듯 자신의 먼 옛날을 더듬고 계셨다.

"우리 큰 언니는 유서 깊은 양반댁에 맏며느리로 들어가서 곧장 친정엔 발길을 끊었고 둘째는 시집 갈 나이가 가까워 오니까 집에 남아 있었지만 나는 남의 집에 소개되었었지. 만석꾼이 어쩌고저쩌고 하는 시절이 있었지만 농지를 빼앗긴 지주들은 막일이 서툴러 어렵게 된 시대였으니까. 우리 아버지도 그 때 화병으로 돌아가신 거라 생각돼. 마지막으로 내가 너희 집에 갔을 때(원장님은 어느덧 명중아저씨더러 너라고 하신다.) 뒷산에서 소쩍새 우는 소리가 들렸어. 그 해 들어 처음이라 말했으니 초여름이었던가 봐. 시골 치고도 살기가 좋았던지 그 마을엔 초가집이랑 기와집이 반반씩 섞여 있었는데 다들 돌담장을 두르거나 흙 담벼락이 고작이었지. 그런데 너의 아버지는 일본 책을 보고 유별난 집을 지었다지 뭐니, 그 시절에 어떻게 그런 생각을 했던지 안마당에 노천 목욕탕까지 갖추었댔어. 난봉꾼으로 이름나기 전엔 여러모로 보기 드문 사람이었지, 생각이 앞선 사람이었다고. 일본 여자들이 줄줄이 와서는 꽃을 얻어 갔다지 뭐야, 여자들이 잘난 남자를 가만히 버려두지 않았던 거야. 그 동네는 산과 들과 바다를 끼고 있는 농어촌이어서 일본 사람들이 많이 살았었지, 그곳엔 마작도 흔하고. 아편도 잘한다는 소문이었어."

"이모님, 저는 저의 출생에 대해 너무 무얼 몰라요."

"그럴 테지……."

"그것이 일생 저를 따라 다니는 한입니다. 우리 엄마는 이모님과 닮았어요? 생김새나 성품이나 무엇이든지요."

"사진 없어?"

"사진만 있어도 저가 이렇게 서운하진 않겠지요."

"내게 사진이 있었어. 아버지는 털깃이 달린 코트에 멋쟁이 차림이고 엄마는 여우목도리를 두른 빛바랜 사진이었는데 아직도 단아한 그 모습만은 분명히 기억해. 그 때는 사진이 귀한 것이어서 안주려는 걸 억지로 빼앗다시피 했는데 6·25 사변 통에 어찌 되었는지."

한참 생각에 잠긴 듯 숨을 고르고 계시든 원장님은 지금까지의 인상과는 달리 근엄한 목소리로 말씀하셨다.

"조카님, 내 나라를 떠나지 마소. 내 눈엔 처음부터 조카님이 예사롭게 보이질 않았다오. 이제 우리 서로 도우며 살자요. 이제나마 피붙이를 만났으니 늦지 않은 거라 생각되구먼. 아니 그렇소?"

"이모님, 격의 없이 말씀하세요."

"조카자식도 늙어가니 사람들 앞에서는 존칭을 쓰고 우리끼리 있을 때는 서로 편케 할 것이요."

"김 선생님은 이 할망 앞장서다가 복 받은 것이여."

한귀녀 할머니의 말씀을 따라 명중아저씨와 윤자님의 눈길이 마주쳤다.

"나도 우리 엄마도 혼자 살 팔자라고 점쟁이가 말했단 말이어요. 그래야 명을 때운다 했어요."

다소 엉뚱한 반응이었다.

"그렇다고 한 분뿐인 모친과 아주 인연을 끊을 작정이었어요?"

그제야 무안한 듯 쳐진 목소리를 가다듬어가며 윤자님이 다음 말을 이어나갔다.

"청상과부가 된 나의 불행을 엄마에게 그대로 알리는 건 너무 잔인하다는 생각이 들었어요."

28

지윤자는 회한을 듬뿍 머금은 목소리로 마음에 맺힌 말을 털어놓았다.

"몰인정한 인간이 되어 차라리 욕을 먹고 말지, 생각해 보세요. 저가 엄마의 유일한 희망인데 바쁘게 사느라고 소식 없는가 할 수도 있잖겠어요? 이런 경우 모를 때가 좋은 것 아닌가요? 세월이 갈수록 이대로 밀고 나가는 게 피차 좋다는 확신이 섰어요. 저가 모친을 모실 수 있는 여건이 갖추어질 때까지 말입니다. 차일피일 그날을 기다린 게지요."

"저가 찾아오지 않았더라도 언젠가는 찾을 작정이었단 말이지요? 그러다가 돌아가시면 어쩌려고요."

"죽고 사는 일을 누가 막아요. 은연중에 혼자 사는 사람끼리 서로 돌보는 시골 정서에 기대를 하며 사는 꼴이었지요."

그리고 지윤자는 다시 말했다.

“하도 막막하여 점쟁이를 찾아갔더니 하늘도 땅도 바위인데 나 혼자 나무라 했습니다. ‘이 나무가 어이 살꼬’ 하면서 그녀가 한숨 집니다. 그래도 늦복은 있으니 팔자 한탄하지 말고 열심히 살라는 당부도 잊지 않았지요. 절대로 놓칠 수 없는 한 마디였어요. 그로 부터 두 번 다시 점 보러 가는 일은 없었지만 더는 외로움이 괴로 움을 닮아가는 나약한 나는 존재하지 않았어요. 철저히 혼자라는 사실을 명심하고 굳건하게 마음을 다지는 계기가 된 셈이지요.”

여준은 집으로 돌아오는 길 내내 명중아저씨의 변화에 대해 마음 뿌듯했다.

여준이 들뜬 목소리로 영식에 알린 사실이지만 세상 떠난 모녀의 인연을 기리며 보육원을 차린 영감님은 해마다 늘어나는 식구를 거두느라 손수 밭을 일구어 거기서 나오는 수확으로 고아들의 숙식을 해결했다는 것이다.

암울한 현실을 피하듯 자식들은 죄다 이민가고 결국 보육원은 폐쇄할 지경에 이르는데 비로소 딱한 사정이 세상에 알려지는 뜻밖의 행운으로 이어졌단다. 이곳 출신 고아들의 도움과 뜻있는 사회 각계각층의 관심이 젖줄이 되어 오늘에 이른 것이다.

여준의 말에 깊숙이 말려 든 영식은 명중아저씨의 출국 소식이 없자 날이면 날마다 아저씨 앞날에 서광이 비치는 조짐이라 했다.

중이 엄마가 바라던 대로 아저씨의 떠돌이 생활이 청산될 터이니 두고 보라면서 아저씨의 행운을 비는 반면 무언지 모를 허전한 마음을 숨기지 않았다.

“아저씨 또한 평범한 인간으로 돌아가는 거야. 결국 그렇게 되는 거라고.”

하고 영식이 말하면,

“나의 짐작 역시 그래 얼마나 다행한 일이야! 아저씨는 그토록 그리던 엄마 대신 엄마 못지않은 이모님을 얻었으니 이 한 세상 절반의 한은 풀은 셈이지?”

겉으로는 부부 함께 입을 모아 이야기하면서도 여준은 혼자 생각했다.

‘어인 일로 아저씨를 뵈러 갈 생각이 없다. 이러지 말아야지 하면서도 왠지 그렇다. 축복하는 마음 따로 울적한 마음 따로 마구 엇갈리는 이것이 무엇일까. 아저씨를 그렇게도 좋아했는데 무엇이 내 안에 도리질을 하는 걸까! 나는 좀 더 솔직해질 필요가 있다. 한 권의 책을 통해 하늘나라 나의 엄마가 다시 살아나는 길, 그 길이 위태로운 때문이다. 명중아저씨가 보육원에 안주하시면 모처럼 경험하는 사람의 훈기 속에 지금껏 누리지 못한 포근한 생활은 시작될지언정 분명 아저씨가 꿈꾸던 작가의 길은 아닐 것이다. 따지고 보면 나는 너무 깊이 엄마의 글에 몰두해 있었음을 이제 알겠다. 한 권의 책으로 엮을 수 없는 작은 분량이긴 해도 그 향기를 숨길 수 없다는 절절함에 서다. 사람은 저마다 자기 살 도리를 찾기에 급급하다지만 나마저 이렇게 되다니!’

여준은 스스로 반성하면서 현실을 직시하기로 작정한다. 명중아저씨가 어느 길을 택한다 해도 아저씨를 사랑한 엄마, 이 수정의 딸답게 떳떳이 행동하리라, 작정한 것이다.

오늘은 명중아저씨의 결혼식이 보육원 뒤뜰에서 치러지는 날이다.

동트기 직전 청회색 빛깔에 감전된 여준이 자리에서 일어나 창문을 열었다.

벌레소리도 깨어나지 않은 적막이 신선한 감촉으로 뺨에 닿았다.

머리에서 발끝까지 그 기운이 전달되는 시간을 벌기 위해 여준이 숨을 들이켰다 뱉고 다시 마시기를 계속하고 있었다.

높은 하늘에서 깊은 바다에 이르는 청색은 명상에 잠긴 신비의 색채다.

빛이 있어 이루어진 하늘 아래, 정이 있어 어우러진 삶의 축복인 것이다.

"어인 방문객이야?"

"이곳 출신들 아니겠어?"

종소리가 울리자 아이들이 서둘러 두 줄로 늘어섰다.

긴 행렬을 이룬 이들은 서로 마주 바라보며 가운데 길을 터놓고 있었다.

원장님이 마련한 김명중 아빠와 지윤자 엄마의 야외 결혼식장에는 그 흔한 풍선이나 인조 꽃 대신 흰 천 자락이 처마 끝에서 양쪽 기둥을 타고 너울거렸다. 원장님은 백발에 어울리는 청회색 한복 차림이었다.

원생 두 사람이 양팔을 부축하여 원장 할머니의 식장 입장을 돕고 있었다.

　원장님이 단상에 오르시자 '행복의 문 열리어라' 로 시작되는 결혼 행진곡이 아이들의 입에서 울려 퍼졌다.

　신랑신부 입장이 시작된 것이다.

　분홍 드레스를 입은 신부는 머리가 반백인 머리에 화환을 둘렀고 말쑥한 정장차림의 신랑은 웃고 있어도 품위가 돋보였다.

　원장님 앞에 나란히 선 이들은 한동안 허리 굽혀 절한 다음 원장님 지시에 따라 맞절을 하고 하객을 향해 돌아섰다.

　"오늘은 반세기에 걸친 보육원 역사 이래 처음 맞는 경사스런 날입니다. 우리 모두 아버지를 맞이하는 복된 자리이지요. 우리는 한 식구이기 때문입니다. 오랜 세월 우리 모두 아빠 없이 살아왔지요. 그 동안 이런 날을 그 얼마나 기다렸던가요. 우리의 아빠가 되어 주신 김명중 선생님과 우리 집을 따뜻한 가정으로 만들어 주신 지윤자 엄마의 결혼 주례를 맡게 되어 본인은 소원을 이루었습니다. 여러분도 이제 따뜻한 가정의 온기를 느낄 수 있을 것입니다. 우리 다 함께 뜨거운 축하의 박수를 보냅시다."

　신랑 신부의 혼인서약이 있은 다음 결혼반지가 교환되었다.

　원장님의 주례사 겸 훈화가 시작되었다.

　"시설 초기에 몸담았다가 다 커서 둥지를 떠났던 자식들이 이렇게 많이 올 줄은 몰랐는데 마당이 좁도록 찾아준 여러분이 고맙고 자랑스럽기 그지없습니다. 열일 제쳐두고 이 자리를 빛내기 위해 찾아온 여러분은 물론, 마음에는 있어도 얼른 걸음이 내키지 않아 물심양면으로 정성을 보내온 더 많은 여러분의 형제자매들에게도 행운이 있기를 기원하면서 우리의 앞날에 더 큰 화합이 이루어지기를 간구합니다. 이 세상에 우리들보다 더 큰 가족이 있을까요. 개인의 힘은 비록 작은 것일지라도 일심동체 되어 사노라면 이루지 못할 일이 없을 것입니다. 여러분이 오늘날까지 우리 집에 쏟은 정성과 서로에게 기울인 사랑이 있는 한 우리의 미래는 복될 것입니다. 잃은 것보다 얻는 것이 많을 테니까요. 부모님 모시고 사는 집 자녀로 거듭나는 이 자리에 구구한 이야기를 늘어놓지 않겠습니다. 나는 여러분을 믿으니 말입니다. 그럼 짧은 인사와 당부의 말을 끝으로 잊을 수 없는 이 순간을 마무리하고자 합니다. 여러분, 조촐한 식단이나마 함께 즐겨주시기 바랍니다. 오늘의 신랑 신부가 퇴장하는 즉시 축배를 들자고요.”

다시 풍금소리가 시작되면서 합창이 울려 퍼졌다. 신랑 신부가 돌아서서 팔짱을 끼고 몇 발짝 움직이는 것으로 식은 끝났다.

어른 아이 다 함께 어울려 손뼉치고 손 맞잡고 얼싸안는 풍경으로 돌변했기 때문이다. 그 곳에는 가까운 친척이나 먼 이웃이 따로 없었다.

그들 모두 한 식구라는 것을 증명이라도 하듯 빠짐없이 새 부부에게 다가 섰다. 부부는 일일이 눈길을 맞추어 축하객 모두에게 자기들의 관심을 보였다. 드디어 여준이 내외 차례가 왔다.

원장할머니와 한귀녀 할머니는 여준의 손을 놓지 않고 있었다.

“신혼여행은 아들 내외가 있는 캐나다로 가시겠네요?”

여준은 오늘의 주인공 두 사람을 번갈아 보면서 말했다.

“중이 엄마 예상대로야.”

그렇게 말하는 명중아저씨의 표정은 이전 그대로이건만 정장에서 풍기는 거리감 때문인가 여준이 알던 그 분 같지 않았다.

집안에서 퍼지는 음식 냄새가 어수선한 아이들을 안으로 불러들이고 여기저기서 자동차 시동을 거는 엔진소리가 들렸다. 흡사 영식의 내외더러 이만 물러가라는 신호와도 같이.

여준은 누가 볼세라 재빨리 걸음을 옮기고 영식은 아들 중의 무게에 짓눌려 여준의 뒤를 쫓기 바빴다. 보육원이 보이지 않는 어디쯤에서 콜택시를 부를 것이었다.

"어떤 이는 늙도록 새 배필을 만나 새로운 출발을 하는데 지질이도 복 없는 우리 엄마 때문에 내가 아주 죽을 것만 같아."

"여준씨 답지 않아!"

"그래, 나는 못난이야, 질투가 나서 그래, 얼마든지 비웃어."

그렇게 부르짖는 여준은 안으로 허물어지는 모래성을 닮아 있었다.

"하늘나라 선녀가 되어 있을 장모님이 이 세상 때가 묻은 당신의 언행을 보시면 얼마나 실망하실까, 여보. 제발 그러지 마라."

여준의 큰 울음소리는 기어이 아들 중마저 울리고 말았다.

중을 안고 빙글빙글 돌던 영식이 여중의 등을 다독거리며 말했다.

"우리 집에 명중아저씨 내외를 초대하자. 정중하고 아름답게 보내드리는 거야."

여준이 새로운 경지에 눈을 뜨는 순간이었다.

그날 밤에 그런 사실들을 엄마에게 신고하는 심정으로 여준이 차분하게 엄마의 유고(遺稿)를 펼쳐 들었다.

체중을 부려놓고 떠난 사람/ 체온을 벗어놓고 떠난 사람
체취 풍기는 길목에 서서/ 너도 우는가, 가을 나무여!
　시(詩) 모정(母情)은 이 한세상 못 다한 엄마의 숨결이요. 그리움이 비늘을 일으키는 삶의 꿈결이었다. 여준은 비로소 영식이 자기 자신보다 더 엄마의 고결한 정신세계에 근접해 있다는 사실을 인정했다. 그리고 잠들기 전에 고마워, 진정 고마워! 라고 가슴 저리게 읊조렸다.

　—햇살은 축복이었다. 밝다 못해 그랬다.
　명중아저씨랑 여준이 제주도에서 가장 인상적인 곳으로 손꼽아 말하던 산방산 용머리에서의 일이다. 가까스로 바위벽을 돌아가니 거기 바위 병풍이 성채(城砦)를 이루고 있다. 태고의 주름살을 켜켜이 드러낸 바위산은 웅장하고 그 아래 펼쳐진 반석은 흡사 지진(地震)의 여파(餘波)를 숨기고 있는 기적의 가슴이다.
　어린 시절로 돌아간 여준이 물속에 서 있었다.
　물은 채 무릎에 닿지 않았고 같은 또래 아이들도 거기 있었다. 여럿의 웃음소리가 물살을 일으키는가. 물밑을 기어오는 빛살 무늬가 있었다. 갯바위 틈에서 시작된 빛은 엄청 눈부셨다. 엄마는 미리 진주를 캐고 있었던 것이다.
　"거기서 뭣 하는 거예요?"
　"진주가 무진장이야, 제일 큰 걸 잡으려고."
　"나 줄 거지?"
　"그래, 너한테 가지고 갈 거야."

수수깡 궁전

엄마와의 거리는 너무 멀었다.

"엄마 곧 갈게, 조금만 기다려."

하지만 여준은 한달음에 달려가고 싶었다. 안달하다 말고 꿈을 깼다.

아쉬움을 삭이느라 꼼짝도 하지 않던 여준이 마지못해 눈을 떴다.

유리창에 푸르른 새벽빛은 방금 꿈에 본 물빛 같았다.

비로소 빛을 머금고 바다에 이른 강이 되고 싶었다.

시간의 길에 수수깡 궁전이 역사를 이루듯이 강은 곧게 흐르고 싶다.

속편 '모녀의 강' 이 '수수깡 궁전' 으로 새 단장되었습니다.
전편에 속해서 읽혀야만 될 이유가 없다고 해서 내린 조치입니다.

소설은 우리 모두가 함께 엮어가는 삶의 이야기이지요. 전 세대를 아우르는 재미가 시를 쓰다 말고 소설을 쓰게 한 원인입니다.

그런데 우리 모두가 추구하는 아름다움이 너무 겉돌고 있지 않아요? 솜사탕이 지닌 아름다움처럼 눈에 즐겁고 혀끝에 감미로운 일상의 한 때를 누려 보세요.
상큼한 맛과 튀는 멋도 좋지만 이따금 고개 숙여 남을 읽고 나를 음미하며 쉬어가는 당신이 아름답습니다.

하염없는 시간의 길에 이정표를 생각나게 하고 싶었답니다.
아름다운 이 한 세상 나들이 길에 두루 행복하시기 빌면서.

아차산 기슭에서
이현정 올림

수수깡 궁전

지은이 / 이현정
발행인 / 김재엽
발행처 / **한누리미디어**
디자인 / 지선숙

110-816, 서울시 종로구 부암동 185-5
전화 / (02)379-4514, 4519
Fax / (02)379-4516

신고번호 / 제300-2006-61호
등록일 / 1993. 11. 4

초판발행일 / 2008년 1월 10일

ⓒ 2008 이현정 Printed in KOREA

값 10,000원

E-mail/hannury2003@hanmail.net

ISBN 978-89-7969-318-8 03810